CANDACE CAMP

Un velo de misterio

Editado por Harlequin Ibérica.
Una división de HarperCollins Ibérica, S.A.
Núñez de Balboa, 56
28001 Madrid

© 2000 Candace Camp. Todos los derechos reservados.
UN VELO DE MISTERIO, Nº 20
Título original: A Stolen Heart
Publicada originalmente por Mira Books, Ontario, Canadá.
Traducido por Francisco Reina Alcántara
Este título fue publicado originalmente en español en 2001.

Todos los derechos están reservados incluidos los de reproducción, total o parcial. Esta edición ha sido publicada con permiso de Harlequin Enterprises II BV.
Todos los personajes de este libro son ficticios. Cualquier parecido con alguna persona, viva o muerta, es pura coincidencia.
™ TOP NOVEL es marca registrada por Harlequin Enterprises Ltd.

®™ son marcas registradas por Harlequin Enterprises Limited y sus filiales, utilizadas con licencia. Las marcas que lleven ™ están registradas en la Oficina Española de Patentes y Marcas y en otros países.

I.S.B.N.: 84-671-3721-5

Prólogo

París, 1789

Lady Chilton retiró las cortinas de la ventana del dormitorio y se asomó a la oscuridad de la noche. Se estremeció al ver a lo lejos el resplandor de las antorchas. Era el populacho. Estaba segura de ello. Había oído sus alaridos el día anterior, los había visto avanzando por las calles como una enorme y amorfa bestia ávida de sangre.

Se alejó de la ventana, entrelazando las manos nerviosamente. Emerson, su esposo, estaba convencido de que su familia no corría ningún peligro, pero Simone tenía sus dudas. Al fin y al cabo, ella era francesa y pertenecía a la aristocracia que el populacho se había propuesto aniquilar. El hecho de que estuviera casada con un inglés no suponía ninguna garantía.

Simone pensó en los niños. ¿Qué sería de sus pequeños si los *sans-culottes* acudían a la casa?

Por un momento permaneció de pie, indecisa. Era una mujer muy hermosa, con grandes ojos castaños y una lustrosa mata de cabello negro. No obstante, su fina tez se hallaba pálida como la cera y tenía los enormes ojos desorbitados por el miedo.

Finalmente, con un leve sollozo, Simone se acercó a la cómoda y sacó el joyero. A continuación, extrajo rápidamente el contenido y lo guardó en una bolsa de terciopelo.

Su amiga era de fiar; al fin y al cabo, iba a confiarle el bienestar de sus propios hijos. Más tarde, si sobreviviría, Simone se reuniría de nuevo con todos ellos.

Abrió el falso fondo del joyero y sacó tres pequeños objetos. Si bien poseían un valor relativo, para ella eran los más preciados, pues pertenecían a sus hijos. Se trataba de dos medallones con sendos retratos en miniatura de ella y de Emerson. La Condesa se los había regalado a las niñas en las Navidades del año anterior. El tercer objeto era un enorme anillo de extraño diseño, sujeto a una cadena de oro. Tenía cientos de años de antigüedad, pues era el anillo de los condes de Exmoor. Únicamente los herederos del título podían llevarlo. Ahora pertenecía a Emerson, aunque éste no solía ponérselo. Algún día, pasaría a su hijo.

Simone se dirigió hacia el escritorio, extrajo la pluma del tintero y procedió a escribir una nota. Nunca se le había dado bien redactar cartas, y la nota le quedó deshilvanada y casi ilegible. Aun así, serviría para que el Conde y la Condesa supieran lo que había sucedido. Una vez terminada, la metió en la bolsa con las joyas.

Simone salió del dormitorio y bajó hasta el cuarto de los niños. Abajo, pudo oír la voz de Emerson, impaciente mientras trataba de explicar a sus suegros por qué debían abandonar París lo antes posible. Simone meneó la cabeza. Sus padres aún parecían incapaces de reaccionar ante el cataclismo que había vuelto su mundo del revés. Paralizados por el miedo, se limitaban a mantener una actitud pasiva y a dar negativas. Pero Simone y Emerson no podían dejarlos atrás. De hecho, por eso no se habían marchado todavía. Pero Simone se negaba a permitir que sus hijos muriesen por culpa de la testarudez de sus padres.

Por eso pretendía enviar a los niños lejos. Confiaría sus vidas a su más querida amiga, que partiría hacia la seguridad de Inglaterra al día siguiente. Las joyas servirían para cubrir los gastos, si era necesario. Más tarde, si ella no conseguía sobrevivir, dichas joyas habrían sido, al menos, el último regalo que pudo hacerles a sus hijos.

Simone se enjugó las lágrimas. No quería que los niños la vieran llorar, de modo que esbozó una sonrisa antes de entrar en el cuarto. La niñera ya estaba acostándolos, pero Simone le indicó que se retirara, anunciando que ella misma se encargaría de meterlos en la cama.

Al contemplarlos, notó que se le formaba un nudo en la garganta. El mayor era John, de siete años, un robusto niño moreno de sonrisa traviesa y encanto natural irresistible. Simone se inclinó para besarle la frente y luego se acercó a Marie Anne, la mediana. Marie Anne poseía los ojos azules e inocentes de su padre y una melena pelirroja que, al principio, sorprendió a sus padres, puesto que Emerson era rubio y Simone tenía el pelo negro. Pero la Condesa había explicado que era habitual que entre los Montford naciera alguien pelirrojo de vez en cuando.

Simone tuvo que tragar saliva conforme se acercaba a Alexandra, la pequeña. Con sus dos añitos, era una delicia. Alegre y regordeta, siempre estaba riendo o balbuceando. Era clavada a Simone cuando tenía esa edad, con sus rizos negros, sus vivarachos ojos castaños y sus risitas contagiosas. Simone tomó a Alexandra en brazos y la apretó contra sí. A continuación, se sentó en el suelo con el resto de los niños.

—Vengo a deciros que os vais de viaje —dijo animadamente, esperando no revelar su inquietud—. Iréis a Inglaterra a ver al abuelo y a la abuela.

Les habló de su amiga, a quien ellos conocían y apreciaban, y les explicó que Emerson y ella se reunirían con ellos más tarde. Aunque hablaba con los niños en francés normalmente, esta vez lo hizo en inglés.

—Deberéis hablar sólo en inglés —les advirtió—, y no en francés, porque os haréis pasar por hijos suyos. ¿No os parece divertido?

John la miró solemnemente.

—Es por el populacho, ¿verdad?

—Sí —admitió Simone—. Por eso os envío con ella. Es menos peligroso. Cuida de las niñas, John, y procura que no se metan en problemas. No las dejes hablar en francés, ni siquiera cuando estéis solos. ¿Puedo confiar en ti?

—Cuidaré de ellas —asintió el pequeño.

—Bien. Ése es mi hombrecito. Ahora, os daré algunas cosas que tendréis que llevar. No os las quitéis nunca.

Simone le colocó a John la cadena con el anillo, introduciéndola debajo de la camisa para que no se viera. Luego hizo lo propio con las niñas, ocultando los medallones bajo el cuello de sus vestidos. Los pequeños llevaban puestos sus trajes más sencillos, los que solían ponerse para jugar. Era lo mejor que podía hacer, se dijo Simone, para ocultar sus orígenes aristocráticos. Rápidamente, colocó algunas prendas más en sus pequeñas capas y las ató para que formaran hatillos.

—Ahora debemos bajar las escaleras sin hacer ruido —les dijo.

—¿Podemos despedirnos de papá? —preguntó Marie Anne con expresión angustiada.

—No, está hablando con los abuelos. No debemos molestarlos.

Simone sabía que Emerson se pondría furioso con ella, pero era mejor así. Su esposo podría prohibir aquel viaje, pensando que los niños estarían más seguros a su lado.

—Ahora, niños, agarrad los hatillos y no os separéis de mí, pase lo que pase. Seremos silenciosos como ratoncitos.

John y Marie Anne asintieron, aunque Simone percibió la incertidumbre de su expresión. Salieron en silencio del cuarto y bajaron de puntillas las escaleras. Simone los condujo a la puerta lateral de la casa. Una vez allí, hizo una pausa, con la mano en el pomo, y respiró hondo. John y Marie Anne permanecían aferrados a su falda.

Finalmente, Simone abrió la puerta y se internó con sus hijos en la noche.

Londres, 1811

Alexandra Ward miró de soslayo al hombre que iba con ella en el coche de caballos. Parecía a punto de sufrir un desmayo. Tenía la cara blanca como la cera y el labio superior perlado de sudor.

—No se preocupe, señor Jones —dijo en tono agradable, intentando aplacar sus temores—. Estoy segura de que su patrón nos recibirá de buen grado.

Lyman Jones cerró los ojos y emitió un leve gemido.

—Usted no conoce a lord Thorpe. Es un hombre muy... muy reservado.

—Como la gran mayoría. Pero no por eso han de ser malos empresarios. No veo por qué no ha de estar interesado en reunirse con alguien que acaba de firmar un excelente contrato para enviar el té de su compañía a América.

En realidad, a Alexandra le sorprendía que Thorpe no hubiese acudido a su oficina para conocerla y firmar el contrato personalmente aquella misma mañana. Thorpe no había asistido a ninguna de las reuniones de Alexandra con Lyman Jones, su agente.

—No... no sé cómo hacen ustedes las cosas en América, señorita Ward —dijo Jones cuidadosamente—. Pero, aquí, los caballeros no suelen participar activamente en asuntos de negocios.

—¿Se refiere a los miembros de la nobleza?

—Sí —a Lyman Jones le había resultado muy difícil tratar con la señorita Ward mientras duraron las negociaciones. Le parecía extraño hablar siquiera de negocios con una mujer... Sobre todo, con una mujer como Alexandra Ward. Talle escultural, espléndida melena negra, expresivos ojos castaños y tez suave como el terciopelo.

—Me temo que no estoy acostumbrada a tales distinciones —admitió Alexandra—. En Estados Unidos, un caballero se mide más por sus actos que por su origen —tras una pausa, añadió con curiosidad—: Ese Thorpe, ¿es un individuo casquivano? Supongo que su fortuna será heredada. Aun así, me pregunto cómo se las habrá arreglado para conservarla.

—Oh, no, señorita —protestó Jones—. Yo no he dicho que el señor no se preocupe por sus negocios. Sencillamente, no está bien visto que un caballero se ocupe del... bueno, del día a día de sus asuntos financieros.

–Entiendo. Se trata de una cuestión de apariencia, entonces.

–Supongo que sí. Pero lord Thorpe es un empresario excelente. De hecho, ganó gran parte de su fortuna él mismo, en la India.

–Ah –los ojos de Alexandra brillaron con interés–. Por eso tengo tanto afán por conocerlo personalmente. Su colección de tesoros hindúes es célebre y yo soy muy aficionada a la materia. Incluso me he carteado con el señor Thorpe... es decir, con lord Thorpe, sobre ese particular.

Alexandra creyó prudente no mencionar que había solicitado a lord Thorpe permiso para ver su colección cuando estuvo en Inglaterra, aquel mismo año, y él se había negado de plano. En realidad, ése era uno de los motivos que la habían impulsado a decantarse por la Compañía de Té Burchings para negociar el contrato. La compañía tenía una reputación excelente, por supuesto; Alexandra jamás habría tomado una mala decisión financiera simplemente por satisfacer un capricho personal. Sin embargo, descubrir que el propietario de Burchings era el mismo Thorpe cuya colección tanto deseaba ver había constituido un agradable suplemento.

–Tengo entendido que esa colección es impresionante –repuso Jones–. Aunque yo nunca la he visto, desde luego.

–¿Nunca? –Alexandra lo miró sorprendida.

–No. A veces, he llevado documentos a casa del

señor y he visto algunos objetos en el vestíbulo. Pero, normalmente, lord Thorpe prefiere ir a la oficina para hablar de sus negocios.

El coche se detuvo delante de un impresionante edificio de piedra blanca. Lyman Jones se asomó por la ventanilla.

—Ya hemos llegado —dijo con voz ahogada. Luego se volvió hacia Alexandra, dirigiéndole una mirada casi suplicante—. ¿Seguro que quiere seguir adelante con esto, señorita Ward? Lord Thorpe no aprecia las visitas. Es probable que incluso se niegue a recibirnos. O que nos reprenda por la impertinencia.

—Tranquilícese, señor Jones —dijo Alexandra, tratando de infundirle algo de valor—. Le garantizo que he tratado con más de un viejo gruñón. Y, por lo general, suelo manejarlos bastante bien.

—Pero él no es ningún...

—Sea lo que sea, estoy segura de que podré arreglármelas. Si se enfada, le diré que todo ha sido culpa mía.

Con resignación, Jones abrió la puerta y se bajó del coche. Después se giró para ayudar a Alexandra. Respirando hondo, llamó dos veces a la puerta de la casa utilizando el picaporte.

Al cabo de un momento, un criado acudió a abrir. Miró a Jones y luego a Alexandra, antes de apartarse con desgana para dejarlos pasar.

—Vengo a ver a lord Thorpe —anunció Lyman.

—Aguarden aquí —repuso lacónicamente el criado antes de retirarse, dejándolos en el vestíbulo.

Alexandra miró en torno. Bajo sus pies, el suelo de madera estaba cubierto de una gruesa alfombra color vino en la que aparecía representada una escena de caza, donde un hombre con turbante arrojaba una lanza a un tigre. En la pared había colgada una máscara de elefante de plata batida y, debajo, un cofre de madera en cuya tapa aparecía tallada una escena de jardín, con dos doncellas hindúes de pie entre los lánguidos árboles.

Alexandra se agachó para contemplar el cofre de cerca, cuando se oyó un suave sonido de pisadas aproximándose. Alzó la cabeza y apenas pudo reprimir un grito de placer. El hombre que acompañaba al criado tenía la tez cobriza y enormes ojos negros, y estaba vestido de blanco desde el turbante hasta los zapatos de suela blanda que llevaba puestos. Mientras Alexandra lo observaba fascinada, él juntó las manos a la altura del pecho e hizo una educada reverencia.

—¿Señor Jones? —dijo con un suave acento—. ¿Lord Thorpe le esperaba hoy? Lo lamento mucho. No tenía conocimiento de su visita.

—No, yo... —Lyman Jones había hablado muchas veces con el mayordomo de lord Thorpe, pero la experiencia siempre le resultaba enervante—. Se trata de una visita inesperada. Esperaba presentarle al señor a la señorita Ward. Naturalmente, si venimos en un momento poco propicio, podemos...

Los ojos del mayordomo se desviaron hacia Alexandra. Ésta, al ver que Jones lo estropearía todo, tomó las riendas de la situación, como solía hacer siempre.

—Soy Alexandra Ward, señor...

—Me llamo Punwati, señorita.

—Señor Punwati. He hecho ciertos negocios con la Compañía de Té Burchings, y esperaba conocer a lord Thorpe aprovechando mi estancia en Londres. Espero que no sea excesiva molestia.

—Seguro que lord Thorpe estará muy interesado, señorita Ward —respondió el mayordomo, inclinándose levemente—. Le diré que está usted aquí y veré si piensa recibir visitas esta tarde.

—Gracias —Alexandra lo recompensó con una sonrisa que había deslumbrado a más de un hombre.

Cuando Punwati se hubo retirado, tan silenciosamente como había llegado, Jones sonrió un tanto incómodo.

—Ya le dije que lord Thorpe es... diferente. Sus criados son un poco raros. El mayordomo, como ha podido ver, es extranjero. Le pido disculpas si la ha... eh, sorprendido.

Alexandra se quedó mirándolo con desconcierto.

—¿Pero de qué habla? No necesita disculparse. ¡Esto es maravilloso! Nunca había conocido a nadie de la India. Quisiera preguntarle miles de cosas, aunque seguramente sería una descortesía. ¿Y se ha fijado en esa máscara tan magnífica? Y mire la alfombra. ¡Y el cofre!

Los ojos de Alexandra brillaban de entusiasmo. Contemplándola, Jones se dijo que era aún más atractiva de lo que había pensado. Se preguntó si su belleza ablandaría a lord Thorpe, uno de los solteros más codiciados de Londres.

—Ah. Señor Jones. Me dice Punwati que ha traído una visita con usted.

Jones dio un salto.

—¡Lord Thorpe!

Alexandra, que estaba agachada junto al cofre, se incorporó y se giró hacia la voz. La mandíbula estuvo a punto de desencajársele. Había imaginado a lord Thorpe como un viejo cascarrabias, solitario y probablemente excéntrico. Pero el hombre que se hallaba en el extremo opuesto del vestíbulo debía de tener unos treinta y tantos años. Era alto, ancho de hombros, con piernas largas y musculosas. Llevaba una indumentaria elegante, pero sobria. Avanzó hacia ellos, y Alexandra reparó en que lord Thorpe no sólo era joven, sino también guapo. Tenía el pelo castaño oscuro, pómulos altos, nariz aquilina y mandíbula cuadrada. La aparente dureza de sus rasgos quedaba mitigada por la sensualidad de sus carnosos labios. Sus ojos eran grandes e inteligentes, rodeados de largas y oscuras pestañas.

—Lo siento, señor —empezó a decir Jones, azorado—. Sé que no deberíamos haber venido sin avisar, pero... pensé que querría conocer a la señorita Ward.

—No imagino por qué —repuso lord Thorpe arrastrando la voz, con tono repleto de sarcasmo.

—Por favor, lord Thorpe, no ha sido culpa del señor Jones, sino mía —terció rápidamente Alexandra—. Él no deseaba traerme a su casa. Pero yo insistí.

—¿En serio? —Thorpe enarcó una ceja, en un gesto de educado desdén que habría intimidado a más de una persona.

Alexandra apenas reparó en ello. Estaba más concentrada en el color de sus ojos, de un gris tan suave que casi parecían plateados, y en el temblor que de pronto empezó a notar en las rodillas.

—Sí. Verá, me gusta conocer a las personas con las que hago negocios.

—¿Negocios? —Thorpe se mostró sinceramente perplejo, y se giró hacia su empleado—. No comprendo.

—Esta semana he negociado un contrato con la señorita Ward —explicó Jones—. Creo que se lo mencioné. Con Transportes Marítimos Ward, para llevar el té de Burchings a los Estados Unidos.

Thorpe miró a Alexandra con expresión neutra.

—¿Trabaja usted en Transportes Marítimos Ward?

—Mmm. La compañía pertenece a mi familia. Y, a diferencia de usted, yo prefiero participar activamente en mis negocios.

—De modo que no aprueba mi forma de llevar los míos.

—Bueno, es su negocio, y puede hacer usted lo que le plazca.

—Muy amable por su parte —Thorpe hizo una leve reverencia satírica.

Alexandra le digirió una mirada llena de frialdad y prosiguió.

—Sin embargo, siempre he opinado que los negocios van mejor si sus dueños toman parte activa en ellos. A menos, por supuesto, que el propietario no esté capacitado para ello —añadió al tiempo que miraba a Thorpe con gesto de desafío.

Para su sorpresa, lord Thorpe prorrumpió en carcajadas.

—¿Está sugiriendo que yo no estoy capacitado para llevar mis negocios?

Lyman Jones dejó escapar un gemido y cerró los ojos.

—El señor Jones sabe que valoro en extremo mi intimidad —prosiguió Thorpe—. No estoy acostumbrado a que todo aquél que haga negocios con mi compañía se presente en mi casa.

—Mmm. Sí, ya veo que se cree usted superior al resto de los humanos.

—Le pido perdón —replicó Thorpe, mirándola fijamente. Cada comentario de aquella mujer era más indignante que el anterior.

—Por lo general, dicha cualidad no hace agradable a la persona —dijo Alexandra sin tapujos—. Pero eso no es de mi incumbencia, desde luego. Lo que me incumbe es saber cómo su actitud influye en su compañía.

—Ah, sí, Burchings. Por un momento, pensé que empezábamos a apartarnos de lo principal. Desde luego, será para mí un honor conocer su opinión sobre mi compañía.

—Veo que está siendo sarcástico —replicó Alexandra—. Pero debo decirle que hay quienes valoran mi opinión en cuestiones de negocios.

—Estados Unidos debe de ser un país muy diferente.

—Sí, lo es. Creo que allí valoramos más la honestidad.

—El descaro, diría yo. O la falta de tacto.

—En mi opinión, el «tacto» no es un elemento valioso a la hora de hacer negocios. Prefiero saber dónde piso. ¿Usted, por el contrario, prefiere permanecer a oscuras?

Por un momento, lord Thorpe se limitó simplemente a mirarla. Luego meneó la cabeza y emitió una risita.

—Me deja usted sin habla, mi querida señorita Ward. ¿Siempre hace negocios así? Me sorprende que tenga clientes.

Alexandra le devolvió la sonrisa.

—No —contestó con sinceridad—. Usted me ha sacado de quicio especialmente. Como mujer dedicada a los negocios, a veces tengo que dedicar mucho tiempo a discutir con los hombres para que me acepten en igualdad de condiciones.

—¿En igualdad de condiciones? —los labios de Thorpe se curvaron—. Creo que eso sería poco para usted. Intuyo que prefiere un sometimiento total a su persona.

—Oh, no —se apresuró a responder Alexandra—. Verá, a diferencia de otras personas, no tengo inclinación alguna a la arrogancia.

—Capto la indirecta —murmuró Thorpe. Pensó que el propósito de la visita de aquella extraña americana ya estaba cumplido, y que la entrevista debía terminar. Pero, extrañamente, se resistía a despedirse de ella. No sabía si la señorita Ward lo irritaba más que lo excitaba, pero deseaba seguir disfrutando de su compañía.

—Ahora que nos hemos conocido, señorita Ward, ¿acepta tomar una taza de té conmigo? —luego, girándose hacia el atónito Jones, añadió—: Usted también está invitado, Jones... a no ser, claro, que tenga asuntos más apremiantes en la oficina.

—Oh, no, señor —contestó Jones, ruborizándose de placer ante la invitación de su jefe—. Quiero decir que tengo mucho que hacer. En la oficina siempre hay trabajo. Pero creo que podrán arreglárselas sin mí durante una hora o dos. Le agradezco mucho este honor. Si está seguro, claro...

—Naturalmente que está seguro —dijo Alexandra firmemente—. Apuesto a que lord Thorpe siempre está seguro de lo que hace —se volvió hacia Thorpe—. Gracias, señor. Me encantará tomar ese té.

Thorpe tocó la campanilla para avisar al mayordomo y pidió que se sirviera el té en la sala azul. A continuación, acompañó a sus huéspedes por un largo pasillo hasta una espaciosa habitación, cuyas paredes estaban decoradas con papel azul y blanco. Alexandra se fue derecha hacia una serie de pequeños y coloridos cuadros colgados en la pared.

—¿Son Rajput? —inquirió, refiriéndose a las ilustraciones manuscritas de epopeyas hindúes que habían florecido en la India en tiempos remotos.

Jones pareció perplejo, y Thorpe enarcó las cejas sorprendido.

—Pues sí, empecé a coleccionarlos mientras vivía en la India. ¿Conoce usted el arte hindú?

—He visto muy poco —confesó Alexandra—, pero me interesa muchísimo —mientras observaba detenidamente las pinturas, no advirtió la mirada de Thorpe sobre ella. Luego, al girarse y sorprenderlo mirándola, se ruborizó. Había algo en sus ojos que, repentinamente, la llenó de calor por dentro. Alexandra miró hacia otro lado, buscando algo que decir para disimular su reacción.

—He... he comprado algunos objetos. Un pequeño Buda de jade, unas cuantas tallas de marfil y un chal de cachemira, por supuesto. Pero en Estados Unidos no abundan los productos hindúes.

—¿Le apetecería ver mi colección, después del té?

El rostro de Alexandra se iluminó, haciendo que Thorpe contuviera el aliento.

–Oh, sí, me gustaría más que nada en el mundo –Alexandra se sentó mientras el mayordomo entraba con el té y depositaba la bandeja en la mesa, pero siguió hablando con entusiasmo–. Debo confesarle algo. Ésa fue una de las razones por las que convencí al señor Jones para que me trajera aquí hoy. Esperaba poder echarle una ojeada a alguno de sus tesoros hindúes. He oído hablar tanto de su colección...

–¿De veras? –Thorpe estudió a Alexandra. Nunca había conocido a ninguna mujer que se mostrara tan entusiasmada con sus objetos hindúes.

–Oh, sí. De hecho, le escribí hace unos cuantos meses, cuando me enteré de que vendría a Londres. Le pedí que me dejara ver su colección, pero usted se negó en redondo.

–¿Sí? Qué desconsiderado por mi parte –Thorpe frunció el ceño–. Pero no recuerdo haber... Un momento, sí, recibí una carta de un tipo de Estados Unidos. Pero, ¿no se llamaba Alexander Ward?

–Alexandra. La gente suele cometer ese error. Les extraña que una mujer se interese por los objetos artísticos.

–Y más que escriba cartas a desconocidos con la intención de concertar una cita.

–¿Y qué quería que hiciera? –inquirió Alexandra, sus ojos castaños desprendiendo chispas–. ¿Que le pidiera a mi tío o a mi primo que escribieran por mí, como si yo fuese incapaz de redactar una carta con un mínimo de coherencia?

—No se trata de su capacidad, señorita Ward. Una mujer tiene que ir con cuidado. Protegerse.

—¿Protegerse de qué? ¿De la rudeza de una carta como la que me envió, negándose a recibirme? —Alexandra emitió una risita—. Me llevé una decepción, desde luego, pero no corrí al lecho llena de pena y desesperación. Ya me han dado negativas antes, se lo aseguro.

—Eso me resulta difícil de creer —repuso Thorpe, sonriendo—. Por favor, permítame compensar mi rudeza mostrándole todo aquello que desee ver.

Siguieron charlando un rato, mientras tomaban el té acompañado de pastas. Finalmente, Jones regresó a su oficina, tras haberle asegurado Thorpe que él mismo se encargaría de llevar a la señorita Ward a casa en su propio coche.

—¿Sabe? —dijo Thorpe mientras le ofrecía el brazo a Alexandra para mostrarle la colección—. Que se quede y recorra estas habitaciones a solas conmigo no es un comportamiento recomendable para una joven dama.

—¿No? —Alexandra abrió mucho los ojos, en un gesto de fingida inocencia—. ¿Acaso tiene la costumbre de atacar a las jovencitas indefensas que visitan su casa?

—Por supuesto que no. Aunque yo no diría que está usted indefensa.

—Entonces, no tengo nada que temer, ¿verdad? Usted, que es un caballero preocupado por el bienestar de las mujeres, procurará sin duda que no me pase nada malo.

–Tiene usted una lengua de víbora, mi querida señorita Ward.

–Oh, ¿qué es lo que he dicho, señor?

Él le dirigió una mirada cargada de ironía y, a continuación, se giró hacia una de las habitaciones, arrastrándola consigo. Luego, sujetándola por los antebrazos, la miró directamente a los ojos, tan de cerca que su rostro llenó todo el campo de visión de Alexandra. Ella sintió que los brillantes ojos plateados de él perforaban los suyos, notó el calor de su cuerpo, la fuerza de sus manos.

–¿Sabes? –dijo Thorpe tuteándola–. A veces, incluso un caballero puede perder el control delante de una joven hermosa.

Alexandra tuvo el disparatado presentimiento de que iba a besarla allí mismo y comprendió, sobresaltada, que tal idea le producía más excitación que miedo.

–Pero estoy segura de que usted nunca pierde el control –replicó, molesta por el temblor que percibió en su propia voz.

–No cometas la necedad de creer tal cosa. Si hablaras con las buenas damas de Londres, sabrías que se me considera capaz de hacer cualquier cosa. Yo, mi ingenua señorita Ward, soy la oveja negra de la familia. No se me puede dejar a solas con las damiselas.

–Pues es una suerte que yo no sea una damisela

inglesa, sino una mujer americana que aprendió hace mucho a rechazar las atenciones no deseadas, ¿no le parece?

—Desde luego —Thorpe se acercó más—. Y, dígame, ¿serían no deseadas mis atenciones?

Alexandra respiró hondo, notando que el corazón le martilleaba el pecho. Le resultaba difícil pensar con los ojos de Thorpe fijos en los suyos.

—No —dijo entrecortadamente mientras se apretaba contra él.

—¡No! —repitió Alexandra, horrorizada por lo que había estado a punto de hacer. Se retiró de lord Thorpe, adentrándose en la habitación mientras intentaba recobrar el aliento—. ¿Qué... qué tonterías está diciendo?

Él la siguió, pero no volvió a tocarla, como ella había temido. Alexandra se fijó en la estancia. Por el escritorio y las estanterías repletas de libros, la identificó como el estudio de lord Thorpe. En una de las paredes había colgados un rifle y una espada. Más allá, en el rincón, descansaba una extraña armadura de cota de malla con placas metálicas en la pechera y el cuello rodeado de una banda de terciopelo rojo.

—¿Es una armadura hindú? —inquirió Alexandra con sincero interés, acercándose para examinarla. Trató de no pensar en la sensación que le habían producido las manos de lord Thorpe sobre su piel.

—Sí. Perteneció a un oficial del siglo pasado —explicó él con absoluta calma, como si nada hubiese ocurrido—. El rifle me lo regaló un rajá.

—¿De veras?

Lord Thorpe asintió.

—Casualmente lo acompañaba en una cacería y maté a un tigre que estuvo a punto de devorarlo. Me dio el rifle y algunas baratijas en señal de gratitud. En realidad, las baratijas resultaron ser zafiros y rubíes.

—Me toma el pelo.

—En absoluto. Vendí las joyas y compré mi primer terreno.

—¿Una plantación de té?

Thorpe asintió, sorprendido de estar hablándole de sus primeros años en la India. Poca gente sabía de sus experiencias en aquel país.

—Seguí invirtiendo en más terrenos, hasta que, finalmente, adquirí una finca que unía el resto de mi plantación con el mar. Tenía una preciosa playa de arena blanca. Un día, paseando, encontré una piedra redonda. Al recogerla, vi que no era como las demás piedras. Era un rubí en bruto.

—¿Y estaba allí, en la arena? —preguntó Alexandra estupefacta.

—Sí. Tenía el tamaño de un soberano de oro, más o menos. Fue la mayor sorpresa de mi vida —Thorpe sonrió, recordando el calor del sol sobre sus hombros, el rumor del oleaje, los latidos desbocados de su corazón mientras observaba la piedra—. En la playa había una veta. Procedí a explotarla y, de ese modo, la plantación de té se convirtió en mi segundo negocio.

—¿Así que posee una mina de rubíes?

—Eran zafiros, en su mayoría. Pero la vendí antes de regresar a Inglaterra. Conservé la plantación porque tenía un buen encargado. La mina, en cambio... Bueno, opino, igual que usted, que los negocios no pueden llevarse bien si uno no participa personalmente en ellos.

—Ha llevado una vida muy excitante —con razón, se dijo Alexandra, lo rodeaba aquella aura de peligro.

Thorpe se encogió de hombros.

—En realidad, a mí no me pareció tan excitante en aquel entonces —se acercó a la caja fuerte y, tras abrirla, extrajo dos envoltorios de fina tela. Luego los colocó encima de la mesa y abrió el primero. Sobre el terciopelo descansaba un collar con hileras de diamantes y siete piezas independientes de oro esmaltado.

—Es precioso. Parece muy antiguo —Alexandra se inclinó para verlo de cerca.

—Sí. Se llama *satratana*. Cada una de las piezas representa un planeta en el sistema astrológico hindú.

—Fascinante —murmuró ella—. Es una obra de arte preciosa.

Thorpe desdobló el otro envoltorio, mostrando un increíble collar de zafiros y diamantes, con un medallón en el centro.

—¿Son de su mina? —inquirió Alexandra.

Thorpe reprimió una sonrisa. Todas las mujeres que habían visto con anterioridad el collar habían reaccionado babeando, prácticamente, y colocándoselo en el cuello. Pero supuso que no debía sorprenderle que una mujer como la señorita Ward mostrara más interés en el origen de las joyas.

—Sí.

—¿Un regalo para su esposa, quizá?

—No estoy casado. Ni pienso regalarle este collar a nadie —contestó él con aspereza—. ¿Cree que, de estar casado, me habría insinuado a usted en mi propia casa? Debe de considerarme un ser muy rastrero.

Alexandra se encogió de hombros.

—No le conozco, señor. Supuse que, si es de esos hombres capaces de aprovecharse de una mujer sola, el hecho de estar casado no le coartaría. No me parece que sea usted así, desde luego, aunque nunca conviene dar nada por supuesto.

Él hizo una mueca.

—Mmm —murmuró al tiempo que devolvía las joyas a la caja fuerte—. Nunca se muerde la lengua, ¿eh?

—Intento no hacerlo. ¿Y el rubí original? —preguntó Alexandra, cambiando de tema—. ¿Aún lo conserva?

—Sí. ¿Le gustaría verlo?

—Mucho. Si no le importa mostrármelo, claro.

Thorpe buscó de nuevo en la caja fuerte y sacó

una pequeña bolsa. A continuación la abrió para extraer el rubí en bruto.

—Me temo que no es tan impresionante como el collar. No está cortado ni pulido. Lo dejé tal cual estaba.

Ella esbozó una sonrisa de aprobación.

—Yo habría hecho lo mismo.

Thorpe le pasó el rubí, y Alexandra lo sostuvo en la palma de la mano, contemplándolo desde diferentes ángulos. Finalmente, se lo devolvió, y él volvió a guardarlo en la caja. Luego se giró hacia ella. Normalmente, no solía mostrar a las visitas más de lo que ya habían visto, y a veces ni siquiera eso. Pero sintió el súbito deseo de seguir enseñándole más cosas a Alexandra. La tomó del brazo.

—Acompáñeme arriba. Le mostraré la sala hindú.

Subieron por la ancha y sinuosa escalera al piso de arriba. Thorpe la acompañó al interior de una habitación, y ella emitió un jadeo de placer. Toda la sala estaba dedicada a la India. En el suelo se extendía una alfombra color vino de estilo mogol. En las paredes, junto a otra espada, había varios retratos realistas de hombres con indumentaria hindú. Una mesita baja de madera labrada, un cofre de bronce, y varios pedestales y estanterías contenían aún más tesoros. Alexandra vio estatuas de animales diversos talladas en marfil y jade, así como figurillas de dioses, diosas y héroes hindúes.

—Son preciosas —musitó pasando el dedo por una de

las estatuas–. ¿Y qué me dice de este cuchillo? –añadió mientras tomaba un pequeño cuchillo curvo con el puño en forma de tigre–. Resulta extraño que dotaran de tanta belleza a un arma concebida para la destrucción.

Thorpe la observó mientras contemplaba los numerosos objetos. Una luz interior parecía iluminar su rostro, haciéndolo aún más hermoso. Se preguntó si Alexandra brillaría así, con ojos suaves y emocionados, mientras hacía el amor. Pensó, notando un súbito calor en el bajo vientre, que le gustaría descubrirlo.

Alexandra soltó el cuchillo con un suspiro y miró en torno una vez más.

–Todos los objetos son exquisitos –a continuación, añadió sonriendo–: Le agradezco mucho que me haya dejado verlos, lord Thorpe.

–Ha sido un placer.

–Gracias. Debo irme ya. Mi tía y mi madre estarán esperándome.

–¿Ha venido a Londres con ellas? –preguntó Thorpe mientras salían de la sala y bajaban por las escaleras.

–Sí. Mi madre se resistía a venir, pero no podía dejarla atrás. Y tía Hortensia jamás me lo habría perdonado si hubiese venido sin ella. Además, hasta en América tenemos normas acerca de lo que una joven debe o no debe hacer. Normalmente, encuentro más fácil atenerme a dichas normas si viajo en compañía.

–Señorita Ward... –se dirigían ya hacia la puerta principal, y Thorpe se sintió súbitamente embargado por una extraña sensación de soledad–. ¿Querría acompañarme a...? Es decir, para mí sería un honor que me acompañase a un baile esta noche.

–¿Cómo? –Alexandra se quedó mirándolo. Jamás se habría esperado semejante invitación de lord Thorpe.

–Le estoy pidiendo que venga a bailar conmigo.

–Pero yo... –Alexandra se dio cuenta de que le apetecía mucho ir. No tenía un gran interés en la sociedad londinense, pero la idea de bailar con lord Thorpe le producía un cálido cosquilleo en el estómago–. Pero seguramente la anfitriona no verá con buenos ojos que se presente usted en la fiesta con una desconocida.

Una sonrisa cínica asomó a los labios de lord Thorpe.

–Mi querida señorita Ward, ninguna anfitriona pondrá objeciones de ninguna clase, siempre y cuando yo esté presente en su fiesta.

–Cielos –repuso Alexandra en tono burlón–, debe de ser maravilloso ser tan importante.

Él emitió una breve risita.

–Otra vez vuelve a considerarme arrogante. Le aseguro que no lo he dicho por eso. En las fiestas se codicia mi presencia por dos motivos –alzó la mano y extendió un dedo–. Primero, porque no suelo frecuentarlas. Segundo, porque soy un candidato ideal para el matrimonio, por mi título y mi fortuna. El hecho de que las anfitrionas apenas me conozcan o no simpaticen conmigo carece de importancia. De hecho, se me considera una especie de garbanzo negro. Pero ese detalle suele olvidarse por mor de mi fortuna.

–Dios mío. No sé qué es peor, su arrogancia o su visión cínica del mundo –Alexandra dudó un momento, y luego asintió–. Muy bien, acepto.

Alexandra se recostó en el asiento acolchado del coche de lord Thorpe, con una leve sonrisa en los labios. Podía imaginar la cara que pondría su tía cuando le dijera que iba a asistir a un baile londinense con un lord. Tía Hortensia, que había crecido en los años del conflicto de Norteamérica con Inglaterra, recelaba sobremanera de los ingleses. De hecho, había insistido en acompañar a Alexandra a Londres para protegerla y ayudarla, pues, según sus palabras, su sobrina sería como «una oveja en medio de una manada de lobos».

Aunque, naturalmente, la antipatía de tía Hortensia hacia los ingleses no era tan pronunciada como la de su madre, que se había opuesto firmemente al viaje. Alexandra suspiró. No deseaba pensar en su madre en aquellos momentos. Preferiría decidir qué traje iba a ponerse esa noche.

Cuando traspasó la puerta de la casa, sin embargo, tales pensamientos agradables se desvanecieron. Una de las criadas estaba en las escaleras, llorando, mientras otra intentaba consolarla. Nancy Turner, la doncella de su madre, permanecía aparte, con las manos en las caderas y expresión de disgusto. En el piso de arriba se oyeron unos golpecitos, seguidos de la voz de tía Hortensia.

–¿Rhea? ¿Rhea? ¡Déjame entrar!

–¡Por el amor de Dios, muchacha, deja de lloriquear! –exclamó Nancy Turner dirigiéndose a la criada–. Cualquiera diría que nadie te había reñido antes.

La única respuesta de la chica fue llorar aún más fuerte.

–¡Pero nunca le habían tirado una tetera a la cabeza! Ella no tiene la culpa. La culpa es de ustedes y de sus brutos modales americanos.

–¿De qué modales estás hablando, Doris? –inquirió Alexandra fríamente.

Doris emitió un jadeo ahogado y se volvió rápidamente.

–Oh, señorita, le ruego que me perdone. No era mi intención... –agachó la cabeza al ver la expresión inquisitiva de Alexandra–. ¡Es que no estamos acostumbradas a recibir este trato!

–Desde luego que no, si hay teteras volantes de

por medio. Tal comportamiento tampoco está bien visto en Estados Unidos —Alexandra se giró hacia la dama de compañía—. ¿Nancy?

—La señora Ward rechazó el té, señorita, y... bueno, lanzó la tetera por los aires. Pero estoy segura de que no era su intención darle a la chica. Ya sabe que la señora Ward tiene muy mala puntería —Nancy miró a la criada con severidad—. Y el té ni siquiera estaba caliente. No sé cómo se te ocurre servirle a la señora...

—Pero no debió arrojarle la tetera —dijo Alexandra con un suspiro—. ¿Mi madre tiene otra racha de mal humor?

Nancy asintió, suspirando.

—Sí. Se ha encerrado en su cuarto y no deja pasar a nadie.

—Está bien. Subiré a hablar con ella. Doris, lleva a Amanda a la cocina y dale una taza de té, a ver si se calma un poco. Estoy segura de que mi madre no deseaba hacerle daño.

La criada asintió, rodeó a la otra chica con el brazo y la condujo hacia la cocina. Alexandra subió las escaleras, acompañada de Nancy.

—Menos mal que has venido —exclamó tía Hortensia al verla—. Rhea se ha encerrado y no quiere salir. No sé cómo se le ocurre comportarse así delante de los ingleses.

—Me temo que eso le importa muy poco, tía Hortensia. ¿Por qué no bajas a la sala de estar? Veré lo que puedo hacer. Ah, Nancy, trae una taza de chocolate caliente. Puede que eso dé resultado.

Alexandra aguardó hasta que las dos mujeres hubieron bajado y, tras un momento de silencio, llamó a la puerta con suavidad.

—¿Madre? Soy yo, Alexandra. ¿Puedo entrar?

—¿Alexandra? ¿De verdad eres tú?

—Claro que sí, madre. ¿Por qué no abres la puerta, para que podamos hablar?

Al cabo de unos segundos, se oyó el sonido del pestillo y la puerta se abrió lo suficiente como para que Rhea asomara la cabeza. Al ver a su hija, su expresión pareció suavizarse.

—¿Dónde te habías metido? —inquirió mientras la dejaba pasar.

—Tenía ciertas gestiones que hacer. Te lo dije esta mañana, ¿no lo recuerdas?

Rhea Ward asintió vagamente.

—¿Por qué tienes puesto el sombrero? —preguntó con perplejidad.

—Aún no he tenido tiempo de quitármelo —Alexandra alzó la mano y se desató el lazo del sombrero—. Llegué hace unos minutos y subí directamente. Tía Hortensia estaba muy preocupada por ti.

Se fijó en el aspecto desaliñado de su madre. Tenía varios botones del vestido desabrochados y el cabello revuelto. Recordó el aspecto elegante e impecable que antaño solía lucir, y notó en la garganta un nudo de lágrimas. ¿Qué había sido de la persona dulce y gentil que ella conoció en la niñez? Aunque seguía siendo una mujer guapa, de mediana edad, su tez había empezado a arrugarse y mostraba una hinchazón poco saludable, patente también en su figura antes delgada. Su deterioro se debía, sin duda alguna, a sus obsesivas preocupaciones y a su dependencia de las botellas de licor.

—¿Qué sucede, madre? ¿Por qué le cerraste la puerta?

Rhea Ward puso cara larga.

—Hortensia siempre ha sido muy autoritaria. Se cree que el mundo no puede funcionar sin ella.

—Pero, ¿por qué le cerraste la puerta? No lo entiendo. ¿Fue Amanda grosera contigo?

—¿Amanda? ¿Quién es Amanda?

—La criada que te sirvió el té.

—¡Ella! —Rhea frunció el ceño—. Siempre está entrando a hurtadillas. Espiándome.

—Seguro que Amanda no pretendía espiarte, madre. Sólo te había traído el té.

—¡Le dije que no quería té! Y ella me miró como si, de repente, me hubieran salido cuernos en la cabeza. Nancy había ido por mi chocolate, que era lo que me apetecía —los ojos de Rhea empezaron a llenarse de lágrimas.

—Sí, querida, lo sé —Alexandra la rodeó con el brazo—. Te traerá una taza enseguida.

¿Era posible que su madre hubiese estado bebiendo aquella mañana?, se preguntó. Había resultado muy difícil mantener el licor fuera de su alcance desde que llegaron a Londres, donde Rhea siempre podía encontrar algún golfillo o vendedor callejero dispuesto a hacerle llegar una botella a cambio de unos cuantos peniques extra.

Sin mediar palabra, Rhea se levantó, se acercó a la cómoda y abrió un cajón. Extrajo una pequeña caja de madera de cerezo del interior y la acarició. A continuación, volvió a sentarse, con la caja fuertemente apretada en el regazo.

Alexandra reprimió un suspiro. La obsesión de su madre con aquella caja había empeorado en cosa de semanas. Siempre había poseído la caja, desde que Alexandra podía recordar. Jamás la abría y siempre llevaba la llave colgada al cuello en una fina cadena de oro. Nadie, ni siquiera tía Hortensia, sabía qué había dentro, pues Rhea se negaba tajantemente a hablar del asunto.

—¿Qué es lo que te angustia tanto, madre? —preguntó Alexandra tomando la mano de su madre.

—¡No me gusta estar aquí! —Rhea retiró la mano y volvió a colocarla sobre la pequeña caja de madera—. Hace mucho frío y la gente es muy rara. No me gusta. Nadie del servicio me gusta.

—Simplemente, tienen una forma distinta de hacer las cosas. Y aún nos quedan muchos sitios maravillosos que ver. Stonehenge, Stratford-on-Avon, Escocia... Seguro que te encantarán.

—Ya estoy aquí, señora Rhea —Nancy entró en el

cuarto con una pequeña bandeja en las manos–. Le traigo el chocolate.

Con regocijo, Rhea se giró hacia la doncella y alargó la mano hacia la taza de humeante chocolate.

Alexandra decidió dejar a su madre en las capacitadas manos de Nancy y bajó a la sala de estar, donde su tía trabajaba cómodamente en uno de sus bordados.

–Hola, querida. Parece que has tenido éxito.

–Conseguí que me abriera la puerta, si a eso se le puede llamar éxito –Alexandra se sentó al lado de su tía–. Oh, tía, creo que he cometido un terrible error trayendo aquí a mi madre. Quizá debí dejarla en casa.

–Oh, no, querida, se habría sentido muy sola.

–No sé. No quería venir. Pero pensé que estaría mejor conmigo.

–Y así es. Conviene tenerla... vigilada. Imagínate lo preocupada que te habrías sentido de haberla dejado en casa, sin saber nada de ella durante tanto tiempo.

–¡Pero está mucho peor! –Alexandra se levantó y empezó a pasearse–. He sido una egoísta. Quería ver Inglaterra, visitar todos los lugares de los que tanto había oído hablar. Estaba segura de que sería bueno para nuestro negocio.

–Y lo ha sido, ¿no?

–Creo que sí. Y no negaré que lo he pasado muy bien. Pero mi madre se está comportando de una forma tan extraña... ¿Sabes que anoche me miró como si no me reconociera? Y hoy le ha tirado la tetera a esa pobre chica. Da igual que el té estuviera frío o que ella prefiriera chocolate. No deja de ser una conducta rara para una mujer de su edad.

Tía Hortensia dejó escapar un suspiro.

—Sí, tienes razón.

—Además, no es ninguna ignorante que se haya criado en el campo. ¡Estuvo casada con un diplomático, por Dios santo!

—Lo sé. Y desempeñaba su labor de manera excelente. Rhea siempre hizo gala de una habilidad especial para relacionarse con la gente. Tenía sus momentos de melancolía, desde luego, pero normalmente solía ser una persona alegre y despierta.

—¿Y qué le ha pasado? —inquirió Alexandra abatida.

Su tía meneó la cabeza.

—No lo sé, querida. Ha empeorado en los últimos años. Cuando tú eras niña se encontraba mucho mejor, aunque ya empezaba a experimentar fuertes rachas de melancolía. A menudo pienso que... nunca volvió a ser la misma desde que regresó de París. La muerte de Hiram la afectó mucho. Se querían mucho. Sospecho que, durante la Revolución, Rhea vio cosas que la afectaron para siempre. Al principio, le costaba dormir. Yo la oía pasearse por el dormitorio hasta altas horas de la noche. A veces, lloraba... Oh, cuánto sufría por ella. Pero, ¿qué podía hacer? La mejor manera de ayudarla, pensaba yo, era cuidando de vosotros y de la casa como buenamente podía, y ayudándola en el negocio que ella tanto detestaba. Aunque el señor Perkins dirigía la compañía, y tu tío segundo llevaba la tienda, Rhea odiaba tener que escuchar sus informes. No sé, quizá fue un error. Quizá me excedí a la hora de evitarle responsabilidades. Pero Rhea parecía tan desvalida, tan necesitada...

–Lo sé. Estoy segura de que hiciste lo mejor. Mi madre jamás habría conseguido criarme ni llevar la casa por sí sola, y no digamos ya el negocio. No debes echarte la culpa de nada.

–Tú tampoco –replicó tía Hortensia con decisión–. ¿Quién sabe si tu madre no se encontraría ahora peor si la hubieras dejado en Massachusetts, al cuidado de sirvientes y parientes lejanos?

–Eso es cierto. A veces, me... me pregunto si mi madre no se habrá vuelto loca.

–¿Cómo se te ocurre decir semejante bobada? –preguntó tía Hortensia con indignación–. ¡Tu madre no está loca!

–¡Yo también me resisto a creerlo! –exclamó Alexandra con voz desesperada–. Pero ya has visto cómo se comporta. A veces, no puedo evitar pensar que... las cosas que hace y dice no son simples excentricidades.

–Rhea no está loca. Simplemente, es más... frágil que el resto de nosotros.

–Ojalá tengas razón –Alexandra consiguió dirigir

una sonrisa a su tía, aunque no pudo desterrar las dudas de su mente. Ni el frío terror que yacía bajo su inquietud. Si su madre era una persona tendente a la locura, ¿llevaría también ella esa mancha en la sangre? ¿Podía acabar volviéndose loca algún día?

Alexandra se miró por última vez en el enorme espejo del vestíbulo. Satisfecha con su aspecto, se giró hacia la escalera. Su vestido rosa de satén sería superado, sin duda, por los de muchas de las damas presentes en el baile. Sin embargo, Alexandra sabía que era lo bastante apropiado como para no suscitar comentarios. Además, el color rosa le sentaba de maravilla, pues acentuaba el rosado natural de sus mejillas y contrastaba con el negro de su cabello. Se había dejado el pelo suelto y se había puesto una rosa como único adorno. En la mano llevaba, aparte del abanico, un pequeño ramo de rosas enviado una hora antes por lord Thorpe. Alexandra estaba segura de que lo había mandado él, aunque la tarjeta no contenía ningún mensaje.

Los ojos le brillaron de entusiasmo conforme entraba en el salón. Con disgusto, vio que Thorpe ya estaba allí sentado junto a su tía. Alexandra había bajado en cuanto la criada la avisó de la llegada de lord Thorpe, precisamente porque no había deseado hacerlo esperar. Por la seriedad de su expresión, no obstante, era obvio que llevaba varios minutos en la casa. Alexandra tuvo la sospecha de que su tía había ordenado deliberadamente a los sirvientes que demoraran el aviso.

—Le aseguro, señora, que es una fiesta respetable —estaba diciendo lord Thorpe mientras ella entraba—, regentada por uno de los principales pares del reino.

—Sea como sea, lord Thorpe, no conozco a ninguno de esos «pares del reino», de modo que ignoro su grado de respetabilidad. He oído hablar de las fechorías de los llamados «nobles», y no son algo que en América consideremos decoroso. Me refiero a cosas como el Club Hellfire, antros de juego, casas de...

—¡Señora Ward! —lord Thorpe parecía escandalizado—. ¿No creerá que voy a llevar a su sobrina a alguno de esos sitios?

—Pues qué lástima —terció Alexandra alegremente—. Debo decir que a mí me parecen fascinantes.

—Señorita Ward —Thorpe se levantó de un salto, con una expresión de visible alivio.

—Buenas noches.

—Está usted... increíblemente hermosa —los ojos grises de Thorpe brillaron a la luz de las velas mientras recorrían el cuerpo de Alexandra—. Me temo que todas las bellezas de Londres van a palidecer a su lado.

Ella dejó escapar una risita.

—Un cumplido precioso, señor mío, aunque no soy tan ingenua como para creérmelo —se giró hacia Hortensia—. Buenas noches, tía. Voy a arrebatarte a tu víctima.

—¡Víctima! —tía Hortensia puso expresión ofendida—. Simplemente estaba velando por los intereses de mi sobrina.

—Su tía es una mujer muy cuidadosa —comentó Thorpe educadamente—. Sólo hace lo adecuado.

Alexandra esbozó una sonrisa burlona.

—Ya ves, tía Hortensia, lo cortés que es el caballero.

Una criada le llevó su chal de cachemira, que Thorpe le echó por los hombros con absoluta corrección. El tacto de sus dedos en los brazos desnudos le produjo a Alexandra un súbito hormigueo, que se acentuó cuando él se inclinó para murmurarle en el oído:

—Me parece una lástima tapar tanta belleza.

—Sí, es un vestido bonito.

—No me refería al vestido —los ojos de Thorpe descendieron hasta la generosa curva de sus senos.

Alexandra se tapó ciñéndose aún más el chal.

—Creo que ya es hora de irnos —dijo forzadamente—. Buenas noches, tía.

Lord Thorpe se inclinó para saludar a Hortensia, y ambos salieron de la sala.

Una vez en la calle, Thorpe ayudó a Alexandra a subir en el mismo coche que la había llevado a casa aquella tarde.

—Empezaba a temer que su tía me interrogase sobre mis intenciones con respecto a usted.

—Y lo habría hecho de tener el tiempo necesario. Aunque lo que más la preocupaba era la malignidad del lugar al que piensa llevarme. Tía Hortensia conoce muchas historias sobre chicas inocentes perdidas en la Babilonia de Londres.

—No lo dudo. Lo que me extrañó fue que estuviera tan dispuesta a creerme capaz de llevarla a semejantes sitios.

—Eso tiene fácil explicación —repuso Alexandra con un rictus travieso—. Para ella, los ingleses tienen inclinación a la perversidad. Sobre todo, los nobles ingleses, quienes, por lo visto, dedican gran parte de su tiempo a secuestrar o seducir a doncellas inocentes.

—¿De veras? Sospecho que secuestrarla a usted sería una experiencia agotadora, de modo que me conformaré con seducirla —la sensual boca de Thorpe se arqueó en una sonrisa que hizo que a Alexandra se le acelerase el pulso.

—¿Ah, sí? Me temo que esa experiencia podría resultarle igual de agotadora.

—Oh, no —los ojos de él brillaron en la penumbra del coche—. Costosa, quizá, pero nunca agotadora, se lo garantizo.

Alexandra se notó la boca seca y tuvo que apartar la mirada. Miró por la ventanilla mientras trataba de organizar sus pensamientos. ¿Por qué aquel hombre ejercía un efecto tan extraño sobre ella?

El coche se detuvo por fin delante de una casa resplandecientemente iluminada. Thorpe y Alexandra se apearon del coche y recorrieron la alfombra roja de los escalones de la entrada, hasta las enormes puertas dobles custodiadas por dos criados. A continuación, entraron en un vestíbulo que era, en todos los aspectos, grandioso. El suelo era de losas de mármol negras y blancas. En el fondo, se alzaba una escalera doble con balaustradas de caoba decoradas con ramos de flores blancas. En el techo relucían dos enormes lámparas de araña.

—¿Dónde estamos? —inquirió Alexandra mientras contemplaba la habitación con una desacostumbrada sensación de asombro.

—La casa pertenece al duque de Moncourt —Thorpe señaló un enorme cuadro que ocupaba un lugar preferente en una de las paredes—. Ése es el caballo favorito del Duque. Por lo visto, ordenó al artista que el retrato del caballo fuese dos veces mayor que el de su esposa.

—Qué hombre tan extraño —Alexandra se fijó en los invitados que subían por la lujosa escalera, para ser recibidos por una elegante pareja situada en la parte superior. La mujer iba vestida de negro, con diamantes alrededor del cuello y en las muñecas.

Alexandra comprendió que había tenido razón al suponer que las demás damas irían vestidas con más elegancia que ella. Abundaban los vestidos de satén, encaje y terciopelo, confeccionados por los modistos más renombrados de Londres.

Por esa misma razón se sorprendió al comprobar, mientras entraban en la inmensa sala de baile, que casi todas las miradas se centraban en ella. Al principio, estaba demasiado distraída, observando las paredes llenas de espejos y dorados, como para reparar en los cuchicheos y las miradas sesgadas. Pero, finalmente, se dio cuenta.

—Lord Thorpe —susurró—. ¿Qué sucede?

—¿A qué se refiere? —él la miró con educada curiosidad.

—No me diga que no se ha dado cuenta. Todo el mundo nos mira. Y están cuchicheando.

—Me extraña que no esté acostumbrada a eso. Suele ser el sino de las jóvenes hermosas.

—No sea obtuso. Tengo el mismo aspecto de siempre y, normalmente, no suelo llamar tanto la atención.

Él sonrió.

—Aunque no lo crea, señorita Ward, es usted extraordinariamente atractiva —miró su suave tez, sus brillantes ojos castaños, la lustrosa mata de cabello negro que caía en forma de rizos sobre su esbelto cuello.

—Pero aquí hay muchas mujeres más guapas que yo.

–Sí, pero ninguna tan... llamativa.

–Bobadas –replicó Alexandra con brusquedad–. En realidad, creo que lo miran a usted.

–No suelo asistir a este tipo de fiestas –admitió Thorpe–. La sociedad londinense es una charca tan estancada, que hasta un hecho tan insignificante como es mi aparición en público agita sus aguas. Y más si aparezco en compañía de una atractiva desconocida.

–Ah. Ya entiendo.

–¡Sebastian! –llamó una profunda voz masculina. Se giraron para ver a un corpulento caballero que se dirigía hacia ellos, con una frágil belleza del brazo–. ¿Qué demonios estás haciendo aquí? Oh, les ruego me perdonen, señorita, Nicola –saludó a Alexandra inclinando la cabeza y luego miró a su acompañante, quien sonrió con gracilidad, obviamente acostumbrada al desenfreno verbal del caballero.

–Hola, Bucky –contestó Thorpe–. Recibí una invitación, así que se me ocurrió venir.

–No es muy propio de ti, viejo amigo –respondió Bucky animadamente–. Todo el mundo se está preguntando qué te ha impulsado a salir esta noche. Y quién es tu hermosa acompañante.

–Nunca deja de sorprenderme lo mucho que interesan a los demás mis idas y venidas, sobre todo teniendo en cuenta que no conozco a la mitad de los presentes.

–Suele ocurrir cuando se es un soltero codiciado

—Bucky se encogió de hombros—. A mí llevan años intentando echarme el lazo, y eso que sólo soy barón.

—Ah —la rubia que lo acompañaba sonrió, dirigiendo a Thorpe una mirada cargada de intención—. Pero eres un hombre encantador, Buckminster, y eso te da ventaja sobre los demás.

—Me hieres en el corazón, Nicola —dijo Thorpe con expresión dolida—. Lo siento. Me gustaría presentaros a la señorita Alexandra Ward. Es de Estados Unidos y está de visita en Londres. Señorita Ward, le presento a lord Buckminster y a su prima, la señorita Nicola Falcourt.

—¿Qué tal está? —saludó Nicola a Alexandra, sonriendo.

—Así que americana, ¿eh? —dijo lord Buckminster con afable asombro—. Encantado de conocerla. ¿Cómo es que conoce a Thorpe?

—Es una amiga de la familia —respondió Thorpe tranquilamente antes de que Alexandra pudiera explicar la relación existente entre ambos. Lo miró con extrañeza, pero no dijo nada.

Al cabo de unos minutos, cuando la pareja se hubo alejado, Alexandra se giró hacia él con las cejas enarcadas.

—¿Una amiga de la familia? ¿Teme que lo rechacen por relacionarse con una mujer de negocios?

—Dado que rara vez busco la compañía de nadie, la idea de que me rechacen apenas me preocupa —repuso Thorpe–. Sólo trataba de protegerla de posibles habladurías.

–Oh. Lo siento mucho.

–¿Una disculpa? Me asombra usted –Thorpe le ofreció el brazo–. ¿Damos una vuelta para que todos tengan la oportunidad de vernos bien?

Alexandra sonrió.

–De acuerdo.

Apenas habían avanzado unos cuantos pasos cuando un hombre se separó de un grupo y se dirigió hacia ellos, casi a la carrera. Se detuvo bruscamente y se quedó mirando a Alexandra. Por un instante, pareció ponerse pálido. Siguió mirándola unos segundos, luego respiró hondo y recuperó el color.

–Lord Thorpe –dijo con voz tensa–. Lo siento. Me ha... sorprendido verlo.

–Lord Exmoor –Thorpe inclinó levemente la cabeza, su rostro vacío de expresión. Alexandra, al notar la tensión de su brazo, lo miró de soslayo. A Thorpe no le caía bien aquel hombre, intuyó.

Extrañada ante su repentino cambio de actitud, se fijó con interés en el desconocido. Era alto y esbelto, con los ojos color avellana y el pelo castaño claro, con las sienes plateadas. Sus facciones eran largas y angulosas.

–Señorita Ward, permítame presentarle al conde de Exmoor –siguió diciendo Thorpe con resignación–. Lord Exmoor, Alexandra Ward.

–¿Cómo está? –Alexandra asintió educadamente.

—¿Es usted americana? —inquirió Exmoor.

—Sí.

—Qué interesante. Me ha parecido notarlo en su acento. ¿Ha venido a visitar a algún pariente?

—No. No tengo familia en Inglaterra —contestó Alexandra, descubriendo que no tenía ningún deseo de hablarle de sí misma—. Viajo con mi madre y con mi tía.

—Ah, comprendo. Espero que esté disfrutando de su estancia aquí.

—Sí, mucho. Gracias.

—No sabía que conociera usted a nadie de Estados Unidos, Thorpe —prosiguió Exmoor.

—Tengo muchos conocidos de los que usted no tiene constancia, lord Exmoor.

—Sí, sin duda —Exmoor se inclinó para saludarlos—. Buenas noches. Ha sido un placer conocerla, señorita Ward. Espero que volvamos a coincidir —dicho esto, se dio media vuelta y se alejó.

Alexandra se giró hacia su acompañante.

—¿Por qué no le cae bien ese hombre?

Thorpe la miró fríamente.

—¿Exmoor? ¿Por qué lo dice?

—Soy una ignorante con respecto a la conducta de la nobleza inglesa, pero he advertido la frialdad con que lo ha tratado.

Thorpe se encogió de hombros.

—No somos amigos —dijo cuidadosamente—. Ni

tampoco enemigos. Simplemente, no nos interesa fomentar nuestra relación. Bueno, ¿le apetece bailar?

Alexandra sabía que debía de haber algo más, pero se dejó llevar hasta la pista de baile sin protestar. El vals dio comienzo y empezaron a bailar. A Alexandra le resultó muy excitante estar tan cerca de él, contemplando fijamente sus ojos, a pocos centímetros de los suyos, sentir el calor de su mano en la cintura, como si en cualquier momento Thorpe fuese a apretarla fuertemente contra sí.

Se preguntó qué sentiría con respecto a ella. No era un detalle que la preocupase normalmente. Era consciente de su propia valía y, aunque los hombres solían sentirse atraídos por su belleza física, a Alexandra no la preocupaba que se sintieran igualmente disgustados con su inteligencia y su desparpajo.

Después del vals, Thorpe la llevó al piso de abajo, donde se servía una cena informal. Alexandra se sentó en una silla, junto a la pared, mientras él iba en busca de los platos de comida, como era costumbre en la etiqueta inglesa, por mucho que a ella le pareciera una estupidez.

Mientras permanecía sentada, contemplando distraídamente a la gente de la enorme sala, reparó en una mujer que la observaba desde lejos. Era menuda, casi delicada, y tal imagen resultaba acentuada por el vaporoso vestido de gasa que llevaba. También era muy hermosa, de tez clara y cabello rubio dorado.

Alexandra se preguntó quién sería y por qué estaría tan interesada en ella.

La mujer dirigió una rápida mirada hacia las mesas del bufé, donde permanecía Thorpe, y después se acercó a Alexandra. Ésta vio, mientras se aproximaba, que era mayor de lo que había supuesto.

—Veo que Thorpe la ha engatusado —dijo la mujer sin preámbulos.

—Perdón, ¿cómo dice? —Alexandra la miró sorprendida.

—Dicen que es usted americana —prosiguió la mujer, sin prestarle atención.

—Sí, lo soy. ¿Por qué lo...?

—Entonces, obviamente, no conoce usted su reputación.

—¿Se refiere a lord Thorpe?

—Naturalmente —respondió la mujer con impaciencia—. Las madres siempre vigilan a sus hijas cuando Sebastian anda cerca.

Debía de conocerlo bien si lo llamaba por su nombre de pila, dedujo Alexandra. Los británicos eran asombrosamente estrictos con tales detalles.

—Y sus motivos tienen —prosiguió la mujer, sus ojos azules fríos como la nieve.

—¿Y qué motivos son ésos? —inquirió Alexandra, igualando el tono gélido de su interlocutora.

—Ah, ya veo que la ha hechizado con sus encantos —respondió la mujer con una sonrisa sesgada—. Créame, es célebre por sus conquistas.

—En ese caso, me sorprende que sea tan bien recibido en sociedad.

—El dinero y un título suelen bastar para compensar todos los pecados.

—Lady Pencross.

Ambas se giraron hacia la voz masculina que se oyó a pocos pasos de ellas. Era lord Thorpe, y tenía los ojos fijos en la interlocutora de Alexandra. Su semblante no dejaba traslucir emoción alguna, pero su tono era inflexible como el acero. Alexandra notó un escalofrío en la espina dorsal.

—Sebastian —lady Pencross abrió los ojos afectadamente y su boca se arqueó hacia abajo—. No pareces muy contento de verme.

—Dudo que eso te sorprenda —replicó Thorpe con sarcasmo—. Estoy seguro de que tienes asuntos en otra parte, ¿me equivoco?

Alexandra contuvo la respiración ante aquella abierta muestra de descortesía. Los ojos de la rubia centellearon con rabia y, por un instante, Alexandra temió que replicase con algún comentario viperino, pero simplemente sonrió y se marchó.

—¿Otra persona cuya amistad no le interesa cultivar? —inquirió Alexandra con desenfado.

Thorpe, que se había girado para ver cómo la rubia se marchaba, miró de nuevo a Alexandra. Sus ojos parecían sombríos, su semblante surcado de amargas líneas. Finalmente, se relajó y emitió una breve risita.

—Sí. Lady Pencross y yo ya hemos «cultivado» demasiado nuestra amistad.

Alexandra sintió curiosidad por saber a qué se debía aquella enemistad entre Thorpe y la mujer, pero él no abundó en el asunto. Simplemente, se sentó junto a Alexandra y le pasó su plato.

—Espero no haberla hecho esperar mucho.

—No, me han amenizado bien la espera.

Thorpe la miró con seriedad.

—¿La ha molestado lady Pencross?

—No. Sólo parecía preocupada por el peligro que corre mi honra en tu compañía.

Él emitió una risotada carente de humor.

—Créeme, a esa mujer no la preocupa la honra de nadie, y menos la suya propia. Yo no le daría demasiada importancia a lo que diga lady Pencross.

—No se la daré. Pero soy capaz de decidir ese tipo de cosas por mí misma.

Thorpe la miró con ojos risueños.

—Por supuesto. ¿Cómo he podido olvidarlo?

Mientras comían, se entretuvieron hablando de la diversa gente que los rodeaba. Thorpe conocía a la mayoría, y los describió con un ácido sarcasmo que arrancó más de una risa a Alexandra.

—Qué duro es con sus semejantes.

Él se encogió de hombros.

—Soy un simple novato comparado con muchos de ellos. La perversidad y la ironía son la sal de la vida —dejó a un lado los platos—. ¿Preparada para seguir bailando?

—Desde luego. Será mucho más divertido observar a la gente ahora que conozco todos sus secretos.

—Apenas hemos arañado la superficie, mi querida muchachita.

Cuando hubieron subido las escaleras, lord Thorpe la condujo súbitamente hacia un rincón envuelto en sombras. Alexandra lo miró, buscando sus ojos, y se quedó sin respiración. ¿Acaso pretendía besarla?

Él sonrió levemente mientras le acariciaba la mejilla con los nudillos.

—Me intriga usted, señorita Ward.

—¿De veras? —Alexandra luchó para mantener un tono desenfadado, a pesar de que su caricia había hecho que se le acelerara el pulso—. ¿Y siempre hace esto con las mujeres que le intrigan, lord Thorpe? ¿Las lleva a rincones oscuros situados en pasillos desiertos?

—Es usted libre de irse cuando le plazca. Yo no la estoy reteniendo aquí.

Ella notó que las mejillas le ardían. Pero no se movió de donde estaba.

Una sonrisa asomó a los labios de Thorpe. Le deslizó una mano hasta la nuca. Alexandra observó, con el corazón desbocado, cómo se inclinaba hacia ella. Sus labios eran cálidos y suaves, y ella tembló un poco al experimentar aquella sensación nueva, hasta entonces desconocida. Las rodillas se le aflojaron, de modo que tuvo que agarrarse a las solapas de Thorpe para tenerse en pie. Él le exploró la boca con la lengua, arrancándole un jadeo, y bajó las manos hasta la carne redonda de sus nalgas, alzándola para apretarla contra sí. Alexandra notó el contacto de su deseo, duro e insistente, y se sintió aún más excitada.

Finalmente, Thorpe alzó la cabeza para mirarla, sus ojos resplandeciendo en la penumbra.

—¡Dios santo! No fue mi intención...

Alexandra se quedó mirándolo, momentáneamente sin habla. Sus pensamientos giraban en un torbellino de sensaciones.

—Aquí no tenemos intimidad —prosiguió él mirando por encima del hombro—. No quiero que seamos pasto de murmuraciones.

—¿Y qué es lo que quieres? —inquirió Alexandra tuteándolo.

La sensual sonrisa de Thorpe fue una respuesta más que elocuente.

—Tú ya debes de saber lo que quiero.

—Tengo cierta idea —Alexandra pugnó por recobrar el dominio de sí misma. Sí, sabía lo que él deseaba. Ese mismo deseo latía en sus propias venas. Conservar la virginidad nunca le había planteado dificultades anteriormente. De hecho, jamás se había sentido tentada de entregarla. Pero ahora, por primera vez, tuvo que esforzarse para hacer lo correcto—. E intuyo que tus intenciones no son honorables.

Thorpe sonrió sardónicamente.

—Mis intenciones, querida, pocas veces suelen ser honorables.

—He oído que tienes... mala reputación.

—Dicho de forma suave —Thorpe cruzó los brazos—. En realidad, se me tiene por un sinvergüenza mujeriego.

—¿Tienes por costumbre seducir a las jovencitas? —inquirió Alexandra, poniéndose rígida. ¿Era posible que hiciese vilmente presa en doncellas inocentes? ¿Que sedujera a muchachas vulnerables, encandilándolas con su apostura y su fortuna?

—No, en absoluto. Por lo general, las primerizas me aburren. A muchas madres les encanta creer que codicio la virginidad de sus hijas, pero dicha virginidad no suele interesarme. Tampoco me interesa valerme de engaños para meter a una mujer en mi lecho.

—Entonces, ¿qué es lo que buscas, si puedo preguntarlo?

—Una noche de placer con una mujer que sabe lo que quiere.

—Ya veo. Y supongo que el amor no entra en tus planes.

Los labios de él se arquearon levemente.

—Sólo los jóvenes y los necios creen en el amor, y yo ya he dejado de ser ambas cosas.

—Comprendo —dijo Alexandra. Sus palabras reflejaban amargura, no indiferencia. Eran las palabras de un hombre que había sufrido un desengaño en el terreno amoroso–. ¿De modo que me ofreces una breve aventura sin amor? Debo decir que la oferta parece difícil de rechazar.

–Tienes facilidad de palabra. Pero yo no lo definiría así –Thorpe le tomó la mano–. Llamémosle, mejor, un momento de pasión. Un intercambio de placeres entre personas adultas, que, con suerte, no tiene por qué ser breve.

Alexandra agachó la mirada y se alisó la falda del vestido.

–Me temo que te has equivocado conmigo.

–¿Vas a decirme que eres una tímida doncella al uso? –preguntó él con cierto deje de humor–. Querida, acabo de besarte. Me temo que debo discrepar.

Ella alzó la vista para mirarlo con su habitual franqueza.

–Sería una tonta si negara lo que he sentido. Y me doy cuenta de que soy una mujer atípica en muchos aspectos. Tampoco soy ninguna cría. Tengo veinticuatro años y estoy acostumbrada a tomar decisiones.

–Eso me consta.

–Sin embargo, creo que lo que tú buscas es una mujer con experiencia.

Los ojos de él parecieron inflamarse de pronto.

–¿Y tú no la tienes?

–No la clase de experiencia que tú necesitas.

–Perdóname. Había pensado que... cuando te besé...

Alexandra se ruborizó.

–Lamento haberte decepcionado.

Él esbozó una sonrisa lenta.

–Oh, no, no me has decepcionado. Pero ahora comprendo que me precipité –le tomó la mano y se la acercó formalmente a los labios–. Querida señorita Ward, perdone mis impertinencias. Veo que tendremos que tomarnos nuestro tiempo.

–¿De modo que te has propuesto seducirme? –inquirió Alexandra con curiosidad.

–Si te refieres a valerme de engaños para llevarte a mi lecho, no –Thorpe le besó la yema de cada dedo mientras seguía hablando–. Pero sí estoy dispuesto a proporcionarte la información que necesitas para tomar una decisión. Estoy seguro de que, como mujer de negocios, apreciarás la diferencia.

Alexandra emitió una carcajada.

–Es usted astuto, señor mío. Pero me temo que vivimos en mundos diferentes. Verás, yo creo en el amor. Sin él, la pasión es un placer vacío.

–Creo que tendremos tiempo de sobra para discutir sobre eso –dijo Thorpe con una sensual sonrisa–. Entretanto, quizá sea mejor que regresemos a la fiesta –le ofreció el brazo y ambos recorrieron el pasillo hasta la sala de baile. Nada más entrar, los ojos de Thorpe se iluminaron al ver a un grupo de gente–. Ah, ahí está –dijo sonriendo con satisfacción.

–¿Quién? –Alexandra siguió con curiosidad la dirección de su mirada.

—Ven, quiero que conozcas a la Condesa. Es una buena amiga mía. Su nieto y yo fuimos compañeros en el colegio. Solía ir a su casa con asiduidad. La Condesa siempre fue para mí como... una madre. O como una abuela.

—¡Thorpe! —dijo la Condesa, vestida con un elegante vestido gris y plata, al verlo acercarse—. Cuánto me alegro de verte —extendió las manos hacia él—. No esperaba verte aquí.

Thorpe se aproximó a ella, tomando sus manos para besarlas.

—Señora. Yo, en cambio, sí había esperado encontrarla en la fiesta. Hay alguien a quien me gustaría presentarle —se apartó y alargó una mano hacia Alexandra. Ésta dio un paso adelante—. Condesa, permítame que le presente a...

La Condesa miró a Alexandra y, repentinamente, el color abandonó sus mejillas.

—¡Simone! —exclamó antes de desplomarse en el suelo.

4

Por un instante, el grupo se quedó petrificado de horror al ver cómo la Condesa se caía redonda al suelo. Thorpe fue el primero en reaccionar.

—¡Condesa! —se arrodilló junto a ella y la incorporó, rodeándola con el brazo.

—¡Madre! —lady Ursula, hija de la Condesa, gritó sorprendida—. Dios bendito, ¿por qué se habrá...? ¿Se encuentra bien?

Thorpe comprobó el pulso de la anciana.

—Creo que sólo ha sido un desmayo. Hay que sacarla de aquí —dijo mientras la tomaba en brazos, alzándola con facilidad.

Ursula miró a su alrededor nerviosamente.

—¿Por qué habrá dicho ese nombre? Es muy extraño... —al ver a Alexandra, se detuvo en mitad de la frase—. ¡Dios mío!

Ursula se giró para seguir apresuradamente a Thorpe.

—Espera aquí —pidió Thorpe a Alexandra mientras Ursula, su marido y su hija corrían tras él como una bandada de gallinas inquietas.

Alexandra miró desconcertada a Nicola, que acababa de unirse al grupo.

—Qué raro —dijo Nicola—. Conozco a la Condesa desde siempre, y jamás la había visto desmayarse. Es una mujer muy fuerte.

—Parece que se... alteró mucho al verme.

—Estoy segura de que no ha sido por eso —la tranquilizó Nicola.

Alexandra, sin embargo, no estaba tan segura. Lady Ursula también había reaccionado de forma extraña al verla.

—¿Por qué diría ese nombre? ¿Simone?

—No lo sé. No conozco a nadie que se llame así. Parece un nombre francés, ¿verdad?

—Sí.

Alexandra miró de soslayo y vio que un hombre avanzaba resueltamente hacia ellas. Era el conde de Exmoor, a quien Thorpe le había presentado un rato antes. Nicola emitió entre dientes algo muy parecido a una maldición.

—Espero que lo de la Condesa no sea nada grave —dijo el conde al acercarse.

—Seguro que se pondrá bien —respondió Nicola fríamente—. Sin duda, habrá sido por el calor sofocante de la sala.

—Mmm. Estoy seguro de que tienes razón. La Condesa quizá sea ya un poco mayor para concurrir a estas fiestas.

—Lo dices como si estuviera senil, Richard. Es una mujer robusta y llena de vida.

—Querida hermana, no era mi intención insultar a la señora. Es una mujer extraordinaria y yo la admiro muchísimo.

—Yo no soy tu hermana.

Alexandra miró de reojo a Nicola, percibiendo el tono acerado de su voz. Su antipatía hacia el Conde era evidente.

—Vamos, vamos, Nicola, nuestra visitante puede llevarse una impresión errónea.

—Si tiene la impresión de que me caes mal, habrá acertado.

Alexandra no salía de su asombro. Nicola parecía frágil como una flor, pero su temperamento era sólido como el acero.

Exmoor puso expresión cínica y miró a Alexandra.

—Lo siento, señorita Ward. La señorita Falcourt y yo tenemos el problema de estar, quizá, excesivamente relacionados.

Sus palabras eran deliberadamente sugerentes, y la mirada que lanzó a Nicola estaba cargada de desafío.

Nicola respondió frunciendo los labios con desprecio.

—No te engañes, Exmoor —luego se giró hacia Alexandra—. Haga el favor de dispensarme, señorita Ward.

—Faltaría más —Alexandra observó cómo la otra mujer se alejaba. Después se volvió hacia el Conde. Desde luego, no parecía una persona muy apreciada.

Él se encogió de hombros y sonrió.

—Nicola y yo siempre hemos tenido nuestras diferencias. A pesar de que somos familia.

—¿Ah, sí?

—Sí. Estoy casado con su hermana.

—Oh —Alexandra se sorprendió. No parecía haber mucho cariño entre los cuñados.

—Quizá eso explique su antipatía hacia mí. Deborah y ella estaban muy unidas. A menudo, las hermanas pequeñas suelen sentirse celosas cuando las mayores se casan.

—Sí, supongo que puede ocurrir —contestó Alexandra.

—¿Qué le ha pasado a la Condesa? —inquirió él cambiando bruscamente de tema—. Parece haberse caído.

—Creo que se desmayó.

—Espero que no esté enferma —el Conde frunció el ceño al tiempo que miraba hacia la puerta—. Quizá debería ir a ver cómo se encuentra.

—Lord Thorpe y su hija están con ella. Seguro que la atenderán debidamente.

—¿Conoce usted a la Condesa? —inquirió él.

–No. Mejor dicho, acabo de conocerla.

–Ya veo. Una mujer extraordinaria. Tengo entendido que fue una belleza en sus tiempos.

–Sí, seguro que lo fue.

Siguieron charlando educadamente unos minutos y, en cuanto tuvo ocasión, Alexandra dejó al Conde y fue en busca del grupo, preguntándose cómo estaría la Condesa y cuánto tardarían en regresar. No obstante, uno de los criados la informó de que lord Thorpe había salido de la casa con la Condesa y los demás. Al principio, Alexandra se sintió dolida, pero luego recordó que Thorpe le había pedido que esperase, de modo que seguramente tenía pensado volver. Suspiró. No tenía ningún interés en quedarse en la fiesta, aburriéndose, hasta que él regresara.

Seguramente, se dijo, podía volver a casa dando un paseo, puesto que no estaba tan lejos. Decidida, pidió a uno de los criados que le devolviera su chal de cachemira y luego salió por la puerta principal, haciendo caso omiso de la expresión horrorizada del criado.

Fue un paseo agradable. La brisa de mayo aún era un poco fría, pero ella apenas lo notó gracias al chal. Cruzó la última calle y se encaminó hacia su casa cuando, repentinamente, oyó pisadas a su espalda. Con cierta inquietud, Alexandra apretó el paso. Las pisadas cesaron. Ella se giró sorprendida y, de pronto, una figura surgió de la oscuridad y se lanzó sobre ella. Ambos cayeron sobre el pavimento.

Alexandra emitió un grito antes de que el individuo le tapara la boca con la mano, sujetándola fuertemente con el otro brazo. Luego se levantó, arrastrándola consigo.

—¡Maldita arpía! —susurró él, inmovilizándola por detrás—. Vuélvete a tu país. ¿Lo has comprendido? —añadió zarandeándola.

Alexandra pataleó, golpeándole la espinilla con el talón. El individuo emitió un alarido de sorpresa y dolor, soltándola. Ella corrió hacia la casa, gritando, mientras la puerta se abría y dos criados asomaban la cabeza extrañados. Tía Hortensia los apartó rápidamente, traspasando la puerta.

—¡Alexandra! —corrió hacia su sobrina, alzando el candil para poder verla. Los dos sirvientes también acudieron presurosos.

Alexandra oyó cómo, tras ella, su agresor corría en la dirección opuesta. Los criados fueron tras él, pero se rindieron al llegar al extremo de la calle.

—¡Alexandra! ¡Niña! ¿Qué ha pasado? —tía Hortensia le echó un brazo por los hombros y la acompañó al interior de la casa—. Tienes un arañazo en la mejilla.

—No me extraña. Alguien me atacó —Alexandra se estremeció. Tenía los nervios deshechos y se sentía aturdida.

—¡Te atacó! ¿Y dónde está ese hombre con el que te marchaste? Tendría que haberte acompañado de vuelta a casa, en lugar de dejarte a merced de los maleantes callejeros —tía Hortensia la condujo al sofá de la sala.

—No me abandonó —repuso Alexandra irritada—. Tuvo que irse, empecé a aburrirme y decidí volver por mi cuenta.

—¿Qué clase de hombre deja a una muchacha sola en una fiesta? En fin, eso ahora no importa —añadió Hortensia al ver que su sobrina hacía ademán de protestar—. Siéntate en el sofá. Lo que necesitas es una copa de coñac —miró a los criados, que las observaban desde la puerta—. ¿Se puede saber qué hacéis ahí embobados? Traedle a la señora una copa de coñac.

Los criados se dispersaron rápidamente. De pronto, se oyó un jadeo ahogado en la puerta de la sala, y ambas se giraron. La madre de Alexandra permanecía en el umbral, mirando horrorizada a su hija.

—¡Mi niña! —gimió—. ¿Qué ha pasado? ¿Te han hecho algo? ¿Nos están atacando? —corrió hacia Alexandra y se arrodilló frente a ella—. Oh, cielos, oh, cielos —repitió una y otra vez.

—Todo va bien, madre. Nadie nos está atacando —dijo Alexandra tratando de sosegarla—. Sólo ha sido un accidente. Me caí.

—No. No. Vienen por nosotras. Lo sé. Tenemos que huir.

Alexandra contuvo la respiración. El brillo que iluminaba los ojos de su madre era alarmante. Parecía haber enloquecido.

—No ocurre nada, madre. Nadie vendrá por nosotras. Estamos a salvo, rodeadas de sirvientes.

—¡Tú no sabes nada! —Rhea alzó la voz, llena de pánico—. ¡Los criados se volverán contra nosotras! ¡Estamos indefensas!

—¡Mamá! —Alexandra la agarró fuertemente por los brazos—. ¡Tranquilízate!

Nancy, la doncella de Rhea, entró presurosa en la sala, en camisón y con los pies descalzos.

—¡Señora Rhea! ¡Está usted aquí! —Nancy dirigió una mirada de disculpa a Alexandra y tía Hortensia—. Lo siento. No sabía que se había levantado —se inclinó sobre Rhea Ward y la puso en pie, rodeándola con el brazo para consolarla—. Ya, ya. No va a ocurrirnos nada malo a ninguna.

—¿No? —Rhea se giró hacia la doncella, el pánico de su voz desvaneciéndose—. ¿De verdad?

—Se lo prometo. Yo nunca dejaría que nadie le hiciera daño.

—Pero el populacho... —Rhea miró nerviosamente hacia la ventana.

—En la calle no hay ningún populacho, señora. Escuche atentamente. ¿Oye algo?

Rhea ladeó la cabeza para escuchar.

—No —una sonrisa trémula se dibujó en su rostro—. Tienes razón.

—Quizá deberías dormir esta noche en la habitación de la señora Ward, Nancy —sugirió tía Hortensia.

—Eso pensaba hacer, señorita Hortensia. Pediré que me preparen una cama.

Alexandra observó cómo su madre se alejaba con la doncella, y los ojos se le inundaron de lágrimas.

—Oh, madre —miró a su tía—. ¿Qué es lo que le pasa? ¿Qué deberíamos hacer?

—Estará perfectamente por la mañana, ya lo verás —respondió Hortensia—. Se despertó con el ruido y se asustó, eso es todo.

—Pero ¿de qué hablaba? ¿Por qué pensó que había una multitud de gente en la calle?

—Ah, eso. Solía ocurrirle a menudo cuando tú eras pequeña. Se despertaba, en medio de terribles pesadillas, asustada y hablando de una multitud que os perseguía a ella y a ti. Creo que la experiencia que vivió en Francia, durante la Revolución, la traumatizó, aunque Rhea siempre se negó a hablar de ello.

—Pero ¿por qué iba a acordarse de eso ahora?

—Oh, seguramente se sintió desorientada al despertarse y ver a los sirvientes asustados. Probablemente te oyó gritar. Ah, ya llega el coñac —Hortensia se giró mientras el mayordomo entraba en la sala, con una bandeja de plata con una botella de coñac y dos copas.

Alexandra tomó una de las copas con ambas manos y tomó un generoso sorbo. El licor le quemó en la garganta e hizo que los ojos le lagrimearan. Tosió e intentó devolverle la copa a su tía, pero esta cruzó los brazos y le ordenó que apurase el resto.

—El coñac es el mejor remedio para aplacar los nervios —aseguró.

—Está bien —Alexandra tomó otro trago y se estremeció, notando que el estómago le ardía, aunque por fin empezó a sentirse algo más relajada.

—¡Por Dios santo, suélteme, estúpido! —rugió una voz masculina en el vestíbulo—. ¿Qué diablos pasa aquí?

—¡Thorpe! —Alexandra se levantó justo en el momento en que lord Thorpe entraba en la sala, zafándose de uno de los criados. El movimiento brusco hizo que se sintiera algo mareada, y se tambaleó.

—¡Alexandra! —exclamó él al tiempo que cruzaba la sala de dos zancadas para sostenerla entre sus brazos—. Dios mío, ¿qué te ha pasado? ¿Por qué está la puerta de la casa abierta? ¿Y qué hacen los criados merodeando en la calle con candiles?

Alexandra se apoyó en su pecho.

—Oh, Thorpe. Apareció un hombre y... me atacó...

—¿Qué? —él pareció atónito, y luego indignado.

—Yo... yo... —de repente, Alexandra prorrumpió en llanto.

—¡Alexandra! Querida mía —lord Thorpe la estrechó entre sus brazos, apretándola contra sí, al tiempo que inclinaba la cabeza sobre la de ella. Le acarició el cabello tiernamente, murmurándole palabras suaves.

Tía Hortensia, que había reparado en la expresión de dicha de su sobrina al ver a aquel hombre, los observó pensativamente durante unos segundos y luego salió de puntillas de la sala, cerrando la puerta tras de sí.

Alexandra alzó el rostro empapado de lágrimas hacia Thorpe.

—Lo siento.

Él sonrió.

—No necesitas disculparte —sacó su pañuelo y procedió a enjugarle las lágrimas. Luego se inclinó para besarla, lenta y profundamente, bebiendo de la dulzura de su boca, preso del mismo deseo arrebatador que había sentido en aquel rincón en sombras.

Ella se ciñó a él ansiosamente, rodeándole el cuello con los brazos. Thorpe exhaló un jadeo, notando cómo la pasión palpitaba en su interior. Bajó las manos hasta los senos de Alexandra y palpó la tierna carne. Sintió cómo los pezones se endurecían con sus caricias. Un gemido brotó de los labios de ella. Movió las caderas contra él instintivamente, buscando satisfacción, notando cómo su miembro latía contra su cuerpo, cálido y rígido. Alexandra emitió un jadeo ahogado al experimentar aquella sensación nueva, conforme su ansiedad aumentaba.

En el vestíbulo se oyeron pasos y la voz de un hombre que decía:

—Nada, señorita Ward.

—¿No habéis hallado ni rastro de él? —vociferó tía Hortensia, irritada.

Alexandra se retiró rápidamente de Thorpe, emergiendo de las brumas de la pasión al oír los ruidos. Se llevó una mano a la boca y miró a Thorpe con los ojos muy abiertos.

Él sintió una punzada de furia, y deseó enviar a tía Hortensia y los criados al infierno por haberlos interrumpido. Irritado consigo mismo, se giró y dijo con voz áspera:

—Perdóname. No he debido...

Alexandra se abrazó a sí misma, sintiéndose repentinamente muy sola y vacía.

—No hace falta que te disculpes. No era yo misma. Las circunstancias...

—¿Qué ha pasado? —inquirió él volviéndose.

—No estoy muy segura —Alexandra arrugó la frente—. Ese hombre se abalanzó de pronto sobre mí. Creo que me había seguido. Me agarró por detrás y dijo algo que me resultó muy extraño. «¡Vuélvete a tu país!».

—¿Estás segura de que dijo eso? Quizá no lo oíste bien.

—Lo oí perfectamente. Eso fue lo que dijo.

Thorpe se quedó mirándola un momento. Estaba seguro de que aquel individuo no la había agredido simplemente para decirle que se fuera del país. Era absurdo. Sin duda, había tenido la intención de violarla, aunque Alexandra era demasiado ingenua como para darse cuenta. Aquel pensamiento hizo que le hirviera la sangre.

—¿Y qué diablos hacías sola en la calle? —espetó furioso—. ¿Es que no tienes sentido común?

—Volvía a casa —repuso Alexandra, molesta—. No sé si lo recordarás, pero me dejaste sola en el baile.

—Te dije que esperaras.

—No me apetecía esperar. Estaba cansada y no conocía a nadie. El criado me dijo que te habías ido con la Condesa, y yo no sabía cuándo volverías... o si volverías en absoluto.

—¿Crees que habría sido capaz de dejarte allí?

—Eso fue lo que hiciste.

—Pero pensaba volver. Llevé a la Condesa a su casa, porque quería asegurarme de que se encontraba bien. Si me hubieras hecho caso, en vez de irte de la fiesta por tu cuenta, nada de esto habría ocurrido.

—¡Oh! —Alexandra lo miró con rabia—. ¿Me estás echando la culpa de que ese individuo me agrediera?

—No. Simplemente digo que fue una imprudencia por tu parte volver a casa sola.

—Te recuerdo que soy perfectamente capaz de cuidar de mí misma.

—¿Sí? —Thorpe enarcó una desdeñosa ceja—. Pues no lo parece.

—¿Qué estás insinuando? —Alexandra crispó los puños e irguió el mentón—. Lo resolví perfectamente. Le di una patada, escapé y corrí hacia la casa. ¡Nadie tuvo que ayudarme!

—El hecho es que ese hombre jamás te habría agredido si hubieras ido acompañada. Probablemente te consideró...

—¿Me consideró qué? —Alexandra puso los brazos en jarras. Sus ojos echaban chispas.

—Una presa fácil —contestó Thorpe—. Y lo eras, maldita sea.

—Creo que debes marcharte ya —dijo ella con frialdad.

—Sí, tienes razón. Debo irme —Thorpe se encaminó hacia la puerta. Pero, antes de salir, se giró y dijo—: Vendré a recogerte mañana por la tarde. Le prometí a la Condesa que te llevaría a su casa. Tiene muchas ganas de conocerte —hizo una cortés reverencia y añadió—: Buenas noches. Asegúrate de que todas las ventanas estén bien cerradas.

Alexandra se quedó boquiabierta. ¿Cómo se atrevía a hacer planes por ella con semejante ligereza? Se giró y descargó su frustración dando una patada a un taburete, que rodó hasta el otro extremo de la sala.

—¡Ay! —se lastimó el dedo gordo del pie y tuvo que sentarse en el sofá para darse un masaje—. ¡Maldito sea ese hombre!

Lord Thorpe, decidió, era el hombre más arrogante, fresco y presuntuoso que había conocido nunca. Pero lo peor era que, pese a su descaro y su arrogancia, Alexandra seguía estremeciéndose al recordar sus besos.

—¿Se ha ido? —preguntó tía Hortensia entrando por la puerta. Observó detenidamente la expresión de Alexandra.

—Sí. ¿Por qué me miras de ese modo?

—Es sólo que... nunca te había visto mirar a nadie así.

—¿Cómo?

—Del modo en que mirabas al señor Thorpe.

—Lord Thorpe.

—Sí, claro. Lord Thorpe —tía Hortensia puso los ojos en blanco—. Esos ingleses y su infernal apego a los títulos —hizo una pausa—. Alexandra, ¿sientes... sientes algo por ese hombre?

—¿Si siento algo? —Alexandra notó que se le inflamaban las mejillas—. No seas ridícula. Es egoísta, presuntuoso... —chasqueó la lengua con frustración—. Si siento algo por él, es antipatía.

—Oh.

—Y deja de mirarme así. Voy a acostarme ya —añadió Alexandra malhumoradamente.

—Creo será mejor que nos acostemos todos —convino su tía.

Ya en la cama, Alexandra no consiguió dejar de pensar en Thorpe. No comprendía sus sentimientos hacia él, ni la ansiedad que la embargaba al acordarse de sus besos y sus caricias. Tampoco conseguía desterrar de su mente su encuentro con el desconocido agresor, ni la extraña reacción que tuvo la Condesa, a quien no conocía de nada, al verla en la fiesta. Y, lo que era aún más inquietante, ¿por qué la había llamado «Simone»?

Un escalofrío recorrió a Alexandra. Por primera vez desde que había llegado a Londres, se levantó de la cama y cerró con llave la puerta de su dormitorio.

Al día siguiente, Alexandra se despertó sintiéndose mucho mejor. Se levantó, abrió la puerta y recogió la bandeja con té y pastas que la criada había dejado junto a la puerta al encontrarla cerrada.

En un principio, se había planteado no ir con lord Thorpe a casa de la Condesa. No obstante, su curiosidad acabó pesando más que su justificada indignación. Tenía que conocer a la Condesa y descubrir qué la había impulsado a llamarla por aquel extraño nombre la noche anterior.

Así pues, Alexandra se hallaba lista cuando lord Thorpe acudió a recogerla aquella tarde. La casa de la Condesa era más pequeña que la que había visitado el día anterior, pero mucho más cálida y acogedora. El mayordomo los acompañó hasta la sala de estar, una elegante habitación decorada en tonos azules, y seguidamente fue a avisar a la señora de su llegada.

Alexandra paseó la vista por la sala. Había pensado que estaba vacía, pero, al girarse hacia el sofá, una mujer asomó la cabeza por el respaldo. Tenía el pelo castaño, veteado de gris, y era algo regordeta. Llevaba puesto un sencillo vestido color marrón y sostenía en la mano una madeja de hilo.

–Dispense, sólo estaba... –se detuvo en mitad de la frase, mirando a Alexandra boquiabierta–. Dios santo –se llevó una mano al pecho–. La Condesa me dijo que era usted clavada, pero jamás imaginé que...

–¿Disculpe? –dijo Alexandra educadamente. ¿Qué le pasaba a todo el mundo? Obviamente, debía de recordarles a alguien, pero ¿por qué se mostraban tan sorprendidos?

–Lo siento. Debe usted disculparme. Soy una tonta... No debería ser la primera en hablar con usted. Ésta es la casa de la Condesa, naturalmente. Yo vivo aquí porque ella es una mujer muy caritativa y bondadosa, pero no debería recibirla a usted en su lugar. Es que, verá, recordé que la madeja se me había caído aquí ayer y vine a buscarla. Pero no pensé que fuese a venir nadie. Mejor dicho, sabía que iban a venir ustedes, pero...

–No se preocupe, señorita Everhart –terció Thorpe, interrumpiéndola–. Seguro que a nadie le molestará que haya venido a la sala para recoger la madeja, y menos a la Condesa.

–Oh, desde luego –la mujer sonrió de oreja a oreja–. Es tan buena...

—Señorita Everhart, permítame que le presente a Alexandra Ward. Señorita Ward, ésta es Willa Everhart, prima de la Condesa.

—Prima segunda —añadió la señorita Everhart. Por sus palabras y sus modales, Alexandra dedujo que debía de ser una pariente pobre que vivía en la casa gracias a la caridad de la Condesa.

Se oyeron pasos en el vestíbulo y la voz de una mujer mayor que decía:

—De verdad, Ursula, no necesito apoyarme en ti. Por amor de Dios, todavía no tengo un pie en la tumba.

—Por supuesto que no, madre. Pero no debes esforzarte tanto. Después de lo de anoche...

La Condesa entró en la sala. Alta y esbelta, tenía el porte regio de una condesa... e incluso de una reina, se dijo Alexandra.

—Señorita Ward, ha sido usted muy amable al venir —dijo ofreciéndole la mano. Alexandra se la tomó y la Condesa permaneció unos segundos mirándole fijamente la cara, con expresión triste, casi de añoranza. Por fin, esbozó una sonrisa trémula y le soltó la mano—. Soy la condesa de Exmoor, señorita Ward.

—¿Exmoor? —repitió Alexandra. ¿No se llamaba así el hombre al que conoció en la fiesta, y al que Thorpe y Nicola parecían detestar?—. Lo siento, esto de los títulos me desconcierta un poco. ¿Está emparentada con el conde de Exmoor?

—Es un primo lejano —respondió la Condesa fríamente—. Heredó el título de mi difunto esposo.

—Entiendo —contestó Alexandra, aunque en realidad no entendía nada, salvo que la Condesa parecía antipatizar con el Conde tanto como los demás.

—Veo que ya ha conocido a mi prima, la señorita Everhart —siguió diciendo la Condesa.

La señorita Everhart comenzó a disculparse atropelladamente, pero lady Ursula la interrumpió con brusquedad.

—Oh, por Dios, Willa, cállate. A nadie le molesta que estés aquí y lo sabes perfectamente. Por supuesto que te interesaba ver a la señorita Ward. Como a todos.

La Condesa miró a su hija enarcando una ceja.

—Mi hija, lady Ursula —le dijo a Alexandra. A continuación, señaló hacia una jovencita de aspecto tímido situada junto a Ursula—. Y su hija, Penelope, mi nieta.

Penelope saludó a Alexandra educadamente.

Una vez hechas las presentaciones pertinentes, todos se sentaron a tomar el té. Mientras removía su taza con una cucharilla, la Condesa sonrió a Alexandra.

—Me dice Sebastian que es americana y que está en Londres de visita, señorita Ward.

—Sí, ya llevamos aquí unas dos semanas.

—Ah, ¿viaja usted en compañía de su familia?

—Sí, con mi madre y mi tía.

—Ojalá hubiesen venido ellas también —dijo la

Condesa–. Tendrías que habérmelo dicho, Sebastian. Me gustaría conocerlas.

–Mi madre no sale mucho. Inglaterra no parece... sentarle muy bien.

–Será por la humedad, sin duda. Aun así, quisiera conocerla. Quizá cuando se encuentre mejor...

–Cómo no –respondió Alexandra educadamente.

La Condesa sonrió.

–Seguramente se preguntará por qué he solicitado su visita. Quería disculparme por mi comportamiento de anoche.

–No tiene por qué disculparse –se apresuró a decir Alexandra.

–Debí de parecerle una mujer muy extraña. Por eso deseaba darle una explicación. Y verla otra vez, para asegurarme de que mis ojos no me habían engañado.

–Madre, no es necesario que entres en deta...

–Ursula, por favor –la modulada voz de la Condesa se endureció, acallando a su formidable hija–. Deseo explicárselo todo a la señorita Ward –se giró hacia Alexandra–. Como habrá supuesto, la tomé por otra persona cuando la vi anoche. A la luz de las velas, parecía idéntica a ella. Incluso ahora, el parecido es asombroso. Naturalmente, es imposible que sea usted la mujer a la que me refiero, pues ella tendría ahora la edad de Ursula. Pero tenía usted el mismo aspecto que tenía ella la última vez que la vi, hace unos veinte años –la Condesa hizo una pausa antes de proseguir–: Se parece usted a mi nuera, Simone, la esposa de mi hijo. Murió hace veintidós años. Y mi hijo y mis tres nietos.

–¡Oh, señora! Lo siento mucho.

–Gracias –la Condesa suspiró–. Fue una época terrible. Emerson, mi hijo, y su familia habían ido a visitar a los padres de Simone. Mi esposo enfermó y murió mientras ellos estaban fuera, de modo que les mandamos un aviso, pero entonces estallaron las revueltas. Ignoro si llegaron a recibir el mensaje. El populacho los asesinó. No les importó que Emerson fuese inglés. Se hospedaban con los padres de Simone. Aristócratas, evidentemente.

Un escalofrío recorrió a Alexandra.

–¿Ha dicho el «populacho», señora? ¿Dónde estaban?

–Se encontraban en París cuando estalló la Revolución. El populacho asaltó su casa y los ejecutaron a todos, incluidos los niños.

–¿En París? –repitió Alexandra con voz ahogada–. Pero ahí fue donde...

–¿Qué, querida?

–Ahí fue donde yo nací.

La Condesa se puso rígida, llevándose una mano a la garganta.

–¿Ha... ha vivido usted en París?

Alexandra asintió.

–Sí. Mi padre era un diplomático americano en la corte francesa.

—¿Cuándo fue eso? —preguntó la Condesa con ansiedad—. ¿Cuándo estuvieron sus padres en París?

—En la época de la Revolución. Nací un año y medio antes de que estallara. Mis padres se marcharon al iniciarse las revueltas y volvieron a Estados Unidos. O, mejor dicho, mi madre. Mi padre enfermó de fiebre y murió en el viaje.

—Lo lamento —la Condesa hizo una pausa—. ¿Es posible que... estuviera usted emparentada con la familia de Simone? ¿Los De Vipont?

—No. Tanto mi padre como mi madre eran americanos. Rhea e Hiram Ward.

—Todo esto es muy extraño —murmuró la Condesa, muy pálida.

Thorpe frunció el ceño, preocupado, y se arrodilló a su lado, tomándole la mano.

—Por favor, no se acongoje. Comprendo que el parecido pueda ser asombroso. Pero sólo se trata de una extraña coincidencia. Que Alexandra naciera en la misma ciudad donde murieron su hijo, lord Chilton, y su familia no significa que...

Lady Ursula exhaló un jadeo ahogado.

—¿Qué? —la Condesa se puso blanca como el mármol—. ¿Cómo la has llamado? —se giró hacia Alexandra—. ¿Cuál es su nombre de pila?

—Alexandra, señora —Alexandra miró a la anciana con preocupación—. Por favor, no se aflija.

—¡Pero así se llamaba una de mis nietas! Eran John, Marie Anne y Alexandra, la menor.

Hubo un prolongado momento de silencio mientras todos los presentes en la sala miraban a Alexandra y a la Condesa.

—Es absurdo, madre —dijo Ursula por fin—. Es prácticamente imposible. Ella no puede ser hija de Chilton.

La Condesa se volvió para mirarla con ferocidad.

—¿Acaso no recuerdas cómo era la pequeña Allie? ¿Sus mejillas sonrosadas, sus grandes ojos castaños? ¡Su cabello negro y rizado! Era idéntico al de su madre.

—¡Señora! —exclamó Alexandra—. ¿Está sugiriendo que yo soy su nieta?

—Tienes la edad correcta. Te pareces a Simone. Estuviste en París en aquella misma época.

—Es imposible —insistió lady Ursula tajantemente, dirigiendo a Alexandra una mirada sombría—. Díselo, Thorpe. Es completamente absurdo.

—Sus nietos fueron asesinados por el populacho, señora —dijo Thorpe mirando preocupado a la Condesa, cuyas mejillas estaban impregnadas de color—. Eso es lo que siempre he oído.

—Pero ¿cómo podemos estar seguros? —repuso la Condesa—. ¡Nunca llegamos a recibir los restos de ninguno de ellos!

—Pues claro que no. Quemaron la casa —explicó Ursula con brutal franqueza—. Pero varios testigos vieron cómo los ejecutaban. Bertram Chesterfield lo declaró en el juzgado, ¿no lo recuerdas?

—Desde luego. Aún no estoy senil —replicó su madre—. Pero también sé que Bertram Chesterfield es un estúpido.

—Quizá, pero es un caballero. No mentiría sobre una cosa así.

—Tal vez no, pero sí podría haber exagerado. O haberse equivocado.

—Un momento —terció Alexandra—. Yo no puedo ser su nieta, señora. Es imposible. Soy hija de Hiram y Rhea Ward. Hija única.

—Por favor, acompáñeme —pidió la Condesa levantándose—. Y tú también, Sebastian. Quiero que veáis una cosa.

Pese a las protestas de Ursula, su madre salió de la sala seguida de Thorpe y Alexandra. La Condesa los condujo al piso superior y, a continuación, abrió la puerta de uno de los dormitorios.

—Ése es un retrato de Chilton con su esposa. Fue hecho poco después de que se casaran. Fijaos bien en ella.

Obedientemente, Thorpe y Alexandra se acercaron al retrato. Salvo por el peinado, la mujer guardaba un parecido increíble con Alexandra.

—¡Dios bendito! —exclamó Thorpe.

Ella notó un escalofrío en la espina dorsal. Resultaba enervante contemplar un rostro tan parecido al suyo, como si se estuviera viendo en un espejo. Había diferencias, por supuesto. Aquella mujer era un poco más baja y tenía las mejillas más carnosas. Pese a todo, dichas diferencias eran nimias.

—¿Lo veis? —dijo la Condesa en tono triunfante—. Semejante parecido sólo puede darse entre parientes —dicho esto, salió del dormitorio.

Alexandra echó un último vistazo al retrato y luego Thorpe y ella siguieron a la Condesa de vuelta a la sala.

—Dile que es ridículo, Thorpe —ordenó Ursula al verlos entrar—. Que es un disparate.

—No es ningún disparate —insistió la Condesa fríamente—. Alexandra pudo haber escapado. Apenas era una niñita. Pudo huir sin que nadie se diera cuenta. O quizá alguno de los amotinados se compadeció de ella y la dejó marchar. Bertie Chesterfield nunca dijo haber visto cómo mataban a la niña.

—Supongo que podría ser posible —convino Thorpe—. Pero ¿no cree que, de haber sucedido tal cosa, habría usted tenido noticia de ello mucho antes?

—No, si la niña escapó. ¿Quién la habría reconocido? ¿Quién habría sabido a qué familia pertenecía?

—Pero ¿cómo llegó hasta América? —inquirió Ursula en tono triunfante.

—No lo sé. No tengo todas las respuestas —respondió su madre con cierta hosquedad. A continuación, se giró hacia Alexandra ansiosamente—. Quizá su madre lo sepa.

Alexandra se removió incómoda. No podía hablarles de las condiciones en las que se hallaba su madre.

—Puedo preguntárselo. Pero, señora, no creo que sea posible lo que usted sugiere. Es decir, sé quiénes son mis padres.

—A veces —empezó a decir la Condesa con mucho tacto—, en las familias se guardan secretos.

—¿En qué fecha naciste, Alexandra? —terció Thorpe—. ¿Qué edad tenías cuando estalló la Revolución?

—Nací el 20 de enero de 1787. Así que debía de tener un año y medio en aquel verano.

—¡Ya está! ¿Lo ves? —exclamó lady Ursula en tono victorioso—. Muy inteligente, Thorpe. La hija de Chilton tenía dos años en aquella época. Nació en el verano del 86.

—El 18 de junio —murmuró la Condesa con un deje de tristeza. Miró a Alexandra—. Lo siento. Supongo que es imposible que seas tú, ¿verdad?

Sin embargo, por la expresión de la Condesa, Alexandra comprendió que seguía totalmente convencida.

—Me temo que sí —respondió tomando la mano de la anciana—. Lo siento mucho. Espero que, al menos, me permita ser su amiga.

La Condesa sonrió y le dio una palmadita en la mano.

—Ya lo creo que seremos amigas.

—Madre, creo que ya es hora de que descanses —terció Ursula mirando a Alexandra con dureza—. Thorpe acompañará a la señorita Ward a su casa.

—Sí, me gustaría echarme un rato —la Condesa, que se había mostrado rebosante de energía minutos antes, parecía cansada. Dirigió una sonrisa a Alexandra—. Gracias, querida, por haber venido a verme. Espero que vuelvas a visitarnos pronto.

—Cómo no, señora. Para mí ha sido un placer conocerla.

Mientras la Condesa se dirigía hacia la puerta, lady Ursula se giró hacia Alexandra.

—Le agradecemos mucho su visita, señorita Ward —dijo con el mismo tono que emplearía con un criado—. A veces, mi madre tiene extrañas ocurrencias. Pero, como ha podido ver, no es una mujer fácil de engañar. Y tiene familia que vela por que nadie se aproveche de ella.

Parecía una amenaza velada, se dijo Alexandra, aunque ignoraba qué motivos podía tener aquella mujer para amenazarla. Sin mediar más palabras, Ursula salió por la puerta.

—Ah, esta lady Ursula… siempre tan diplomática —comentó Thorpe sarcásticamente. Acompañados por el mayordomo, salieron de la casa y se subieron en el coche de caballos—. Espero que no estés disgustada.

—¿Por lo que dijo la Condesa? No… Bueno, debo confesar que sentí un escalofrío al ver a la mujer del retrato. Se parecía mucho a mí, ¿verdad?

—Sí, el parecido es asombroso —admitió Thorpe—. Comprendo que la Condesa se desmayase al verte anoche. Jamás llegó a superar la pérdida de su hijo y de su familia. No suele hablar de ellos, pero siempre hay tristeza en sus ojos.

—Lo siento mucho por ella. Debió de ser horrible. Ojalá pudiese ayudarla de algún modo. ¡Pero no puedo ser su nieta, como ella creía!

—Tiene que haber una explicación lógica. Podrías ser una pariente lejana de los De Vipont. Es posible que algún miembro de la familia se trasladase a Estados Unidos.

—Supongo que sí —convino Alexandra con cierta reserva—. Aunque nunca había oído hablar de ellos. Ni me consta que haya alguien francés en nuestro árbol genealógico.

Thorpe detuvo el carro delante de la casa de Alexandra y la ayudó a bajar. Ella se adelantó hacia los escalones de la entrada. Conforme avanzaba, distinguió una forma marrón en el escalón superior. Llena de curiosidad, se acercó más. Entonces lo vio claramente, y emitió un leve grito antes de llevarse una mano enguantada a la boca.

¡Era una enorme rata muerta!

–¡Alexandra! –Thorpe acudió rápidamente a su lado. Sus ojos se desviaron hacia el animal–. ¡Santo cielo! ¿Qué hace eso ahí?

–No tengo ni idea. Qué asco –exclamó Alexandra, estremeciéndose.

–¿Será un regalo de vuestro perro o vuestro gato? –aventuró él.

–No tenemos perro ni gato.

–Puede que el ama de llaves sí. En casi todas las cocinas hay un gato para espantar a los ratones.

–Es posible. No estoy segura. Pero tendría que ser un gato monstruosamente grande para traer una rata como ésa.

–Cierto –las esperanzas de Thorpe de calmarla con una mentira agradable se desvanecieron.

–La ha traído una persona.

–Eso parece –asintió Thorpe a desgana. Se acercó

a la puerta y llamó con los nudillos. Un criado abrió al instante.

—¡Demonios! —exclamó al ver el animal muerto—. Oh, discúlpeme, señorita...

—¿Presumo que no lo habías visto antes? —le preguntó Thorpe.

—¡En absoluto, señor! Les pido disculpas. No puedo imaginar cómo habrá llegado hasta aquí.

—Avisa al mayordomo. Quiero hacerle unas cuantas preguntas. Y retira el cadáver cuanto antes.

—Entremos por la puerta del servicio —sugirió Alexandra—. Así no tendremos que esperar a que lo retiren. No estoy dispuesta a pasar por encima de esa cosa.

Cuando entraron en la cocina, todos los presentes se giraron para mirarlos con asombro.

—Necesito hablar con todos vosotros —empezó a decir Alexandra, y los criados se alinearon obedientemente delante de ella—. Hay una rata muerta en los escalones de la entrada —añadió sin más preámbulos.

Todos se quedaron mirándola con estupefacción.

—¿Cómo dice, señorita? —inquirió el mayordomo, creyendo no haberla oído bien.

—Lord Thorpe y yo encontramos una rata muerta delante de la puerta de entrada. Y quiero saber si alguno de vosotros la puso ahí.

—¡Señorita Ward! —el mayordomo pareció verdaderamente horrorizado, como el resto del servicio—.

¡A ninguno de nosotros se le ocurriría hacer algo semejante!

—¿Habéis visto u oído algo sospechoso? —siguió preguntando Alexandra.

Todos los miembros del servicio corearon un enfático «no».

Finalmente, sin sacar nada en claro, Alexandra y Thorpe salieron de la cocina. Ella suspiró mientras entraban en la sala de estar.

—Otro motivo para que cuchicheen de lo locos que estamos los americanos —dijo con un suspiro.

Thorpe sonrió.

—Dudo que te tomen por loca.

—Anoche llegué a casa corriendo y gritando, y hoy encuentro una rata muerta en la entrada.

Él emitió una risita.

—Debo admitir que uno nunca se aburre contigo.

—Te aseguro que, normalmente, mi vida suele ser menos espectacular —replicó Alexandra—. Nunca me habían pasado estas cosas. Sólo desde que llegué a Inglaterra. Concretamente, desde que te conocí.

Thorpe arqueó las cejas perezosamente.

—¿Estás sugiriendo que yo tengo la culpa?

Alexandra se echó a reír.

—No. Sólo digo que han empezado a sucederme cosas extrañas desde que me relaciono con la alta sociedad londinense.

Él se quedó mirándola.

—¿Crees que algún asistente a la fiesta de la Duquesa te está haciendo todo esto?

Ella titubeó.

—No sé qué decir. Resulta absurdo, pero... Bueno, alguien parece desear que abandone Inglaterra. No se me ocurre quién puede ser... excepción hecha de lady Ursula, claro está —añadió sarcásticamente.

Thorpe emitió una carcajada.

—No creo que Ursula haya dejado esa rata muerta. Aunque bien pudo espolear al honorable Augusto para que lo hiciera, como lady Macbeth.

Alexandra no pudo menos de reírse al imaginar al orondo y pusilánime marido de Ursula cometiendo tamaño crimen.

—No, tienes razón. Supongo que podemos descartarlos a ambos.

—Tampoco sabemos si el incidente de anoche está relacionado con lo que ha ocurrido hoy.

Alexandra lo miró con incredulidad.

—¿Más coincidencias? No me parece probable. Mi agresor me dijo que me marchara del país, y hoy me ha dejado un recordatorio —irguió el mentón—. Confieso que siento cada vez más curiosidad. Puede que incluso prolongue mi estancia en Londres.

—Ya lo suponía.

Alexandra enarcó una ceja.

—¿Acaso preferirías que me marchase?

—No —Thorpe sonrió—. En absoluto. Pero sí quiero que tomes precauciones.

—Las tomaré. A partir de hoy, todas las puertas y ventanas se cerrarán por la noche. Y quizá ponga a un sirviente a custodiar la puerta.

—Te enviaré a mi ayuda de cámara.

—¿Para qué? ¿Qué voy a hacer yo con tu ayuda de cámara?

—No es un ayuda de cámara corriente —le aseguró Thorpe—. Fue ordenanza de un oficial del ejército en la India. Es completamente leal y un excelente luchador. Aunque quizá prefieras a Punwati. Es algo más afable que Murdock.

—No necesito a ninguno de los dos —dijo Alexandra con firmeza—. Mi tía y yo podremos manejar perfectamente la situación. Además, no quisiera tener a tu ayuda de cámara pegado a mí constantemente y aterrorizando a los criados.

—¿Has oído hablar de Murdock?

—Bueno, el señor Jones me dijo que es un hombre un tanto peculiar.

Thorpe dejó escapar una carcajada.

—Se ha visto metido en muchas reyertas. Por eso, precisamente, es la persona ideal para brindarte protección.

—Insisto en que no será necesario. Además, no quiero privarte de tu ayuda de cámara.

Thorpe hizo una mueca.

—Eres una mujer exasperante. Supongo que ya te lo habrán dicho.

—Unas cuantas veces —Alexandra sonrió.

—¿Por qué eres tan testaruda?

—Yo no soy testaruda. Sencillamente, no necesito ni quiero que tu ayuda de cámara me proteja.

Thorpe la miró con dureza, pero ella le sostuvo la mirada sin arredrarse. Finalmente, él la agarró por los hombros para darle un beso breve e intenso.

—Si se produce algún otro incidente, enviaré a Murdock para que proteja tu casa, aunque tenga que hacerlo apostado en la calle. ¿Está claro?

—Perfectamente —Alexandra se pasó la lengua por el labio superior—. ¿Siempre haces valer tus opiniones de esta manera?

Thorpe se fijó en su boca, y una súbita oleada de calor lo recorrió por dentro.

—Sólo cuando es necesario.

Se inclinó para besarla de nuevo, esta vez más lentamente. Los recuerdos de la noche anterior inundaban su mente y hacía que la piel le ardiera. Deseó seguir besándola hasta que ninguno de los dos fuese capaz de parar, pero se retiró de ella a desgana.

—Debo irme ya.

Por mucho que deseara quedarse, tenía cosas que hacer. Murdock, su ayuda de cámara, tenía contactos con ciertos elementos criminales de Londres, aunque Thorpe siempre había creído prudente no abundar demasiado en el cómo y el porqué de dichos contactos. Le pediría que husmeara por ahí, para ver si oía de alguien que hubiese agredido recientemente a una hermosa americana. Alexandra quizá se negara a aceptar su protección, pero eso no significaba que él no pensara protegerla de un modo u otro.

Una vez que Thorpe se hubo marchado, Alexandra subió al dormitorio de su madre.

—Ah, señorita Alexandra —Nancy alzó la vista de la costura que tenía en la falda y sonrió—. Me disponía a bajar para prepararle a su madre una taza de chocolate.

Tía Hortensia, Alexandra y Nancy habían acordado tácitamente no dejar sola a Rhea desde el incidente de la tetera. Nancy se levantó y, dejando a un lado la costura, salió del cuarto.

Rhea se inclinó hacia su hija y susurró:

—Menos mal que se ha ido. No sé qué mosca le ha picado a Nancy. Apenas ha salido de la habitación en todo el día. Creo que tiene miedo de los criados.

—¿En serio?

Rhea hizo un gesto de asentimiento.

—Son... diferentes, ya sabes. A veces, me exasperan. No critico a Nancy por no simpatizar con ellos.

—Aun así, supongo que este país es más parecido al nuestro que ningún otro. Es decir, hablamos el mismo idioma y procedemos de un tronco común —Alexandra hizo una pausa y luego añadió—: No como los franceses, por ejemplo.

Su madre la miró recelosamente.

—¿Los franceses? ¿De qué estás hablando?

—Quería decir que los franceses son más ajenos a nosotros, ¿no te parece? Tienen otro idioma, otras costumbres.

—Sí —asintió Rhea con cierta cautela.

—Nunca has hablado mucho de la época que papá y tú pasasteis en Francia. Cuando él trabajaba con el embajador.

Rhea parpadeó.

—Yo... bueno, tampoco hay mucho que contar.

—¿Cómo era París? Dicen que es una ciudad muy bella.

—Supongo... supongo que sí —Rhea apartó la mirada, frotándose la frente—. No me gusta hablar de eso.

—¿De qué?

—De esa época. De París.

—Pero me interesa mucho. A fin de cuentas, nací allí —ante el silencio de su madre, Alexandra agregó—: ¿O no?

—¿Cómo? Sí, por supuesto. ¿Por qué me haces unas preguntas tan tontas? —Rhea introdujo la mano en el espacioso bolsillo de su falda, y Alexandra pudo ver a través de la tela que acariciaba algo. Aquella estúpida caja, se dijo irritada. ¿Qué contenía? ¿Por qué su madre le tenía tanto apego?

—Madre... ¿te importaría hablarme del día en que yo nací?

—¿Cómo dices? —la agitación de Rhea pareció aumentar. Paseó la mirada por la habitación, en todas direcciones, evitando los ojos de Alexandra–. Qué pregunta más extraña.

–Fue en París, ¿verdad?

–Sí, desde luego.

–¿Dónde?

–¿Dónde? Pues en nuestra casa.

–¿Te asistió una comadrona?

–Sí. Esta conversación me resulta muy extraña.

–No tan extraña. A todo el mundo le gusta saber los detalles de su nacimiento. ¿Cómo se llamaba la comadrona?

–No lo sé. ¿Cómo voy a acordarme de algo que sucedió hace tanto tiempo?

–¿Cómo era?

–¿A qué viene este interrogatorio? –Rhea se levantó y caminó hasta la ventana, alejándose de Alexandra. Pese al calor estival, se abrazó a sí misma como si tuviera frío.

–Deseo saberlo, madre. Es importante –Alexandra hizo una pausa y seguidamente inquirió con suavidad–: ¿Qué edad tenía yo cuando se iniciaron las revueltas?

Rhea se dio media vuelta y la miró duramente.

–¿Qué edad tenías? ¿Y eso qué importa?

–Importa mucho. Seguramente tú debes saberlo.

–Naturalmente que lo sé. Apenas habías empezado a dar los primeros pasos. Siempre estabas andurreando de un lado para otro. Tenía que estar siempre pendiente de ti. Me asusté muchísimo cuando esa pandilla de gañanes detuvo nuestro carruaje cuando nos dirigíamos a Calais. Temí que escaparas del coche y salieras a explorar, como habías hecho aquella misma mañana en la posada. Aquel hombre tan rudo abrió la portezuela y se asomó dentro... –Rhea tembló, su rostro contrayéndose de miedo con el recuerdo–. Hiram ya estaba enfermo. Y el... –se interrumpió de golpe y miró hacia la ventana.

–¿Qué, madre?

–Nada –respondió Rhea bruscamente–. Fue horrible. Tu pobre padre estaba muy enfermo, y yo temía que te contagiara la enfermedad... Pero te portaste muy bien en la posada de Southhampton, mientras yo estaba muerta de preocupación por Hiram. Estuviste sentada a mi lado en todo momento, sin moverte, e incluso me diste palmaditas en la mano... como si supieras lo triste y asustada que me sentía en aquellos momentos –los ojos se le llenaron de lágrimas y se llevó una trémula mano a la cara–. Por favor, Alexandra, no me preguntes más. No quiero hablar de ello.

–Lo siento, madre –Alexandra se acercó a ella para abrazarla, sintiéndose como un monstruo por haberla alterado tanto–. No he debido preguntarte. No quería ponerte triste.

Rhea se apoyó en ella durante unos instantes, murmurando:

–Mi pequeña. Todo va a ir bien.

—Claro que sí. Todo va a ir bien.

Rhea se retiró de su hija y regresó a la cama.

—Creo que me echaré un rato. Dile a Nancy que no quiero el chocolate. Estaré acostada hasta la hora de la cena.

—Está bien. Lo siento, madre...

Rhea asintió mientras se tumbaba en la cama y se envolvía en su chal. Luego cerró los ojos. Con un suspiro, Alexandra se sentó y aguardó a que Nancy volviera. Las respuestas de su madre, lejos de disipar su inquietud, sólo habían contribuido a aumentarla. ¿Por qué se negaba a hablar del día de su nacimiento? Un día feliz, sin duda, que su madre tendría que haber atesorado en el recuerdo. ¿Y cómo era posible que no se acordase del nombre o del aspecto de la comadrona? ¿Por qué obviaba el detalle, como si careciese de importancia?

Alexandra salió presurosa del dormitorio y bajó a la sala, donde halló a tía Hortensia enfrascada en su costura. Hortensia alzó la vista y sonrió.

—Hola, querida, ¿cómo te ha ido la tarde?

—He conocido a una mujer encantadora, pero algo trastornada.

—Vaya, es una lástima. ¿Qué le...?

—Tía Hortensia —la interrumpió Alexandra, sin ser consciente de su rudeza al hallarse tan preocupada—. ¿De qué color tenía mi madre el pelo cuando era joven?

Tía Hortensia se quedó mirándola.

—¿De qué color tenía el pelo? Me extraña la pregunta. Pues moreno, desde luego.

—¿Moreno oscuro? ¿Cómo el mío?

—Oh, no, querida. Bastante más claro. Castaño.

—Igual que mi padre, ¿verdad?

—Sí —tía Hortensia clavó la aguja en el fragmento de tela del bordador y lo dejó a un lado—. Algo te preocupa. ¿De qué se trata?

—¿Ha habido alguien en la familia que se pareciera a mí? —inquirió Alexandra casi desesperadamente.

Su tía enarcó la ceja, sopesando la pregunta cuidadosamente.

—Mi tía Rosemary fue una mujer muy atractiva, también —dijo al fin—. Aunque era rubia y tenía los ojos azules. ¿Por qué lo preguntas, niña? ¿Qué sucede?

—Porque me extraña que no haya nadie en la familia que se parezca a mí. ¡Y hoy he visto el retrato de una mujer que podría ser mi hermana gemela!

Tía Hortensia la miró detenidamente.

—¿De qué estás hablando?

Alexandra le explicó lo sucedido con la Condesa, cómo ésta se había desmayado al verla.

—Me mostró un retrato de su nuera, pintado hace muchos años, y era idéntica a mí.

Tía Hortensia abrió los ojos como platos.

—Pero ¿quién...? ¿Cómo...?

—Es una simple coincidencia. Al menos, eso dijimos Thorpe, la hija de la Condesa y yo. Sólo la Condesa se aferró tercamente a la esperanza de que yo fuese...

—¿De que fueses qué? No entiendo nada.

—Pensaba que yo podía ser su nieta, a la que creía muerta desde hacía veintidós años.

Hortensia parpadeó.

—¡Pero eso es absurdo! ¿Cómo ibas a estar emparentada con una Condesa de Inglaterra?

—¡No lo sé! La Condesa sugirió que su nieta pudo haber escapado del populacho, al ser tan pequeña en aquella época, o que quizá algún alma piadosa se compadeció de ella y la salvó.

—¿Escapado de qué populacho?

—Del mismo populacho que tanto aterrorizaba a mi madre. Sucedió en París, durante la Revolución.

—¡En París! —tía Hortensia pareció atónita.

—Sí. El hijo de la Condesa y su familia fueron asesinados por los revolucionarios en París. Su hija pequeña se llamaba Alexandra.

—¡Alexandra! ¿Qué estás sugiriendo? —las palabras de Hortensia eran de indignación, pero su voz tenía un deje extraño.

—No estoy segura. Lo único que sé es que soy idéntica a una francesa que murió hace veintidós años —Alexandra se paseó por la sala, demasiado agitada para sentarse—. ¿Alguna vez te ha contado mi madre los detalles de mi nacimiento? ¿Cuánto pesé al nacer o cómo se llamaba la comadrona que asistió el parto? Le he preguntado, pero dice que no se acuerda.

—Ha pasado mucho tiempo.

—Pero no había pasado tanto tiempo cuando regresó a casa desde París. ¿Te contó algo en aquel entonces?

—Bueno, sí. Me habló del miedo que había pasado, de cómo la habías ayudado a superar la odisea. También habló de la muerte de Hiram, de lo triste y sola que se había sentido.

—Pero no te dijo nada del parto.

—Debes tener presente que yo no llegué a casarme nunca, Alexandra —Hortensia se ruborizó, sorprendiendo a su sobrina—. Probablemente, tu madre no quiso herir mi sensibilidad. Hay cosas de las que las mujeres casadas no hablan con las solteras. Aunque hay un detalle que... —titubeó.

Alexandra se giró hacia ella con ansiedad.

—¿Qué detalle?

Tía Hortensia suspiró antes de proseguir.

—Bueno, siempre me pareció extraño que Rhea no nos escribiera para darnos noticia de tu nacimiento. Un día recibimos una carta suya, de Inglaterra, comunicándonos que se había embarcado hacia América, que Hiram había muerto y que ella regresaba a casa con su hija. Fue la primera noticia que tuvimos de ti.

Alexandra la miró estupefacta. Finalmente, recuperó la voz lo suficiente como para preguntar:

—¿No os escribió para daros noticia de mi nacimiento?

Tía Hortensia se encogió de hombros.

—Rhea afirmó haber enviado una carta, pero yo nunca la recibí. Dijo que debía de haberse perdido en el camino. Pero ¿por qué no te mencionó en ninguna de sus otras cartas? Me pareció decididamente extraño, sobre todo porque Hiram y ella llevaban muchos años deseando tener hijos, sin conseguirlo —se mordió el labio y añadió—: Siempre tuve la sensación de que... había algo raro en todo aquello.

—¿Algo raro? ¿A qué te refieres?

Tía Hortensia la miró de soslayo, azorada.

—A veces me pregunté si... serías hija de otro hombre, y no de Hiram. Rhea amaba a su esposo. Pero deseaba tanto tener hijos que... Bueno, se me pasó por la cabeza la posibilidad de que lo hubiera intentado con otro hombre, quizá creyendo que Hiram era estéril. Pero enseguida descarté la idea —Hortensia alargó la mano para tomar la de su sobrina—. ¿Te encuentras bien, querida? No quisiera entristecerte. Como digo, todo eso no son más que conjeturas. Sea cual sea la verdad, sigues siendo mi sobrina y te quiero muchísimo.

—Eres muy buena. Yo también te quiero. No, no estoy triste. Pero ha sido un día tan extraño que... no sé lo que pensar.

—Quizá deberías echarte un rato antes de la cena —sugirió tía Hortensia—. Ponte lavanda en las sienes y descansa. Luego te sentirás mejor, estoy segura de ello.

—Quizá tengas razón —Alexandra tuvo que reconocer que se encontraba algo cansada.

Dejó que su tía la acompañara hasta su cuarto y la acostara. A continuación, Hortensia corrió todas las cortinas para dejar la habitación en penumbra. Alexandra se quedó dormida en cuanto hubo cerrado los ojos. No se despertó hasta una hora más tarde. Abrió los ojos y se incorporó dando un respingo, con el presentimiento de que algo le había sucedido a su madre. Mientras corría hacia el dormitorio de Rhea, el grito frenético de una doncella confirmó sus temores.

Al entrar, vio a una de las criadas arrodillada en el suelo junto a un cuerpo inmóvil. Una gélida sensación de miedo acometió a Alexandra, pero enseguida comprobó que aquella mujer no era su madre, sino Nancy.

—¿Qué ha pasado? —preguntó arrodillándose rápidamente junto a ella. Tenía sangre en el pelo. Alexandra respiró hondo y se acercó para examinarla mejor. Bien. Al menos, respiraba. Se giró hacia la criada y volvió a preguntar—: ¿Qué ha pasado aquí?

—¡No lo sé, señorita! —la chica parecía aterrada—. Entré para limpiar el polvo y la encontré así. Me asusté mucho, por eso grité.

—Lo imagino. Bueno, es obvio que se ha golpeado la cabeza con algo —Alexandra oyó pasos en el pasillo. Sin duda, tía Hortensia y los demás criados habían oído también el grito. Paseó la mirada por el dormitorio–. ¿Dónde está mi madre?

—No lo sé, señorita. Se ha ido.

—No puede haberse ido –replicó Alexandra.

—Quizá se escapó, y... –la criada miró la figura inmóvil de la doncella de Rhea–. Creo que fue la señora Ward quien le golpeó. Y después se escapó...

7

Alexandra ordenó a los criados que buscaran a su madre y que colocaran a Nancy en la cama, para que tía Hortensia pudiera atenderla adecuadamente. Los sirvientes no tardaron en informar que no había ni rastro de la señora Rhea en la casa o sus aledaños.

–¿Adónde puede haber ido? –inquirió Alexandra con preocupación–. ¿Por qué se habrá marchado?

Tía Hortensia, que se hallaba ocupada limpiando la sangre de la frente de Nancy, no respondió.

Una vez limpia la herida, comprobaron que no era tan grave como había parecido en un principio, sino un simple arañazo que había sangrado copiosamente.

–Gracias a Dios. Con suerte, sólo sufrirá un fuerte dolor de cabeza.

Nancy gimió y agitó la cabeza sobre la almohada antes de abrir los ojos. Miró a su alrededor y volvió a cerrarlos.

—Ay. Mi cabeza.

—¿Nan? Soy Hortensia. ¿Recuerdas lo que ha sucedido?

Nancy frunció el ceño antes de incorporarse de golpe en la cama.

—¡Señora Rhea! —emitió un quejido y volvió a echarse.

—Tranquila. No intentes levantarte. Sólo conseguirías sentirte peor —le aconsejó tía Hortensia.

—Pero dinos qué ha sucedido —apremió Alexandra—. ¿Dónde está mi madre?

—No lo sé, señorita. Se comportaba de forma muy extraña. Repetía una y otra vez que debía salir para «verlos». Le pregunté a quiénes se refería, pero la señora sólo respondió que a «ellos». Estaba muy alterada —los ojos se le llenaron de lágrimas—. No la vigilé con la suficiente atención. No creí que fuese capaz de golpearme.

Alexandra notó un nudo en el estómago.

—Lo siento mucho, Nan. Yo tampoco la hubiese creído capaz de algo así. ¿Por qué lo hizo?

—Porque yo no la dejaba salir. Debí haberlas avisado a usted y a Hortensia, pero temía dejarla sola.

—¿No dijo adónde quería ir?

—No. Se comportaba como si no me reconociera. Se levantó, de pronto, y se puso la capa, el sombrero y los guantes. Luego se dirigió hacia la puerta y yo la detuve. Fue entonces cuando me dijo que tenía que ir a «verlos». Añadió algo parecido a: «Debo enmendar la situación».

—¿Enmendar qué situación?

—No lo sé, señorita. No quiso decírmelo. Nada de lo que hablaba tenía sentido. Yo me situé delante de la puerta para impedir que saliera, y ella agarró ese sujetalibros y me golpeó con él.

Tía Hortensia miró el sujetalibros de mármol labrado.

—Menos mal que Rhea tiene poca fuerza. Podría haberte aplastado el cráneo.

—No quiso hacerme daño, sólo apartarme de su camino.

Alexandra corrió hacia la cocina y ordenó a todos los criados que registraran la zona en busca de su madre. Estaba muerta de preocupación. Ella misma se echó a la calle y estuvo buscando durante más de una hora, sin resultado. Descorazonada, regresó a casa. Justo cuando se disponía a subir los escalones de la entrada, vio que un criado se acercaba corriendo desde la dirección opuesta.

—¡Señorita! —el hombre se detuvo para recobrar el resuello.

—¿Qué sucede? ¿La has encontrado?

—No... pero he hablado con un criado de los Anderson. Regresaba a casa, después de llevar los perros al parque, cuando vio a una mujer de las características de la señora Ward. Parecía confusa y le preguntó si podía ayudarla en algo. Ella respondió que debía llegar hasta la casa de los Exmoor. De modo que él paró un carruaje, instaló en él a la señora y la envió hacia la casa en cuestión.

—¡La casa de los Exmoor! —Alexandra se quedó mirándolo, atónita. Exmoor era el apellido de la Condesa. ¿Acaso había ido su madre a verla? ¿De qué la conocía? ¿Habría escuchado, desde la puerta de su dormitorio, la conversación que había mantenido Alexandra con tía Hortensia?

Alexandra sintió que se le helaba la sangre. Si su madre había oído sus dudas acerca de la identidad de sus verdaderos padres, quizá había acabado desquiciándose del todo. ¿Por qué, si no, había salido con tanta prisa para ver a la Condesa?

—¿Dónde puedo conseguir un carruaje? —inquirió al criado—. Debo ir tras ella.

—Yo se lo conseguiré, señorita —el criado corrió calle abajo, y Alexandra lo siguió. Cuando logró alcanzarlo, él ya había alquilado un coche y le mantenía la portezuela abierta—. Le he dicho al cochero que se dirija a la casa de los Exmoor, señorita.

—Gracias, Deavers. Vuelve a casa y dile a mí tía a dónde he ido. Regresaré lo antes posible.

—Sí, señorita.

Una vez que ella se hubo subido, el criado cerró la portezuela y el coche emprendió la marcha. Avanzaba a paso lento y solemne, y Alexandra sintió el impulso de gritarle al cochero que fuese más deprisa. Pensó en su madre hablando con la Condesa y crispó los puños. La Condesa podía tomarla por una loca.

Al cabo de un rato, el coche se detuvo por fin y Alexandra hizo ademán de bajarse. Sólo entonces vio que no estaban frente a la casa de la Condesa. Aquélla era una mansión mayor y más impresionante. Casi ocupaba una manzana entera, rodeada de una verja de hierro pintada de color negro.

—¡Se ha equivocado! —le dijo al cochero hoscamente.

—No. Ésta es la casa de los Exmoor —aseguró él.

Alexandra frunció el ceño, mirando en torno. Entonces, vio a una figura situada junto a la verja, mirando hacia la casa. Era una mujer de aspecto desamparado, envuelta en un chal. Rhea. Alexandra suspiró aliviada.

—Sí, tiene razón. Lo siento. Espere aquí, por favor. No tardaré ni un minuto.

Alexandra corrió hacia su madre, que seguía inclinada contra la verja, con las manos fuertemente cerradas en torno a los barrotes de hierro.

—¿Madre? —la llamó suavemente.

Rhea apenas la miró.

—¡No lo entiendo! ¡No quieren dejarme entrar! No sé qué hacer. Se lo prometí a ella. Sí, se lo prometí. Oh, me he portado mal. Muy mal.

—Mamá —volvió a llamarla Alexandra, con el corazón encogido—. Vuelve a casa conmigo. No puedes quedarte aquí toda la noche. Ya veremos lo que se puede hacer por la mañana —añadió mientras la tomaba del brazo con delicadeza.

Rhea se volvió hacia ella y la miró con ojos vacíos. Tenía las mejillas bañadas de lágrimas.

—Lo siento mucho. Por favor, perdóname, Simone.

Lord Thorpe alzó la vista, sorprendido, cuando su mayordomo le anunció la llegada de lady Castlereigh.

—¿Ursula? —exclamó con asombro—. ¿A qué demonios habrá venido?

—He venido a pedirte ayuda —declaró lady Ursula, pasando junto al mayordomo—. Y no me agrada que tu mayordomo me haga esperar en el recibidor.

—Punwati tiene sus órdenes, Ursula —contestó Thorpe levantándose—. Y debes recordar que, para Punwati, tú eres la pagana.

Lady Ursula sorbió por la nariz para evidenciar su desdén hacia lo que pudiera pensar el mayordomo.

—Sinceramente, Thorpe, no es momento para tus tonterías. Quisiera tomar una taza de té.

Thorpe hizo un gesto de asentimiento a Punwati, que se retiró de la habitación y cerró la puerta.

—Está bien, Ursula. Debe de ser algo urgente para que vengas a mi estudio a interrumpirme, cuando sólo hace unas horas que nos hemos visto.

—Quiero saber qué intenciones tienes con respecto a esa muchacha.

—¿Qué muchacha?

—No te hagas el inocente conmigo, Thorpe. Sabes exactamente a quién me refiero. A esa aventurera americana con la que fuiste a ver a mi madre.

Las facciones de Thorpe formaron una fría máscara.

—Ursula, eres mayor que yo, y una mujer, así que no quisiera mostrarme irrespetuoso contigo. Pero como vuelvas a utilizar apelativos indignos para referirte a la señorita Ward, tendré que pedirte que te marches.

Ursula emitió un gruñido.

—Qué estúpidos sois los hombres. ¿Cómo se te ocurrió llevarla allí?

—La llevé porque la Condesa me lo pidió. Quería disculparse con la señorita Ward. Naturalmente, jamás se me habría ocurrido presentársela de haber sabido que reaccionaría así. Yo no sabía cómo era lady Chilton. No tenía idea de que la señorita Ward y ella se pareciesen tanto.

—Supongo que no tenías forma de saberlo —admitió Ursula a regañadientes—. Pero ya está hecho, así que debes ayudarme.

—¿Ayudarte a qué?

—¡A impedir que esa mujer embauque a mi madre, desde luego!

—¿De qué demonios estás hablando? La señorita Ward no tiene intenciones de embaucar a la Condesa. ¿Cómo iba a hacerlo?

—Haciendo creer a mi madre que ella es la hija de Chilton. ¿Por qué soy la única que parece darse cuenta de sus propósitos?

—Supongo que los demás no tenemos una mente tan retorcida —contestó Thorpe sarcásticamente.

—Pasaré por alto tu tono porque mi madre necesita tu ayuda —dijo Ursula con magnanimidad.

—La Condesa está alterada porque la señorita Ward se parece a su nuera fallecida. Es comprensible que quiera creer que Alexandra es su nieta, pero pronto comprenderá que se trata de una falsa esperanza.

—¿De veras? Esa mujer se ha propuesto engañar a mi madre. La convencerá de que ella es nuestra Alexandra, y mi madre la colmará de regalos y dinero. Incluso se la llevará a vivir con ella y la tratará como a...

—¿Como a una nieta querida? —sugirió Thorpe—. Vamos, Ursula, no te sulfures.

—¡Te comportas como si nada de esto te importara! Siempre he dicho que eres un hombre cínico y egoísta, pero no te creía capaz de quedarte cruzado de brazos mientras embaucan a mi madre.

—Jamás me cruzaría de brazos si ocurriera, pero nadie está embaucando a tu madre.

—Sí, esa mujer. ¿Por qué, si no, se ha hecho pasar por Alexandra?

—Se llama Alexandra —señaló Thorpe—. Pero eso no significa que sea la misma Alexandra que le gustaría a la Condesa. Ni significa, desde luego, que la señorita

Ward esté intentando convencer a la Condesa de que lo es. ¡Pero si incluso lo negó! Le dijo a la Condesa que ella no podía ser su nieta.

—Sí, muy astuto por su parte —comentó Ursula ácidamente—. Fingir que no sabía quién era Simone, ni conocía su extraordinario parecido con ella.

—¿Cómo iba a saberlo? —inquirió Thorpe—. Es americana.

—Mmm. Eso dice ella.

Thorpe dejó escapar un suspiro.

—¿Insinúas que está haciéndose pasar por americana? ¿Y por qué iba a hacer tal cosa si deseara hacernos creer que es hija de Chilton? ¿No hubiera sido más lógico, en tal caso, que fuese inglesa... o incluso francesa?

—¿Y yo cómo voy a saberlo? Desconozco cómo funcionan las mentes de los criminales —gruñó Ursula.

—Sólo dices insensateces, Ursula. Alexandra negó ser la nieta de la Condesa.

—Para quedar bien. Para parecer inocente. Recuerda bien lo que te digo, volverá con alguna otra prueba que convencerá a mi madre.

—Meras suposiciones. No tienes pruebas que respalden tu teoría. Alexandra no hizo por conocer a la Condesa. Fui yo quien decidió presentársela. Puede decirse, incluso, que se conocieron por casualidad.

—¿De veras? —Ursula arqueó una ceja—. ¿Así que una americana viene a Londres y, casualmente, conoce a un hombre muy cercano a la Condesa? Qué oportuno. ¿Cómo la conociste, a todo esto?

Thorpe titubeó.

—Bueno, tenía interés en ver mi colección de arte hindú.

Ursula le dirigió una mirada cargada de intención.

—Claro. Los hombres siempre os dejáis encandilar por una cara bonita. Así que la americana aparece de pronto, solicitando ver tus tonterías hindúes, ¿y tú no ves nada sospechoso en ello?

Thorpe notó cómo sus mejillas enrojecían.

—Hay personas que saben apreciar el arte de otras culturas. Y Alexandra no apareció de pronto. Acudió a mí con mi agente porque estaba interesada en mi colección. Además, es propietaria de una compañía de transportes marítimos. Importan nuestro té.

—Qué cosas. Una mujer que posee su propia empresa —comentó Ursula en tono desdeñoso.

—Presumo que la heredó de su padre. O puede que la propietaria sea su madre, y ella se limite a dirigirla —al ver la mirada de Ursula, Thorpe añadió a la defensiva—: Los americanos son diferentes.

—No tan diferentes. Los negocios los llevan los hombres.

—Pero las mujeres heredan propiedades, negocios incluidos.

—Naturalmente que sí, pero los dejan en manos de otras personas. Oh, Thorpe, ¿es que no te das cuenta?

Ella planeó el encuentro contigo para poder conocer a mi madre.

—Creo que tienes una mente excesivamente retorcida. Alexandra no es capaz de tramar algo semejante. De hecho, es la mujer más sincera y honesta que he conocido nunca. No le van esos juegos.

—Esa mujer no está jugando. Actúa completamente en serio. Pretende sacarle a mi madre todo el dinero que pueda. ¿No lo ves? Trató de ganarse su confianza fingiendo no ser la misma Alexandra, mientras se aseguraba de que mi madre creyese que sí lo era.

—Pero ¿cómo iba ella a tener la certeza de que yo le presentaría a la Condesa? —protestó Thorpe—. Podría no haberla llevado a aquella fiesta. O tu madre podría no haber asistido.

—Contaba con su atractivo físico para captar tu interés. Si no la hubieses llevado a la fiesta de la Duquesa, habría buscado alguna otra manera de llegar hasta la Condesa.

—No tienes pruebas.

—¡Pruebas! Ni que estuviéramos en un tribunal. Estamos hablando de impedir que esa impostora esquilme a mi madre, no de enviarla a la cárcel.

—Comprendo. De modo que no necesitas pruebas para vilipendiar a una persona.

—¡Cualquiera que no haya perdido la cabeza por esa mujer vería que lo que digo tiene sentido! —Ursula chasqueó la lengua con exasperación—. Sinceramente, Thorpe, te creía más listo. Ya has hecho el ridículo por cuestiones de faldas en más de una ocasión. Tendrías que haber aprendido.

Thorpe entornó los ojos.

—Si crees que así me convencerás, estás muy equivocada. La señorita Ward no ha hecho nada salvo negar ser nieta de la Condesa.

—¿Y prefieres esperar hasta que haya estafado a mi madre? ¡Y lo peor es el dolor que le ocasionará! —Ursula se levantó—. Bien, ya veo que es inútil hablar contigo. Sólo espero que no acabes lamentando tu actitud.

—No me estoy negando a ayudar a la Condesa —contestó Thorpe poniéndose también de pie—. Pero tampoco acusaré a la señorita Ward sin pruebas —titubeó, y después añadió—: No obstante, haré que alguien investigue el asunto.

Ya había ordenado a su ayuda de cámara que indagase sobre la agresión que Alexandra había sufrido la noche anterior. De paso, también podría averiguar todo lo que pudiese acerca de la propia Alexandra.

—¿Lo dices de veras?

—No te sorprendas tanto. Estoy seguro de que mi agente ya ha comprobado sus credenciales. Si es, realmente, propietaria de una compañía de transportes de Estados Unidos, ¿te convencerá eso de su inocencia?

Ursula lo miró con ojos perspicaces.

—De modo que esperas convencerme de que estoy en un error.

—Me parece la forma más fácil de averiguar la verdad. Así se disipará cualquier duda.

—En fin, supongo que tendré que conformarme.

—Mi agente es un hombre muy riguroso, te lo aseguro.

Lady Ursula se marchó poco convencida, y Lord Thorpe dejó escapar un suspiro. Por si las cosas no fueran ya suficientemente complicadas, Ursula se había propuesto levantar un nuevo escándalo. Tenía la habilidad de hacer que los actos de cualquier persona resultaran sospechosos.

Thorpe se sentó tras su mesa, pero apenas logró concentrarse para trabajar. Las acusaciones de Ursula no dejaban de darle vueltas en la cabeza. No conseguía recordar exactamente cómo Alexandra se las había ingeniado para conocerlo. Le había escrito una carta y, al rechazar Thorpe su proposición, había hallado otra manera de llegar hasta él. Su ansiedad por ver sus tesoros hindúes resultaba ciertamente atípica.

Pero Alexandra era una mujer atípica, se dijo Thorpe. De hecho, su peculiar personalidad lo fascinaba, al tiempo que lo irritaba. ¿Había previsto Alexandra que él reaccionaría así ante una mujer de sus características?

Apretando los dientes, se levantó de la silla y empezó a pasearse por el estudio. Era absurdo pensar que Alexandra no fuese en realidad lo que aparentaba. Thorpe jamás había conocido a una mujer tan natural como ella.

Pero, por otra parte, recordó amargamente, ya lo habían engañado otras veces. Maldijo a lady Ursula por haber plantado en él la semilla de la duda.

Finalmente, lleno de incertidumbre, pidió que prepararan su carruaje y subió a sus aposentos para vestirse adecuadamente. Media hora más tarde, se dirigía hacia la casa de las Ward. Al aproximarse, vio la figura de una mujer que caminaba enérgicamente hacia la puerta. Con gran asombro, comprobó que se trataba de Alexandra. ¿No había aprendido la lección tras lo sucedido la noche anterior? Entonces, Thorpe vio que un criado se acercaba a ella corriendo. Ambos hablaron durante unos instantes y, a continuación, el criado echó a correr de nuevo en la dirección opuesta, seguido de Alexandra.

Thorpe frunció el ceño mientras la veía alejarse calle abajo. No llevaba sombrero ni capa, ni iba vestida con un traje apropiado para salir de noche. Movido por la curiosidad, Thorpe indicó al cochero que la siguiera... a un paso discreto.

Vio que el criado le había alquilado un carruaje. Alexandra se subió rápidamente y el vehículo emprendió la marcha, seguido desde lejos por el coche de Thorpe. Al cabo de breves minutos, el carruaje de Alexandra se detuvo delante de la casa de los Exmoor.

Thorpe sintió un frío y tenso nudo en el estómago.

¿Qué motivos tenía Alexandra para ir a casa del conde de Exmoor si, aparentemente, no conocía de antes a la Condesa ni a Richard, el actual Conde?

Segundos después, vio que Alexandra se acercaba a una mujer vestida de negro y envuelta en un chal. Después de intercambiar unas palabras con ella, la tomó del brazo y la condujo hasta el carruaje.

Thorpe notó una feroz y abrasadora puñalada en el pecho. De repente, le resultaba difícil respirar. No podía explicarse qué motivos tendría Alexandra para reunirse en secreto con alguien delante de la casa del Conde. A no ser, desde luego, que estuviese recabando información a través de alguna doncella o de alguien que trabajase en la casa. Alguien que pudiese hablarle de la familia y de su historia.

¡Dios Santo! ¿Podía tener razón Ursula? ¿Lo había engañado Alexandra? ¿Había caído como un pobre ingenuo en su trampa... arrastrando consigo también a la Condesa?

Alexandra ayudó a su madre a bajar del carruaje y a entrar en la casa. Se sentía muerta de cansancio. Durante el trayecto, intentó que su madre le dijera por qué la había llamado «Simone», pero Rhea se negó a contestar.

—¡Gracias a Dios! —exclamó tía Hortensia al verlas llegar. Luego miró a Alexandra—. He ordenado a los criados que se retiren.

—Bien —Alexandra sabía que tía Hortensia había querido evitar que los sirvientes presenciaran el regreso de Rhea, pues ignoraba en qué condiciones estaría o lo que podría decir.

—¡Hortensia! —Rhea se lanzó a los brazos de su cuñada—. ¡Cuánto me alegra verte! Alexandra no ha dejado de hacerme preguntas sobre cosas que yo no comprendo.

Alexandra hizo una mueca.

—Lo siento, madre. Es que estaba... disgustada.

Rhea se puso muy recta y dijo con tono de gran dignidad:

—Jovencita, no sé por qué me llamas así continuamente. Yo no tengo hijos.

Tía Hortensia y Alexandra se quedaron mirándola, sin habla. Rhea se giró hacia las escaleras.

—Vamos, Hortensia. Ya es hora de acostarse.

—Sí, voy enseguida —Hortensia miró a Alexandra—. Lo siento mucho, cariño.

Alexandra meneó la cabeza.

—No te preocupes. Sé que está fuera de sí. Ha estado bebiendo. Olí su aliento. ¿Dónde habrá vuelto a conseguir licor?

—No lo sé. Mañana interrogaremos a los criados —tía Hortensia exhaló un suspiro—. Será mejor que vaya con ella —con expresión sombría, añadió—: Me temo que, a partir de ahora, tendremos que cerrar con llave su dormitorio. Si vuelve a escaparse, podría ocurrirle cualquier cosa.

Tía Hortensia hizo ademán de subir las escaleras cuando, de pronto, se oyeron unos fuertes golpes en la puerta. Alexandra se volvió rápidamente y, a continuación, dado que todos los sirvientes se habían retirado, acudió a abrir.

—¡Lord Thorpe! —exclamó notando una súbita sensación de alegría. No obstante, advirtió que la expresión de Thorpe era de frialdad y que sus ojos grises parecían de granito. Dio un paso atrás.

—¿Qué hacías en la casa de los Exmoor? —la interpeló él bruscamente, entrando en el recibidor sin aguardar la invitación.

Alexandra emitió un jadeo ahogado.

—¿Cómo lo has sa...?

—Lord Thorpe —los interrumpió tía Hortensia con aspereza—. Creo que, incluso en Londres, es algo tarde para visitar a una dama.

—Lo siento, señora Ward. Pero creo que el asunto que me trae aquí justifica lo tardío de la hora.

—¿De veras? —tía Hortensia atravesó el vestíbulo—. Quizá debería hablarme de ese asunto.

—No pasa nada, tía Hortensia —le dijo Alexandra, sin apartar los ojos de la impersonal expresión de Thorpe—. Ve a atender a mi madre. Yo me ocuparé del problema de lord Thorpe.

A regañadientes, Hortensia se alejó hacia las escaleras. Alexandra señaló hacia la sala de estar.

—¿Quieres sentarte? —luego se dirigió hacia la sala sin aguardar la respuesta. Se sentó en el sofá, pero Thorpe permaneció en pie.

—Te hice una pregunta —le recordó sin ambages.

—Sí, y de forma muy descortés —replicó Alexandra—. No veo ningún motivo para contestarle, lord Thorpe —añadió abandonando el habitual tuteo.

Él hizo lo propio.

—¿Tiene usted algo que ocultar?

Alexandra vaciló. En realidad, sí tenía algo que ocultar. No estaba dispuesta a decirle que había perseguido a su madre hasta la casa de los Exmoor, a donde la anciana se había dirigido tras golpear en la cabeza a su doncella.

Thorpe percibió su vacilación.

—Es evidente que sí.

—Yo creía, lord Thorpe, que los amigos no se dedicaban a espiarse los unos a los otros.

—¡Yo no la estaba espiando!

—Entonces, quizá quiera explicarme cómo sabe dónde he estado.

—Venía hacia aquí para tratar de... cierto asunto. Al aproximarse mi carruaje, vi que usted se alejaba corriendo de la casa. De modo que la seguí.

—¿Y acaso eso dista mucho de espiarme?

Él titubeó.

—Estaba preocupado.

—¿Por mí? En ese caso, ¿por qué no me llamó? ¿Por qué permaneció escondido en su coche y me siguió furtivamente?

—Estaba preocupado por la Condesa.

—¡La Condesa! ¿Y eso qué relación tiene conmigo?

—Debo protegerla de aquellas personas que deseen aprovecharse de ella —replicó Thorpe con voz tensa.

Alexandra tardó unos instantes en desentrañar el sentido de sus palabras. Una oleada de ira la recorrió por dentro, y sus mejillas se inflamaron.

—¿Está diciendo que yo deseo aprovecharme de la Condesa?

—Es una posibilidad que debo tener en cuenta —respondió él entrecortadamente—. Actuó usted como si nunca hubiese oído hablar de los Exmoor con anterioridad. Como si no conociera a la Condesa ni a su familia.

—Porque no los conocía.

—Entonces, ¿a qué ha ido a casa de los Exmoor?

—¡Ni siquiera sé cuál es la casa de los Exmoor! ¿Quién vive allí? No es la casa de la Condesa.

Thorpe hizo una mueca.

—Sabe perfectamente que pertenece al conde de Exmoor.

—¿El caballero al que conocí anoche? ¿El que tan mal le caía a Nicola? ¿Qué tiene que ver eso con la Condesa?

—Esa casa es la residencia principal de la familia. La Condesa vivía en ella antes de la muerte de su esposo, el anterior Conde. Y allí, precisamente, pudo usted encontrar a alguien que le revelara detalles sobre la familia, sobre Chilton, su mujer y sus hijos. Los detalles que necesitaba para convencer a la Condesa de que es usted su nieta.

—¡Cómo! —Alexandra se estremeció de dolor y de ira—. ¿Osa acusarme de... de hacerme pasar por la nieta de la Condesa? ¿Para qué iba a hacerlo? ¿Con qué intención?

—Por dinero. ¿No es el motivo más habitual? —la boca de Thorpe se torció ligeramente.

—¡Por dinero!

—Sí. La Condesa es una mujer muy rica. Su nieta heredaría gran parte de su hacienda a su muerte.

—Pero yo no necesito el dinero de la Condesa. Ya tengo dinero en abundancia.

—Eso dice usted.

—Ah, naturalmente. No cree en nada de lo que digo. ¿Por qué? ¿Porque no soy británica? ¿O porque, debido a un extraño capricho del destino, me parezco a la nuera de la Condesa? Creerá también que he conseguido convertirme en una réplica perfecta de la tal Simone.

—Ha podido teñirse y rizarse el pelo. Para que el parecido sea mayor.

—¿Cree que tal parecido se conseguiría tan fácilmente? ¡Si podríamos ser gemelas!

Thorpe guardó silencio un momento.

—¿Ahora afirma tener una relación de parentesco con Simone? —su boca se curvó—. Y pensar que fui tan tonto como para confiar en usted y creer que estaba interesada en mí y en mi colección, cuando sólo buscaba la oportunidad de conocer a la Condesa.

—Yo ni siquiera sabía de su existencia —gritó Alexandra—. Además, fue usted el que me la presentó, el que insistió en llevarme a la fiesta.

—Ah, pero todo eso formaba parte de su plan, ¿verdad?

Alexandra se quedó mirándolo durante un largo momento, casi muda a causa del dolor que le producían sus afirmaciones.

–Detestaría ser como usted –dijo al fin–. Ver el mundo como usted lo ve. Yo pensaba que me conocía, que se sentía atraído por mí.

–¡Y era verdad, maldita sea! Un error por mi parte, obviamente.

–Se me revuelve el estómago al recordar cómo le he besado, cómo permití que me abrazara...

–¡Hizo mucho más que eso! –repuso Thorpe acaloradamente, sorprendido por el dolor que sentía en las entrañas al oírla hablar.

–Salga de mi casa –dijo Alexandra con frialdad.

–Si es inocente, dígame a qué ha ido a casa de los Exmoor esta noche. ¡Dígame quién era esa mujer!

–No tengo por qué dar cuenta de mis actos a nadie. Haga el favor de marcharse, o tendré que llamar a un criado.

–Me iré gustosamente –dijo Thorpe antes de salir de la sala dando grandes zancadas. Una vez en la puerta, se giró para añadir–: No se acerque a la Condesa. Haré lo que sea necesario para impedir que le haga daño.

Dicho esto, salió y cerró la puerta con estrépito. Alexandra agarró el objeto más cercano, un libro, y lo arrojó contra la puerta cerrada.

¿Cómo se atrevía? ¿Cómo osaba acusarla de ser una criminal? ¡Una embaucadora! ¡Una aventurera dispuesta a quedarse con el dinero de una anciana! ¿Cómo podía haberla besado con tanta pasión, y luego pensar semejante abominación de ella?

—¡Lo odio!

—¿Qué es lo que sucede, niña?

Alexandra alzó la mirada y vio a su tía, que permanecía en la puerta mirándola con fijeza.

—Lo siento, tía. He tenido un arrebato de genio. ¿Te he molestado?

—Decidí dejar a Rhea al cuidado de Nan y bajar para ver cómo estabas.

—Estoy bien.

—¿De verdad?

Alexandra se encogió de hombros.

—He sido una tonta.

—Mmm. ¿Lo dices por ese inglés?

Alexandra asintió con la cabeza.

—Pensé que...

—¿Que sentía algo por ti? —preguntó tía Hortensia con delicadeza.

—Sí. Pero acaba de acusarme de ser una impostora.

—¿Una impostora? ¿Qué quieres decir con eso?

—Dijo que había fingido sentirme interesada en su colección de arte indio para llegar hasta la Condesa por mediación suya. Dijo que voy tras su dinero.

—Dios bendito —exclamó tía Hortensia—. ¿Y qué le hace pensar semejante cosa?

—Me siguió hasta la casa de los Exmoor. Al parecer, la Condesa solía residir allí con su familia. Lord Thorpe me vio con mi madre delante de la casa, y supuso que yo estaba sobornando a una criada para conseguir información y convencer a la Condesa de que yo soy su nieta.

—¿Por qué no le dijiste que esa mujer era Rhea?

—¿Para qué? ¿Para luego tener que explicarle qué hacía allí mi madre? ¿Qué habría podido decirle? —Alexandra suspiró—. No quiero que piense que mi madre está loca. Además, no tengo por qué darle ningún tipo de explicaciones a ese hombre.

—Desde luego que no, querida.

Unas lágrimas inesperadas afloraron a los ojos de Alexandra.

—Creo que finalizaré mis negocios aquí lo antes posible. Y luego volveremos a Massachusetts. Que Thorpe se quede con su preciada Condesa. A mí no me interesa para nada —tras exhalar un suspiro, añadió—: No, eso no es cierto. La Condesa me cae bien. Me pareció una mujer magnífica. Incluso tenía pensado volver a visitarla para explicarle lo que tú y yo hablamos esta tarde, pero ya no será posible. Thorpe creerá que intento engatusarla.

—¿Y qué más da lo que él crea? —inquirió tía Hortensia—. Con que tú sepas la verdad, es suficiente.

—Sé que no debería importarme, pero... —Alexandra arrugó la frente—. Tía Hortensia, mi madre me dijo algo muy extraño cuando la encontré delante de esa casa. Me miró, se echó a llorar y dijo: «Lo siento, Simone».

—¿Cómo? —tía Hortensia emitió un jadeo ahogado.

Alexandra asintió.

—Sí, el mismo nombre que pronunció la Condesa al verme. No puede ser una coincidencia.

—No, supongo que no —convino Hortensia a su pesar.

—¿Es posible que mi madre conociera a esa mujer? Estuvieron en París en la misma época. ¿Es posible que mi padre y esa mujer...?

—¡No! No lo sé —su tía frunció el ceño—. Tengo un mal presentimiento acerca de todo esto. Ojalá no hubiéramos venido nunca a Londres.

—Opino igual que tú —Alexandra se encogió de hombros—. De todos modos, nos marcharemos pronto —hizo una pausa y luego estalló—. ¡Maldito sea ese hombre! Odio tener que irme y que piense que me ha hecho huir asustada. ¡Que me marcho porque ha descubierto mi plan! No obstante, puede que visite a la Condesa antes de irnos, para saludarla y despedirme de ella —sus ojos oscuros centellearon—. Así Thorpe sufrirá un poco.

Al cabo de unos días, que Alexandra había dedicado a dejar zanjados todos sus negocios en Londres, Rhea se hallaba pacíficamente dormida en su habitación, vigilada por Nancy.

—Señorita Ward —dijo la doncella levantándose al ver entrar a Alexandra—. Si pudiera usted sentarse un rato con su madre, yo podría ir a comer algo —miró a

Rhea de soslayo–. Está muy tranquila –dijo tocándose la venda de la cabeza inconscientemente.

Alexandra asintió.

–Me quedaré con ella. Tómate el tiempo que quieras.

Al marcharse Nancy, Alexandra se fijó en su madre. Estaba plácidamente dormida, de lado. Junto a ella estaba la caja de la que no se separaba nunca.

Alexandra siempre había sentido curiosidad por saber qué contenía aquella caja. ¿Qué había ocultado su madre en ella durante tantos años? ¿Un diario, acaso? ¿Cartas de amor de algún amante... del padre de su hija, quizá? Alexandra tenía el presentimiento de que dentro de aquella caja de madera podía estar la clave de su propio pasado.

Con sigilo, se acercó a la cama y agarró la caja. Se abrió con suma facilidad, pues no tenía echada la llave. Dentro, sobre un fondo de satén púrpura, había un medallón de oro prendido de una cadena. En el centro, Alexandra vio grabada la letra A. El estómago le dio un vuelco y un gélido frío se propagó por su pecho, dificultándole la respiración.

Alzó el medallón y, cuidadosamente, introdujo el dedo en la abertura existente entre las dos mitades. Una vez que lo hubo abierto, lo contempló detenidamente.

En cada mitad del medallón había un retrato en miniatura, pintado con infinito cuidado y detalle. Alexandra dio un paso atrás. Se sintió ligeramente mareada. Eran Chilton y Simone. Idénticos a como habían figurado en el retrato que le mostró la Condesa.

Alexandra salió de la habitación, aturdida. Su tía, que en ese momento salía de su cuarto, la vio y preguntó preocupada:

—¿Alexandra? ¿Sucede algo?

—Tengo que irme. Cuida de mi madre por mí —Alexandra señaló hacia el dormitorio y luego bajó apresuradamente las escaleras. Momentos más tarde, se hallaba en un carruaje, con rumbo a casa de la Condesa de Exmoor.

El mayordomo anunció su llegada y la condujo hasta la sala de estar. La Condesa alzó la mirada y sonrió.

—Alexandra. Qué agradable es verte de nuevo —su sonrisa se esfumó—. Querida, ¿te encuentras bien?

—¿Qué? Oh, sí, estoy bien —Alexandra miró en torno, algo consternada al comprobar que había otras personas en la sala. Lady Ursula le lanzaba dagas con la mirada, mientras la señorita Everhart le sonreía tímidamente. Pero lo peor de todo era que el mismísimo lord Thorpe se hallaba sentado cerca de la Condesa, mirando a Alexandra con frialdad.

—Señorita Ward —Thorpe se levantó y añadió en tono gélido—: Me sorprende verla aquí.

—¿De verdad? ¿Y eso por qué? —inquirió Alexandra, recuperando parte de su aplomo.

La Condesa miró a Thorpe extrañada.

—Ven y siéntate a mi lado —pidió a Alexandra, señalando la silla más próxima a ella.

—Traigo una cosa que quisiera enseñarle, señora —dijo Alexandra con la mano fuertemente cerrada en torno al medallón mientras se acercaba a la Condesa—. Encontré esto entre las cosas de mi madre... y no sabía a quién más recurrir. ¿Puede decirme usted lo que es? ¿Qué significa?

La Condesa, con cierta curiosidad, desvió la mirada hacia la mano de Alexandra. Al instante, se puso muy rígida y se llevó lentamente una mano al pecho. Su rostro palideció.

—Dios mío —alargó una mano temblorosa y tocó el medallón casi reverentemente, como temiendo que fuese a desaparecer—. El medallón —lo tomó para verlo de cerca, sus ojos llenándose de lágrimas—. Es el medallón de Alexandra.

La Condesa miró a Alexandra, llorando, y extendió las manos hacia ella.

—Querida mía. Bienvenida a casa. Oh, gracias a Dios. Bienvenida a casa.

—¡Madre! Pero ¿qué estás diciendo? —exclamó lady Ursula horrorizada—. ¡Thorpe! No te quedes ahí, haz algo.

—¿Y qué quieres que haga? —inquirió él sarcásticamente, aunque tenía una expresión de furia contenida—. Parece que la señorita Ward es más lista de lo que pensábamos.

Haciendo caso omiso de ambos, Alexandra tomó las manos de la Condesa. La anciana se levantó, apretándole las manos, mirándola, estudiando cariñosamente cada uno de sus rasgos.

—Me di cuenta el otro día, pero dejé que me disuadieran —avanzó para abrazarla con fuerza—. Apenas puedo creerlo.

—Yo tampoco —terció Ursula cínicamente—. ¿De qué estáis hablando? ¿Qué es eso?

—Es el medallón de la pequeña —explicó la Condesa volviéndose hacia Thorpe y su hija, con el medallón de oro en la mano—. ¿No te acuerdas, Ursula? Les regalé los medallones a las niñas en Navidad, antes de que partieran hacia Francia. Dos medallones gemelos con los retratos de Emerson y Simone. Cada uno tenía grabada una inicial en el centro, M el de Marie y A el de Alexandra. Está clarísimo —dijo sonriendo a Alexandra—. Esta muchacha es tu sobrina, Ursula. Mi nieta.

Thorpe tomó el medallón para estudiarlo, contemplando los retratos del interior.

—Esto no prueba nada —dijo hoscamente—. Ha podido encontrarlo en cualquier parte. En alguna tienda, en la calle... Al fin y al cabo, los asesinos de Chilton y su familia les arrebataron seguramente todas las joyas para venderlas. Es posible, incluso, que ese medallón le inspirara todo el plan.

Alexandra se obligó a sostener la glacial mirada de Thorpe. Su ira se había desvanecido, y ya sólo sentía dolor por el evidente odio que le dispensaba.

—Nunca había visto ese medallón antes de hoy, señor.

Ursula dejó escapar un gruñido de incredulidad.

La Condesa se giró hacia su hija y hacia Thorpe.

—Vaya, es la primera vez que os veo coincidir en algo —emitió un suspiro—. Creí que tú te alegrarías por mí, Sebastian.

Thorpe pareció dolido.

—Jamás podría alegrarme viendo cómo se aprovechan de usted. Deseo que sea feliz, pero no que la engañe una impostora.

La Condesa se mostró perpleja.

—No lo entiendo. Creí que la señorita Ward y tú... Es decir, tú me la presentaste.

—Sí, cosa de la que me arrepiento. Yo no sabía nada. Nunca había visto a Simone. No se me ocurrió que pudiera ocurrir algo así. Ingenuamente, tomé a la señorita Ward por lo que parecía ser. Yo soy el responsable de haberla introducido en su vida, señora, y jamás me lo perdonaré. ¿No se da cuenta, Condesa? Todo es demasiado fortuito.

—¿Acaso no crees en la Divina Providencia? A veces, el destino dicta que las cosas sucedan de determinada manera. Uno pierde algo y, al cabo de los años, el día menos pensado, vuelve a recuperarlo.

—Sólo deseo que sea usted feliz —dijo Thorpe con voz tensa, evitando mirar a Alexandra.

—Entonces, tu deseo está cumplido —la Condesa sonrió a Alexandra—. He recuperado a mi nieta.

—Madre, ese medallón no demuestra que ella sea Alexandra.

—Soy Alexandra —dijo Alexandra a Ursula con firmeza. Luego se giró hacia la Condesa—. Sin embargo, señora, no estoy segura de ser su Alexandra. Ese medallón no demuestra que yo sea su nieta. Puedo haber sido resultado de alguna... relación entre mi madre y algún pariente de Simone, un tío o un hermano. O, si no soy hija de mi madre, y ella sólo se limitó a rescatarme, podría ser sobrina o prima de la esposa de su hijo. O incluso alguien de origen más bajo, hija natural de algún DeVipont.

La Condesa frunció el ceño.

—No lo entiendo. ¿No te dijo nada tu madre cuando te dio el medallón?

—Ella no me lo dio. Lo encontré. Intenté hablar con ella del asunto después de mi conversación con usted, pero... no pudo responderme. Está enferma.

—Muy oportuno —dijo Ursula.

—La enfermedad de mi madre dista de ser oportuna. Señora, yo no tengo nada contra usted, ni deseo desplazarla en los afectos de la Condesa. De hecho, no podría. Usted es su hija, y a mí acaba de conocerme. No veo motivo alguno para que seamos enemigas.

—A mí no me engañarás tan fácilmente. Se te dan muy bien las palabras, ya lo veo. Pero eso no basta para convencerme.

—No deseo convencerla de nada. Ni a usted ni a nadie. Sólo quiero descubrir la verdad.

—Estoy segura de que es lo que queremos todos —asintió la Condesa—. Yo ya sé la verdad, pero convendría buscar alguna prueba que los demás puedan aceptar. Lo mejor, en mi opinión, será hablar con Bertie Chesterfield.

—¿El hombre que la informó de que la familia de su hijo había sido asesinada?

—Sí. Quizá él pueda arrojar algo de luz sobre el asunto.

Thorpe chasqueó la lengua con desdén.

—Bertie Chesterfield jamás ha arrojado luz sobre nada, y menos sobre su propio cerebro.

—Es una persona superficial y torpe —convino la Condesa—. Pero es el único testigo que tenemos. Yo no le pregunté nada en aquel entonces. El dolor me lo impidió. Y, más tarde, no quise conocer los detalles sobre la matanza de mi familia. Pero quizá dichos detalles nos ayuden a aclararlo todo. Sebastian... —la Condesa miró suplicante a Thorpe—. ¿Querrás ir con Alexandra a visitar a Bertie, para averiguar cuanto sea posible?

Thorpe pareció titubear.

—Está bien —dijo al fin, inclinándose—. Iré con la señorita Ward a casa de Chesterfield. Ya hablaremos para fijar el día y la hora, señorita Ward. Entretanto, Condesa, debo marcharme. Ciertos asuntos urgentes requieren mi atención.

—Naturalmente, querido —la Condesa asintió grácilmente. Luego se giró hacia Alexandra—. Ven, siéntate y háblame de ti. Quiero saberlo todo acerca de tu vida, tu hogar, cómo eras de niña... Oh, todo lo que me he perdido.

—Madre, debo oponerme a este disparate.

—Ursula, eres mi hija y te quiero muchísimo, pero, como sigas hablando en ese tono, tendré que pedirte que te vayas —dijo la Condesa con voz amable pero firme.

Ursula se tragó su ira y entrelazó las manos en el regazo, dirigiendo a Alexandra una mirada venenosa.

—Está bien, madre. Si eso es lo que quieres...

No se marchó, sino que se recostó en el sofá, con los labios apretados, para observar.

Alexandra se giró hacia la Condesa.

—Pero, señora, ¿y si resulta que yo no soy su nieta?

La Condesa sonrió.

—Entonces, habré disfrutado conociendo a una mujer interesante.

Alexandra se sentó a su lado con una sonrisa, y ambas empezaron a charlar.

Al cabo de más de una hora, Alexandra salió de la casa y se sorprendió al ver a lord Thorpe de pie junto a su carruaje, con los brazos cruzados sobre el pecho y una expresión de furia. Aun así, ella no pudo sino experimentar un asomo de emoción al verlo. ¿Qué diablos le pasaba? Aquel hombre era un canalla, se dijo Alexandra. Su mera presencia debería repugnarle.

–Señor –inclinó la cabeza levemente al pasar por su lado.

Él la detuvo, agarrándole la muñeca.

–La estaba esperando. Usted y yo vamos a tener una pequeña charla.

–Creo que ya nos hemos dicho todo lo que había que decir.

Sebastian no dijo nada, simplemente se limitó a tirar de ella hacia su carruaje. Alexandra trató de soltarse.

–¿Ahora pretende secuestrarme?

–En absoluto. No la retendré más de lo preciso. Deje de resistirse, por favor. Será inútil.

Observando su expresión, ella comprendió que era cierto, de modo que optó por subirse en el coche voluntariamente. Sebastian la siguió, cerró la portezuela tras de sí y el carruaje emprendió la marcha.

–¿Cómo puede engañar así a una frágil anciana? –le preguntó al cabo de unos segundos–. ¿Tiene idea de lo triste que se ha sentido durante todos estos años?

–Sólo lo imagino –respondió Alexandra con sinceridad–. Lo siento mucho por ella.

Él chasqueó la lengua con disgusto.

—Dudo que sea capaz de sentir nada por alguien, salvo por sí misma.

—Oh, en eso se equivoca. Siento una gran antipatía por usted.

Los ojos de Thorpe centellearon.

—Aún tenía cierta esperanza. Creí que podía existir la posibilidad, aunque remota, de que Ursula estuviese equivocada. Pero hoy ha actuado tal como ella predijo. Buscó una prueba para convencer a la Condesa y luego se presentó ante ella con aire de inocencia. «¿Qué significa esto, Condesa?». ¡Como si usted no lo supiera ya!

—Jamás había visto el medallón antes de hoy —protestó Alexandra—. Aunque, naturalmente, no espero que usted me crea. Está demasiado interesado en la historia que se ha inventado como para considerar los hechos.

—No hay ningún hecho que considerar —Thorpe se inclinó hacia ella, abrasándola con la mirada—. Es usted una embaucadora barata, y su única intención ha sido siempre ganarse la confianza de la Condesa. Se inventó una excusa para conocerme. Coqueteó conmigo y...

—¿Está tan enojado porque he engañado a la Condesa? —inquirió Alexandra astutamente—. ¿O porque le he engañado a usted?

Los ojos de Thorpe brillaron de ira, y su boca se tensó. De pronto, la agarró por el brazo y, bruscamente, la sentó encima de sí. Alexandra empujó contra su pecho, tratando de liberarse, pero fue inútil. Él la sujetó fácilmente mientras reclamaba su boca con la ferocidad de un depredador. Ella se quedó rígida, sabiendo que de nada le serviría resistirse. Sin embargo, acorralada por su olor, su fuerza y su calor, empezó a ablandarse. Exhalando un suspiro, se relajó contra su cuerpo, aturdida por la súbita oleada de deseo provocada por la caricia de sus labios.

Thorpe le subió la falda e introdujo la mano, ascendiendo poco a poco. Aquel osado movimiento sacó a Alexandra de las brumas del deseo. Sobresaltada, comprendió lo que él estaba haciendo, las libertades que pretendía tomarse.

Alexandra se retiró de él rápidamente, tropezando y cayendo al suelo. Por un instante, se miraron el uno al otro. Thorpe comprendió, avergonzado, que había estado a punto de forzarla, algo que jamás haría nunca con ninguna mujer. Alargó la mano hacia ella en silencio, las disculpas enredándose en su lengua, súbitamente paralizada.

Alexandra lo miró con rabia y, un segundo después, abrió la portezuela del carruaje. Con horror, Thorpe se dio cuenta de que pretendía saltar del vehículo en marcha, y golpeó frenéticamente el techo del carruaje para indicar al cochero que parara. Una vez que se hubieron detenido, Alexandra se bajó en un instante. Thorpe observó cómo, a continuación, se alejaba corriendo por la calle, poniéndose bien el sombrero. En ese momento, no supo a quién detestar más, a ella o a sí mismo.

Alexandra subió al cuarto de su madre nada más entrar en la casa. Rhea estaba atravesando uno de sus momentos de ansiedad, y Nancy intentaba en vano aplacarla. La doncella se giró hacia Alexandra con una expresión de alivio.

—Oh, señorita, cuánto me alegra que haya venido. Está muy disgustada porque falta uno de los objetos de la caja.

—¡Quiero que me lo devuelvan! —gritó Rhea—. Se lo han llevado... lo sé. Siempre han querido llevárselo.

—No. Yo me lo llevé, madre —Alexandra le ofreció el medallón. Rhea emitió un grito y se lo arrebató de la mano.

—¡Te lo llevaste! ¡Eres una niña mala! ¡Muy mala!

—¿Por qué no quieres que nadie vea ese medallón, madre? ¿Por qué lo escondes?

Rhea, que se había vuelto para devolver el medallón a la caja, se giró hacia Alexandra con el rostro contraído de ira y le dio una bofetada.

—¿Cómo te atreves? ¿Cómo te atreves?

Alexandra emitió un jadeo ahogado. Nancy profirió un grito y corrió hacia Rhea, pero ésta ya se había retirado de su hija, abrazando la caja.

—¡Alexandra! —tía Hortensia entró en el cuarto en ese preciso momento—. ¿Dónde has estado? ¿Por qué te fuiste con tanta prisa? ¿Te llevaste algo de la caja de Rhea? Ha estado muy agitada desde que se despertó.

—Sí. Acabo de devolvérselo —confesó Alexandra—. Me ha abofeteado.

—¿Abofeteado? ¿Rhea? —tía Hortensia miró a su sobrina con los ojos redondos como platos—. Nunca ha sido capaz de lastimar ni a una mosca. ¿Qué sucede?

—En ese medallón hay un retrato... Mejor dicho, dos retratos. De las mismas personas que vi en el retrato de la casa de la Condesa.

—¿Qué? —tía Hortensia palideció—. Oh, Dios mío.

—Sí. Además, tiene grabada una inicial. A de Alexandra. Se lo llevé a la Condesa para ver si ella podía identificarlo. Afirmó haber regalado ese medallón, y otro similar con la letra M, a sus nietas, antes de que fuesen asesinadas.

—Dios mío —repitió tía Hortensia, derrumbándose en la silla más cercana.

—Madre, ¿por qué tienes ese medallón? —preguntó Alexandra con la mayor delicadeza—. ¿Qué relación tenía esa mujer contigo? ¿Conmigo?

—Vete —espetó Rhea, inclinándose sobre la caja protectoramente—. ¡Tú me lo robaste! Que se vaya, Nan. No la quiero aquí.

—¿Por qué te niegas a contestar? —exclamó Alexandra frustrada—. ¡Sólo deseo saber quién soy!

—¡No! ¡No! —chilló Rhea, alejándose de ella.

—Así no conseguirás nada, Alexandra —dijo tía Hortensia prudentemente—. Ven conmigo. Ya podréis hablar mañana, cuando ambas estéis más calmadas. Nan, intenta tranquilizar a Rhea.

Alexandra salió del dormitorio.

—¡No era mi intención disgustarla tanto! —dijo a su tía tras cerrar la puerta—. Pero ¿por qué se niega a decir nada?

—No lo sé, querida. Quizá ni siquiera sepa ya por qué no puede decirlo. Está empeorando. Pero sabes que se pondrá aún peor si te enfadas con ella.

—No estoy enfadada con ella —protestó Alexandra. Luego suspiró—. De acuerdo, sí, estoy enfadada. ¿Qué es lo que me ha ocultado durante todo este tiempo? Es horrible saber que ella tiene la clave de todo este asunto y se niega a hablar.

—Lo sé, querida. Para tratar con tu madre se necesita la paciencia de Job. A veces, yo también me sulfuro con ella, y eso que a mí no me ha ocultado nada —tía Hortensia la tomó del brazo y la condujo hasta su cuarto—. Desearía poder ayudarte, saber lo que sucede. Debe de ser horrible para ti.

—No sé si ella es realmente mi madre —dijo Alexandra—. La Condesa está convencida de que soy su nieta, pero...Vosotros sois mi familia. Tú, mi madre, el primo Nathan y los demás. ¡La Condesa es una mujer maravillosa, pero apenas la conozco!

—Cariño, pase lo que pase, nosotros siempre seremos tu familia. No lo olvides. Aunque fueses nieta del mismísimo Rey, seguirías siendo mi sobrina.

A Alexandra se le saltaron las lágrimas al oír las palabras de su tía. Se giró hacia ella para darle un abrazo.

—Gracias, tía Hortensia. Te quiero.

—Bien, asunto arreglado. Ahora, bajemos a la cocina y te prepararé un té. En eso coincido con los ingleses. Nada sienta mejor que una buena taza de té.

Alexandra abrió los ojos. Se hallaba en la cama y la habitación estaba a oscuras. Tardó un momento en orientarse. ¿Qué la había despertado?

Un golpe sonó en el otro lado de la pared. Alexandra salió de la cama y corrió hacia la puerta, sin detenerse siquiera a ponerse la bata. Aquella pared separaba su dormitorio del de su madre.

Al abrir la puerta del cuarto de Rhea, Alexandra se quedó petrificada. Una figura enorme y oscura tenía las manos cerradas en torno al cuello de su madre, que se debatía frenéticamente, clavándole las uñas. Nancy yacía tumbada en el suelo.

Alexandra profirió un alarido, y el corpulento individuo se giró, aflojando su presa. Alexandra agarró el objeto más cercano, un candelabro, y corrió hacia él, golpeándolo con toda la fuerza de su brazo derecho. Con un rugido, el agresor soltó a Rhea, que cayó al suelo. Luego se lanzó hacia Alexandra para quitarle el candelabro. Ella se abalanzó sobre él, dándole patadas y puñetazos. Pero el hombre le plantó una enorme mano en el pecho y la empujó. Alexandra retrocedió tambaleándose, tropezó con el cuerpo inerte de Nancy y cayó al suelo, perdiendo el conocimiento al golpearse la cabeza con el duro suelo de madera.

El intruso se acercó a ella para verla de cerca. Contempló detenidamente su cara y sus piernas, desnudas bajo el camisón. Luego se dirigió de nuevo hacia Rhea.

—¿Alexandra? ¿Qué sucede? —gritó una voz de mujer desde el pasillo.

El hombre se volvió rápidamente y agarró a Alexandra. Tras echársela al hombro como si no pesara nada, corrió hacia la ventana y procedió a bajar por la escalera de mano que había dejado previamente, mientras tía Hortensia entraba en el dormitorio.

Hortensia emitió un jadeo ahogado al ver cómo el hombre bajaba por la escalera, con Alexandra a cuestas. Emitió un grito y corrió hacia la ventana.

—¡Auxilio! ¡Que alguien lo detenga! —chilló asomándose, pero el individuo ya había llegado al suelo—. ¡Auxilio!

Un criado, el mayordomo y una doncella entraron presurosos en el cuarto y se detuvieron en seco al ver los dos cuerpos tendidos en el suelo y a Hortensia asomada a la ventana.

Tía Hortensia se giró para mirarlos.

–¡Detenedlo, estúpidos! ¡Tiene a Alexandra! –se volvió a tiempo para ver cómo el hombre desaparecía rodeando la casa, con Alexandra al hombro.

Mientras el criado y el mayordomo bajaban las escaleras precipitadamente, tía Hortensia se arrodilló junto a Rhea.

—Aún respira, gracias a Dios. No os quedéis ahí, muchachas, ayudadme a ponerla en la cama.

Las criadas así lo hicieron. A continuación, Hortensia se inclinó sobre Nancy. Era evidente que la habían dejado inconsciente de un golpe. Ya empezaba a formársele un cardenal en un lado de la cara. También respiraba, y su pulso era regular. Las tres mujeres la colocaron en la cama más pequeña.

Seguidamente, tía Hortensia humedeció un paño en la jofaina y frotó el rostro de Rhea, esperando reanimarla, pero Rhea no volvió en sí.

—¡Ese bruto debió de intentar estrangularla! —exclamó mientras examinaba las marcas rojas que su cuñada tenía en el cuello–. ¡Este país es de locos! Nunca había visto nada igual.

¿Y qué había sido de Alexandra?

El criado entró en el dormitorio, seguido de los demás sirvientes.

–Ha desaparecido, señorita. Miramos en ambos lados de la calle, pero no vimos a nadie.

–¡Maldición! –gritó tía Hortensia–. ¡El mundo se ha vuelto loco! ¿Qué voy a hacer ahora?

–¿Quiere que avise a un alguacil? –sugirió el mayordomo.

–Sí. Llama también a un médico. Y... –Hortensia titubeó–. Y ve en busca de lord Thorpe.

Sebastian siguió al criado hasta la casa de Alexandra, con el ceño fruncido. Apenas había entendido bien la historia del sirviente. No obstante, había decidido acompañarlo dado su estado de evidente ansiedad. Lo primero que vio, al entrar en la casa, fue a la tía de Alexandra, paseándose nerviosamente por el desierto vestíbulo.

–¡Lord Thorpe! Gracias a Dios que ha venido. ¿Por qué ha tardado tanto?

–Estaba durmiendo –respondió él cínicamente–. Y mi ayuda de cámara era reticente a despertarme por los desvaríos de un criado. ¿Qué diablos sucede? Si se trata de alguna argucia de Alexandra para...

–Oh, cállese –lo interrumpió tía Hortensia–. Hay

en juego algo mucho más grave que su pérdida de sueño. Alguien se ha llevado a Alexandra.

Thorpe notó como si, de repente, le clavaran una daga de hielo en el pecho.

–¿Qué? No puedo creerlo. ¿Quién? ¿Por qué?

–Si lo supiera, habría ido tras ella. No sabía a quién acudir ni a quién pedir ayuda, aparte de usted.

–¿Qué ha pasado?

–Venga conmigo, se lo mostraré –Hortensia lo condujo hasta el dormitorio de Rhea. Ésta, pálida como un cadáver, seguía tumbada en la cama, inconsciente. Nancy apenas empezaba a volver en sí.

–Las encontré a las dos inconscientes, en el suelo –explicó Hortensia a Thorpe–. Y vi a un hombre saliendo por la ventana, con Alexandra al hombro.

–¿Qué? –Thorpe corrió hacia la ventana y se asomó, como si así pudiese visualizar la escena–. ¿De dónde ha salido esta escalera?

–No lo sé.

–Es una de las que se suelen dejar en la parte trasera de la casa, señorita –informó una criada–. Los criados las usan para limpiar las ventanas.

–¡Esto no tiene ningún sentido! –exclamó Thorpe–. ¿Por qué iban a querer secuestrar a Alexandra?

–Nada de lo que he visto en este país tiene sentido –replicó tía Hortensia–. Ojalá no hubiéramos venido. Primero, agreden a Alexandra, luego dejan esa rata, y ahora...

—¿De quién es esta habitación?

—De Rhea —tía Hortensia señaló a la mujer postrada en la enorme cama—. La madre de Alexandra. Es obvio que ese individuo intentó asesinarla. Mírele el cuello.

Thorpe se acercó a la cama y examinó el maltrecho cuello de Rhea.

—¿No ha vuelto en sí desde entonces?

—No, señor —contestó la criada.

—¿Por qué se habrá llevado a Alexandra? —Thorpe se giró hacia Hortensia.

—No lo sé. Solamente llegó a entrar en esta habitación. Golpeó a Nancy, según parece, aunque no intentó estrangularla. Imagino que Alexandra oyó el ruido y acudió para ayudar a su madre. La oí gritar y, cuando llegué aquí, ese hombre ya la había sacado por la ventana.

Thorpe luchó contra el pánico que empezaba a atenazarle el pecho.

—¿Quién podría tener interés en lastimar a la madre de Alexandra?

—¡Nadie! Esto no tiene sentido. Rhea no conoce a nadie en Londres. Apenas sale de la casa.

Sebastian se pasó una mano por la cara, tratando de pensar.

—Quizá su objetivo fue, en todo momento, Alexandra, pero se equivocó de ventana.

—Pero ¿por qué? ¿Qué puede querer de ella?

Thorpe apretó los labios. Para él, era obvio lo que

un criminal podía querer, probablemente, de una mujer hermosa como Alexandra, pero prefirió no preocupar aún más a Hortensia.

Ella, no obstante, leyó la verdad en sus ojos y dio un paso atrás.

—Oh, no... no.

—Yo la encontraré —prometió Thorpe gravemente, apretando los puños—. Pondré a mis hombres a investigar inmediatamente. Si alguien puede enterarse de algo, es Murdock —miró con fijeza a Hortensia—. ¿En qué otras intrigas anda envuelta su sobrina?

—¿Intrigas? —tía Hortensia se quedó mirándolo, perpleja—. ¿De qué está hablando? —a continuación, su expresión se aclaró—. Ah, ya recuerdo. Alexandra me dijo que la consideraba usted una estafadora.

—Quizá la haya secuestrado algún ex cómplice enemistado con ella... o alguna víctima de sus estafas —Thorpe titubeó ante la mirada de basilisco que le dirigió Hortensia.

—Si pretende llevar la investigación por ese cauce, de nada me ha servido llamarle. No encontrará a nadie que tenga esa clase de relación con Alexandra, porque no lo hay. Perderá el tiempo —tía Hortensia se giró y empezó a pasearse por el cuarto—. Tiene que haber alguien más que pueda ayudarme.

—Señorita Ward, yo podré ayudarla mejor que nadie. Sin embargo, todo será mucho más fácil si no persiste usted en ocultarme la verdad. Soy consciente de que seguramente estará involucrada en las actividades de Alexandra, y por eso se niega a hablar. Pero, llegados a este punto, creo que el bienestar de Alexandra excluye las demás consideraciones.

—Desde luego. Pero no puedo hablarle de víctimas o cómplices porque no existen. Alexandra nunca se había metido en líos... hasta que llegó aquí y los conoció a usted y a los suyos. No ha habido más que problemas desde el momento en que entró usted por esa puerta.

Thorpe suspiró.

—Es evidente que no voy a conseguir nada —se giró hacia la puerta y, antes de salir, añadió—: La avisaré en cuanto sepa algo.

Alexandra sentía un fuerte dolor en la cabeza. Apenas era consciente de lo que la rodeaba.

—Es muy, muy guapa, Peggoddy —dijo una voz nasal de mujer—. Debo decir que tu gusto ha mejorado. ¿Dónde la encontraste?

Le respondió una voz estropajosa y profunda, pero Alexandra apenas entendió algunas palabras.

—No sé. Me pareció un desperdicio dejarla allí.

—Has hecho bien en traérmela —dijo la mujer con una risita—. Esta vez, te pagaré el doble.

—¡Qué bien! —dijo el hombre con evidente satisfacción.

Alexandra se removió. Intentó darse la vuelta, pero no pudo. Parecía tener las manos atadas sobre la cabeza.

—Parece que ya se despierta —dijo la mujer—. Sujétala, Peggoddy.

Alexandra notó que algo agarraba sus tobillos. Segundos después, se oyó el chasquido de unas tijeras. El sonido fue oyéndose cada vez más cerca y, al mismo tiempo, Alexandra sintió el roce metálico de las tijeras en la piel. De pronto, las dos mitades de su camisón se separaron, dejando su cuerpo al descubierto. Al notarlo, Alexandra abrió bruscamente los ojos.

Encontró que la estaba mirando el rostro de una de las mujeres más extrañas que había visto nunca. Tenía la cara surcada de arrugas, como la de una anciana, pero su cabello era de un tono imposiblemente pelirrojo. Llevaba oro y diamantes en el cuello y en las orejas, una espesa capa de maquillaje y un vestido indecentemente escotado que dejaba al descubierto gran parte de sus arrugados senos.

La mujer contempló el cuerpo desnudo de Alexandra.

—Es perfecta —dijo tomando uno de sus senos con la mano—. Oh, sí, creo que sacaremos una buena suma con ella. Lástima que tuvieras que golpearla, Peggoddy. Tendremos que esperar un día o dos, hasta que ese cardenal de su mejilla desaparezca.

—¿De qué está hablando? —gimió Alexandra—. ¿Quiénes son ustedes? ¿Se puede saber qué están haciendo? —de repente, los recuerdos afluyeron a su mente—. ¿Qué le han hecho a mi madre?

—Yo soy Magdalena —dijo la mujer—. No te preocupes, estás en buenas manos. Magdalena sabe hacer buen uso de las muchachas hermosas como tú.

Alexandra se quedó mirándola, sin comprender. Intentó incorporarse, pero comprobó asombrada que tenía las manos atadas a la pared.

—¿Qué...? ¿Por qué...?

—Te ha traído Peggoddy —Magdalena señaló hacia el corpulento hombre situado al pie de la cama—. Él sabe que yo soy la mejor. ¿No es cierto, Peggoddy? Sepárale las piernas, para ver lo que tenemos.

—¡Alto! —gritó Alexandra indignada mientras Peggoddy le separaba las piernas obedientemente—. ¿Qué están haciendo?

La mujer no respondió. Simplemente, colocó la mano entre los muslos de Alexandra e introdujo un dedo. Alexandra emitió un jadeo ahogado.

—Ah, mejor que mejor —la mujer sonrió—. Es virgen. Le pondré un buen precio a tu primera vez.

—No sé de lo que está hablando —dijo Alexandra furiosa—. Pero será mejor que me suelten ahora mismo.

—Oh, es de las peleonas. Bueno, a algunos hombres les gusta que las mujeres se resistan, sobre todo cuando son vírgenes. Conozco a algunos que se interesarán mucho por ti.

Un escalofrío recorrió a Alexandra.

—Mire —empezó a decir—, no sé cómo he llegado aquí, ni por qué me trajo Peggoddy, pero seguramente se trata de un error. Me doy cuenta de que lo que le interesa es el dinero. Y yo tengo mucho. Si me suelta, puedo pagarle mucho más que cualquiera de esos hombres de los que habla.

—No soy tan estúpida, señorita importante. Aun creyéndome eso de que eres rica, ¿cómo sé que me pagarás cuando te haya soltado?

—Envíe una nota a mi tía. Ella le pagará.

La mujer puso los ojos en blanco.

—Podré sacar mucho dinero sin necesidad de arriesgar el pescuezo enviando notas a ningún pariente.

—¡No! Por favor, escúcheme. Tiene que creerme. Le pagaré.

En ese momento, una chica entró por la puerta con una pequeña bandeja.

—Siéntate —ordenó Magdalena—. Ahora debes comer.

—No. No quiero comer.

—¿No? Si está muy rico —Magdalena le acercó un vaso—. Al menos, bebe un poco.

—¡No!

—Peggoddy, sujétala.

Peggoddy le rodeó la cabeza con el brazo, apretando para obligarle a abrir la boca. Magdalena le acercó el vaso a los labios y Alexandra, resignada, tomó un sorbo.

—Está amargo —musitó arrugando la nariz.

Magdalena sonrió.

–Toma otro trago.

Esta vez, a Alexandra no le supo tan mal. De unos cuantos tragos más, apuró el vaso. Luego, fue tomándose la comida que Magdalena le acercaba a la boca. Cuando hubo terminado, se dio cuenta de que se sentía mareada.

–Tengo sueño –murmuró.

–Naturalmente. Te espera un largo y agradable sueño –Magdalena le hizo un gesto a Peggoddy para que la soltara. Alexandra cerró los ojos, durmiéndose de inmediato. Magdalena la miró satisfecha–. Bueno, eso la mantendrá tranquila durante el resto del día. Le daremos otra dosis con la cena.

A Sebastian se le habían hecho eternos los dos días transcurridos desde su conversación con Hortensia. Pese a sus sentimientos ambivalentes hacia Alexandra, la preocupación lo estaba matando. Permanecía derrumbado en la silla de su estudio, con los ojos cerrados pero sin dormir, sin apenas haber probado bocado en todo el día. Parecía haber envejecido varios años de golpe.

Murdock se presentó repentinamente en el estudio, y Thorpe se levantó de un salto.

–¿Y bien? ¿Alguna noticia?

–Hemos encontrado a cierto individuo. Realiza «trabajos» que requieren agallas, pero no cerebro. Hoy ha estado gastando mucho dinero y alardeando de haber cobrado dos veces, una por la vieja y otra por la chica.

Sebastian notó que se le aceleraba el pulso.

—¿Dónde está?

—En una taberna. He dejado a algunos hombres vigilándolo. No se escapará. Pero pensé que querría usted hablar con él personalmente.

—No te equivocabas —Sebastian se puso la chaqueta—. Trae mis pistolas.

—Están en el vestíbulo, señor —Murdock ya llevaba su propia pistola encajada en la cintura de los pantalones, oculta bajo la chaqueta.

Tardaron pocos minutos en llegar a una mugrienta taberna situada en el lado este de Londres. Una vez dentro del local, Murdock miró en torno hasta dar con el hombre al que buscaban. Se acercaron a él.

—¿Qué quieren? —preguntó el hombre con voz estropajosa.

—Sólo charlar con usted, señor...

—Peggoddy —el hombre hizo una mueca—. ¿Quién lo pregunta?

Thorpe pasó por alto la pregunta.

—Tengo entendido que acaba de ganar mucho dinero.

Peggoddy lo miró recelosamente.

—¿Y? ¿Eso a usted qué le importa?

Thorpe arqueó los labios en algo parecido a una sonrisa, pero tan escalofriante que hizo que Peggoddy retrocediera un poco en su asiento.

—Le han pagado por secuestrar a una joven.

—No —respondió Peggoddy satisfecho de sí mismo—. Él sólo me pidió que me encargara de la vieja. Lo de la furcia se me ocurrió a mí. En cuanto la vi, me dije: «Madam pagará una buena cantidad por ella». Era muy guapa, usted ya me entiende. De primera calidad.

Thorpe apretó los puños, pero mantuvo un tono de voz sereno.

—¿Cómo era? —preguntó al tiempo que se sacaba del bolsillo una moneda de plata.

Peggoddy tomó la moneda y respondió:

—Tenía el pelo negro y rizado. La piel clara. Una belleza, ya digo.

Sebastian sintió deseos de retorcerle el cuello, pero se obligó a conservar la calma.

—¿Le hiciste daño?

—¿A la chica? Ni siquiera la toqué. Madam me habría arrancado el pellejo. Si incluso se enfadó por ese pequeño cardenal que tenía en la mejilla... ¡como si yo hubiera podido evitarlo! Se abalanzó sobre mí y tuve que defenderme.

—¿Adónde la llevaste? ¿Quién es esa «madam»?

Peggoddy esbozó una sonrisa ladina.

—Ah, no, no pienso decírselo. A ella no le gustaría.

Thorpe depositó una moneda de oro encima de la mesa. Peggoddy tragó saliva, mirando la moneda.

—¿Me lo dirás ahora?

Peggoddy pareció pensárselo, pero finalmente negó con la cabeza.

–Usted no conoce a Madam.

–¿Le tienes miedo? –Thorpe sacó la pistola y le apuntó directamente–. Si no me lo dices, no habrá nada que me impida matarte. Y, créeme, lo haré con sumo placer.

Peggoddy se lamió los labios y miró con desesperación a Murdock, que le sostuvo la mirada impasiblemente.

–Está bien, está bien. Se lo diré.

–O, mejor aún, nos llevarás hasta allí.

Peggoddy se quedó mirándolo con los ojos abiertos como platos. Luego, al ver que Sebastian se levantaba, tragó saliva e hizo lo propio. Murdock lo agarró del brazo y lo condujo hasta la puerta, seguido de Thorpe.

Peggoddy los dirigió hacia una zona algo mejor de la ciudad, mirando nerviosamente de vez en cuando hacia las pistolas que le apuntaban.

–Ahí es –anunció por fin, al llegar a la altura de cierto edificio.

Thorpe ordenó al cochero que se detuviese.

–¿Dónde?

–El edificio del centro, con la puerta verde. Al lado hay un callejón que lleva a la parte trasera. Madam tiene escaleras en la parte de atrás. Yo entro siempre por ahí.

–Voy a entrar –dijo Sebastian a Murdock, guardándose la pistola en el bolsillo–. Quédate aquí y procura que no se escape. Como nos haya engañado, volveré y lo mataré lentamente.

–Harrison puede vigilarlo, señor –protestó Murdock–. Es posible que necesite usted mi ayuda.

–En ese caso, me convendrá que estés fuera para rescatarnos. Además, quiero que, entretanto, lo interrogues acerca del trabajo que le encargaron realizar. Averigua quién le pagó y para qué.

Thorpe lanzó una mirada gélida a Peggoddy y, a continuación, salió del carruaje.

10

Sacándose la pistola del bolsillo, Sebastian avanzó con cautela por el angosto camino de entrada, hasta la puerta. Justo cuando se aproximaba, la puerta se abrió de pronto, y una franja de pálida luz amarillenta disipó parte de la oscuridad. Sebastian retrocedió sorprendido mientras una joven salía con un gran balde de agua y lo vaciaba en la calle. Después se dio media vuelta para regresar a la casa, y Thorpe, con la pistola de nuevo en el bolsillo, entró rápidamente detrás de ella, agarrándola por la cintura e inmovilizándola. Con la otra mano le tapó la boca para impedir que gritara.

—No te haré daño si guardas silencio. Sólo busco información —le susurró—. ¿Lo has comprendido?

La chica asintió con la cabeza, con los ojos desorbitados por el pánico.

—A cambio de esa información, te daré dinero...

Más dinero del que puedas ganar aquí en un mes. ¿Te interesa?

Ella asintió de nuevo, esta vez con menos miedo y más interés.

—De acuerdo. Voy a quitarte la mano de la boca. No grites, o tendré que hacerte daño.

Al ver que ella asentía con firmeza, retiró la mano.

—Me ha dado un susto de muerte, señor. ¿Qué es lo que quiere saber?

—El paradero de cierta joven. La trajo aquí un hombre llamado Peggoddy. Es morena y muy guapa.

—¿Tiene el pelo negro? —inquirió la chica—. ¿Y habla con acento raro?

Sebastian sintió un intenso alivio.

—Sí, es americana.

—Sí, la he visto. Peggoddy la trajo el otro día. Es una chica muy terca.

Sebastian no pudo reprimir una sonrisa.

—Es ella, sin duda.

—Está aquí. Madam la ha estado reservando para esta noche. Hay tres caballeros dispuestos a pagar bien por ella.

—¿Esta noche? —inquirió él—. ¿Cuándo?

—Dentro de una media hora o así. Está ahí dentro, preparándose.

—¿Puedes llevarme hasta ella?

—¿Piensa robarla? —preguntó ella con ojos llenos de curiosidad.

Sebastian asintió.

—Me la robaron a mí. ¿Querrás indicarme dónde está?

—Si la vieja Mags se entera, me arrancará la piel a tiras.

—¿Te refieres a la madam? —Sebastian le entregó una moneda y se sacó otra del bolsillo—. No tienes por qué seguir trabajando aquí. Si me llevas hasta ella, te daré esta otra moneda. Luego podrás buscar empleo en algún otro sitio.

—Está bien. Sígame sin hacer ruido.

Sebastian la siguió por una puerta y luego por un estrecho pasillo poco iluminado. Tras subir unas escaleras, la chica inspeccionó los alrededores y le hizo una señal. Entraron en una habitación pequeña, pero lujosamente amueblada. Estaba desierta.

—¿Dónde está? —inquirió él.

—Chist —la chica se llevó un dedo a los labios y señaló hacia la pared opuesta—. Puede que aún estén con ella —lo tomó del brazo y lo condujo hasta la pared. Seguidamente, hizo girar un pequeño pomo y en la pared se abrieron dos pequeños agujeros. La chica le indicó que mirara por ellos.

Sebastian casi emitió un jadeo ahogado al ver la escena. Un hombre, una mujer y una extraña anciana permanecían junto a la cama, observando a la chica sentada en ella. Estaba vestida de blanco y tenía la negra melena suelta sobre los hombros.

¡Alexandra!

La chica cerró las aberturas y susurró:

—En cuanto se hayan ido, puede usted entrar por la puerta del pasillo —señaló hacia el corredor por el que habían entrado—. Procure que no le vean. Bueno, tengo que irme ya.

—Gracias —Sebastian le colocó la otra moneda en la palma de la mano. A continuación, una vez que la chica se hubo marchado, pegó el oído a la puerta hasta que oyó los pasos del grupo en el pasillo. Cuando el ruido hubo cesado, entreabrió la puerta para echar una ojeada. No vio a nadie, de modo que se apresuró hasta la puerta contigua. Hizo girar el pomo, temiendo por un momento que estuviera cerrada con llave, pero la puerta se abrió con facilidad.

Sebastian entró en la habitación y se giró hacia la cama.

—¡Alexandra!

Sí, era ella. Tenía las mejillas sonrojadas, los ojos oscuros muy abiertos. La habían vestido con un sencillo traje blanco que se ceñía a las curvas de su cuerpo. A través de la fina tela se adivinaba la suave prominencia de sus senos, la forma de sus pezones e incluso el triángulo de vello oscuro entre sus piernas. Tenía una de las medias bajadas hasta la rodilla.

Sebastian sintió una súbita oleada de deseo, intenso y abrasador, y de inmediato se sintió culpable y avergonzado. Tragó saliva, apretando los puños.

Alexandra lo miró, parpadeando. Una suave sonrisa se formó en sus labios, y sus ojos brillaron.

—¡Thorpe! Gracias a Dios.

Él atravesó rápidamente la habitación, acercándose a ella.

—¿Te encuentras bien? —preguntó mientras procedía a desatar la bufanda que la sujetaba al poste de la cama.

—Me siento... rara —susurró Alexandra—. Tengo calor y siento un extraño hormigueo.

—Probablemente habrás pillado un catarro con ese vestido —comentó Sebastian sardónicamente—. Ya está. Puedes levantarte.

Alexandra se levantó y, al instante, se derrumbó contra él. Sebastian la rodeó con los brazos para sostenerla.

—Estoy mareada —dijo ella con una leve risita, abrazándolo. Apretó los senos contra su pecho y su cálido aliento le acarició la piel a través del cuello abierto de la camisa, produciéndole un súbito cosquilleo en la entrepierna.

Sebastian respiró hondo.

—¡Maldita sea, Alexandra! ¿Se puede saber qué estás haciendo?

—No lo sé —murmuró ella con una risita ronca—. Pero ¿a que te gusta?

—¡Dios santo! —exclamó él horrorizado—. ¡Te han hecho algo! ¡Te han drogado!

—Sí, lo sé. No he hecho nada salvo dormir y dormir. Pero las últimas horas las he pasado despierta. Me siento tan... lánguida –los ojos de Alexandra se llenaron de lágrimas súbitamente–. Lo siento, Thorpe. Apenas me tengo en pie. Y no puedo pensar con claridad.

—No te preocupes. Te sacaré en brazos si es necesario.

—Mi madre —Alexandra le agarró con ansiedad las solapas de la camisa—. Lo había olvidado. ¿Se encuentra bien?

—Sí, no te preocupes por ella. Ahora, lo que importa es salir de aquí. Te llevaré a casa y te prepararé café. Eso te ayudará.

—Eso espero. Me siento muy rara.

Sebastian se acercó rápidamente a la puerta y se asomó al pasillo.

—No hay nadie. Vamos.

Alexandra caminó hasta él lentamente. Luego lo abrazó por detrás, pasándole las manos por el pecho.

—¡Alexandra! ¿Qué estás haciendo? —exclamó Sebastian volviendo a cerrar la puerta—. Ya basta.

—Lo siento. Simplemente... me apetecía tocarte.

—Dios —las palabras de Alexandra casi lo perdieron más que sus caricias. La apartó de sí, abrió la puerta de nuevo y, agarrándola por la muñeca, la sacó de la habitación. Oyeron un repentino ruido de voces procedente del otro extremo del pasillo.

—Chist. Alguien se acerca. Huir sería inútil, pues levantaremos más sospechas si nos ven correr. De modo que finge que soy un cliente –susurró Sebastian a Alexandra.

–¿Un cliente?

–Ajá –dicho esto, él inclinó la cabeza sobre ella, frotándole la oreja con la nariz.

Alexandra dejó escapar un jadeo ahogado. El roce de sus labios en su sensible piel, unido al calor de su aliento, casi era más de lo que podía soportar. Se estremeció, notando una sensación de humedad entre las piernas.

–Sigue andando –susurró Sebastian mientras tensaba el brazo alrededor de los hombros de Alexandra. Las escaleras parecían hallarse a kilómetros de distancia.

Cuando casi habían llegado, se oyó el crujido de una puerta al abrirse, seguido de una voz femenina. Thorpe no se detuvo para mirar atrás. Estaba seguro de que los habían descubierto. Bajando el brazo hasta la cintura de Alexandra, se apresuró hacia las escaleras, arrastrándola consigo.

–¡Detenedlos! –vociferó una estridente voz de mujer–. ¡Se la lleva! ¡Detenedlos!

Corrieron escaleras abajo, hasta el vestíbulo, donde dos o tres criados observaban la escena con asombro. Thorpe los apartó de su camino y, tomando en brazos a Alexandra, salió por la puerta y se dirigió raudo hacia el carruaje.

Al verlo acercarse, Murdock abrió la portezuela y

se apeó de un salto para ayudarlo. Desgraciadamente, Peggoddy aprovechó la oportunidad para salir por el otro lado del coche y escapar. Murdock profirió una maldición.

—¡No te preocupes por él! —gritó Thorpe mientras introducía a Alexandra en el carruaje. Luego se subió rápidamente, justo cuando uno de los criados lo alcanzaba. Murdock le propinó un puñetazo en el mentón, derribándolo. Finalmente, el carruaje emprendió la marcha.

Después de entrar en su casa con Alexandra, Thorpe miró a Murdock por encima del hombro.

—Envía un mensaje a su tía. Hazle saber que está bien y que la llevaré mañana por la mañana. Y dile a Punwati que me suba café y comida al dormitorio.

No podía llevar a Alexandra a su casa mientras se hallara en tales condiciones, se dijo mientras la subía al dormitorio. Alexandra se giró para contemplar la estancia, exhalando un suspiro de placer.

—Sebastian... es preciosa —dijo fijándose en los diferentes adornos y objetos hindúes que decoraban la habitación. Luego se acercó a la cama y pasó las manos por la colcha de terciopelo azul, antes de tumbarse sobre ella.

Mientras la observaba, Thorpe tuvo que esforzarse para mantener a raya el deseo.

—Debes quitarte esa ropa —dijo acercándose al guardarropa y sacando una gruesa bata de brocado. Era suya, desde luego, y demasiado grande para Alexandra, pero bastaría para cubrirla. Se giró para entregársela y se detuvo, sin respiración.

Alexandra se había desvestido y permanecía de pie junto a la cama, completamente desnuda, con el fino vestido blanco hecho un ovillo a sus pies.

Sebastian intentó hablar, pero la voz no le salió del cuerpo. Se aclaró la garganta y probó de nuevo.

—Tendrías que haberte desnudado detrás del biombo.

—¿Por qué?

—No importa. Ponte esto —dijo él lanzando la bata sobre la cama.

—Pero es muy gruesa —Alexandra la recogió e hizo una mueca—. No quiero ponérmela. Tengo demasiado calor.

—¡Póntela!

Encogiéndose de hombros, ella se la puso, pero no se la abrochó. Parte de su cuerpo seguía viéndose a través de la bata abierta, lo que resultaba, quizá, más provocativo aún que su desnudez total.

Thorpe apretó los dientes y avanzó hacia ella para anudarle la bata con movimientos rápidos y bruscos. En ese momento, llamaron a la puerta del cuarto y Sebastian abrió a su mayordomo. Punwati, con su acostumbrada expresión imperturbable, dejó la bandeja en la mesita de noche y salió de la habitación, sin mirar siquiera a Alexandra.

Sebastian sirvió una taza de café y se la ofreció a Alexandra.

—No quiero café.

—Bebételo. Te sentará bien.

—No me apetece.

—Ya veo que esas drogas no han acabado con tu testarudez. Tómatelo.

Alexandra irguió el mentón.

—Tengo calor y no me apetece tomar nada caliente. Tampoco me gusta esta bata. Me estoy asfixiando.

Él apretó los dientes y musitó unas cuantas maldiciones.

—Oh, está bien —accedió Alexandra a regañadientes—. Me lo beberé —agarró la taza y tomó un sorbo—. Pero tú también tendrás que hacer algo —añadió acercándose a Sebastian.

—De acuerdo —él se aclaró la garganta, titubeando—. ¿Qué quieres que haga?

—Bésame.

Sebastian se quedó mirándola. De repente, notó como si todo el aire hubiese escapado de sus pulmones.

—No, Alexandra. No sabes lo que dices.

—Sí, lo sé.

—Alexandra, esto es una locura.

—¿Por qué? —ella se puso de puntillas, acercando los labios a los suyos.

Sebastian era consciente de que debía alejarse de ella. Pero, en vez de eso, la besó.

Los labios de ambos se fundieron y, con un estremecimiento, Sebastian atrajo a Alexandra hacia sí mientras ella hundía los dedos en su cabello, moviéndose eróticamente contra su cuerpo. A continuación, le desabrochó los botones de la camisa.

–Tócame –pidió tras quitarse la bata con un solo movimiento–. Por favor, tócame.

Él no pudo resistirse a su súplica. Le deslizó las manos por el vientre y ascendió hasta sus senos, apretándolos. Alexandra emitió un jadeo y se estremeció.

–Sí, por favor.

Notaba como si estuviera ardiendo por dentro. Sus senos ansiaban las caricias de Sebastian, y entre las piernas sentía una suerte de intensa palpitación, un ansia irreprimible que solamente él podía satisfacer.

Sebastian la tomó en brazos y la llevó hasta la cama, soltándola con suma ternura. Luego se tumbó a su lado y comenzó a lamerle un pezón, deslizando la lengua en círculos, chupándolo con movimientos perezosos. A continuación, trazó un sendero de besos hasta el otro pezón. Con una mano recorrió su cuerpo, acariciando la parte interior de sus muslos, acercándose cada vez más al ardiente núcleo de su deseo, hasta que, por fin, sus dedos se deslizaron hacia el interior de los húmedos pliegues de carne.

Alexandra gimió y empezó a temblar, jadeando su nombre, mientras Sebastian seguía frotando y acariciando. Finalmente, ella emitió un leve grito al notar que su ansiedad se convertía en una sensación intensa de placer que jamás había experimentado con anterioridad. Se estremeció entre leves sollozos, y Sebastian cubrió la boca de Alexandra con la suya, bebiéndose sus gemidos.

Sólo deseaba poseerla, alcanzar aquel glorioso éxtasis que sabía que los aguardaba a ambos.

No obstante, algo le hizo titubear. Alexandra seguía bajo el efecto de las drogas, se dijo, cerrando los ojos y luchando por calmar el ritmo de su respiración.

Ella bajó la mano hasta su pantalón y acarició la dura hinchazón de su entrepierna. Sebastian apenas pudo reprimir un jadeo.

—Maldita sea, mujer, ¿es que pretendes volverme loco?

—¿Acaso no deseas...?

—¡Por supuesto que lo deseo! —la interrumpió él bruscamente—. ¿Crees que soy de piedra?

—Entonces, ¿por qué te has detenido? —inquirió Alexandra mientras empezaba a desabrocharle los botones del pantalón.

—Porque no estás en condiciones de decidir lo que... —Sebastian se quedó paralizado al notar cómo ella introducía los dedos en el pantalón y acariciaba la piel de su sexo.

—¿De decidir qué? —inquirió Alexandra mientras cerraba la mano alrededor de su miembro y empezaba a moverla hacia arriba y hacia abajo.

—No —susurró él cerrando los ojos, concentrado en la sensación de placer que le producía la mano de Alexandra—. No hagas eso.

—¿Que no haga qué? —ella le mordisqueó el lóbulo de la oreja.

Musitando una maldición, Sebastian se separó de ella y salió de la cama.

—No —dijo con expresión pétrea, como si su rostro estuviese esculpido en granito—. Esto no está bien —se inclinó para recoger la camisa y seguidamente se dirigió hacia la puerta, sin mirarla—. Enviaré a una doncella para que te ayude.

—No te molestes —contestó Alexandra ácidamente. Habría querido decirle muchas más cosas, pero su cerebro, afectado por las drogas y por la reciente pasión, no estaba en condiciones de volcar en palabras su dolor y su rabia. Sebastian salió por la puerta antes de que ella pudiera decir nada más.

Alexandra arrojó todos los almohadones de la cama contra la puerta. Luego se tumbó boca abajo sobre la colcha de terciopelo y dio rienda suelta a las lágrimas.

Alexandra se despertó muy tarde al día siguiente. La cabeza le dolía tremendamente y tenía la boca seca como el esparto. Con un leve gemido, se incorporó en la cama y se frotó la cara.

Oyó que llamaban a la puerta, y comprendió que debió de ser eso lo que la había despertado.

—¿Sí?

Una doncella abrió la puerta y asomó la cabeza.

—Bien, está despierta. El señor me ha pedido que le traiga esta ropa y la ayude a vestirse. Yo no la habría despertado, pero él dice que su tía estará empezando a preocuparse.

—Sí, desde luego —Alexandra recordó su conducta de la noche anterior y se cubrió el rostro con las manos. ¡Había sido una estúpida! ¿Cómo podría volver a mirar a lord Thorpe a la cara? ¿Qué pensaría ahora de ella?

—¿Se encuentra bien, señorita? —preguntó la doncella preocupada.

—Sí. Bueno, me he sentido mejor, pero seguro que me recuperaré.

Dejó que la doncella la ayudara a vestirse, pero luego le pidió que se retirara, afirmando que podría cepillarse el cabello sola. Justo cuando hubo terminado de peinarse, volvieron a llamar a la puerta. Esta vez era Thorpe.

—Buenos días. Me he tomado la libertad de traerte té y tostadas —dijo rígidamente mientras dejaba una bandeja en la mesita de noche.

—Gracias. Es usted muy amable —Alexandra entrelazó las manos, incapaz de mirarlo a la cara—. Soy consciente, señor, de que le debo mi gratitud por haberme rescatado. Sé que no tiene obligación alguna conmigo. Fue muy generoso al ir en mi busca y traerme a su casa.

—No podía quedarme de brazos cruzados sabiendo que estabas secuestrada.

—Aun así, debo agradecérselo. Y... y quisiera disculparme por mi comportamiento de anoche. Fue inexcusable.

—No tienes por qué disculparte en absoluto —Thorpe alzó la mano—. No eras tú misma. Soy yo quien debe disculparse por no haber llevado mejor la situación. Fue imperdonable por mi parte tomarme las... libertades que me tomé. Lo lamento sinceramente, y te prometo que no volverá a suceder.

A Alexandra se le saltaron las lágrimas al oír sus palabras. Obviamente, Thorpe estaba horrorizado de lo que había hecho. Sin duda, se alegraba de haber podido zafarse de ella al final. Alexandra se tragó las lágrimas y se obligó a hablar con calma.

—Por favor, no hablemos más de eso. Dígame, ¿cómo está mi madre?

—Está viva, y no parece sufrir ningún dolor —explicó él con voz llena de alivio—. Sin embargo, lleva inconsciente desde que la atacaron la otra noche. Me tomé la libertad de enviar a mi médico para que la viese, pero poco ha podido decirnos. No se sabe cuándo volverá en sí.

—No entiendo por qué ese hombre la atacó —Alexandra frunció el ceño–. Pensé que probablemente era un ladrón que había entrado para robar, pero es demasiada coincidencia que nos hayan agredido a dos miembros de la familia en tan poco tiempo.

–Ese hombre entró con la intención expresa de hacerle daño a tu madre.

Alexandra lo miró fijamente.

–¿Cómo lo sabe?

–Hablé con el hombre que te secuestró. Fue así como te encontré. Se llama Peggoddy y mi ayudante, Murdock, consiguió dar con él. Peggoddy afirmó que lo habían contratado para que se encargase de tu madre.

–¡Contratado! Pero ¿quién...?

Thorpe se encogió de hombros.

–No lo sé. Logró escapar antes de hacer una confesión completa. Murdock lo estuvo interrogando, pero apenas pudo sacarle información de provecho. Peggoddy desconocía a la persona interesada en perjudicar a tu madre. Por lo visto, fue contratado por un intermediario al que llamó Red Bill.

–¿Y quién es el tal Red Bill? Quizá podamos localizarlo y hablar con él.

–Murdock ya lo está buscando. Y también tengo contratado a un detective.

–Ese detective... ¿me está investigando a mí también? –Alexandra enarcó una ceja y cruzó los brazos sobre el pecho.

—La verdad es que sí —asintió Thorpe fríamente—. He hecho averiguaciones sobre ti.

—Y, dígame, ¿ha descubierto algo que apoye su teoría? ¿Ha encontrado a alguien a quien yo haya estafado?

Thorpe meneó la cabeza.

—No —admitió lentamente.

—Pero es obvio que sigue teniendo sus dudas —dijo Alexandra con desdén.

—Eres una mujer cuidadosa e inteligente. Seguro que tus manejos no son fáciles de descubrir.

—Ah, comprendo. La falta de pruebas simplemente demuestra mi habilidad como estafadora, no mi inocencia. Y seguramente tendrá usted alguna explicación ingeniosa para el ataque que sufrió mi madre. Una explicación relacionada con mi maldad.

Thorpe titubeó, y luego dijo:

—Pudo ser alguien que deseaba vengarse de ti, por algo que le hiciste en el pasado.

—Desde luego —dijo Alexandra con una suerte de sombría satisfacción—. Debí haberlo imaginado. Ya ha decidido que soy una criminal, de modo que, ocurra lo que ocurra, hallará la manera de justificar su opinión. ¿Qué importan los hechos? ¿Por qué tener en cuenta que, durante este tiempo, quienes más hemos sufrido hemos sido mi familia y yo? ¿Por qué está tan convencido de que soy malvada? ¿Por qué me odia tanto?

—¡Yo no te odio! —exclamó Thorpe—. Simplemente, no soy ningún ingenuo. Ni me gusta que se aprovechen de mi amistad para conseguir otros fines. Si no, dime, ¿por qué planeaste un encuentro conmigo?

—¡Ojalá no lo hubiera hecho, bien lo sabe Dios! —replicó Alexandra—. La verdad es, sin duda, demasiado simple para usted. Sencillamente, me encontraba en Londres y me interesaba ver su colección.

—Si no sabías apenas nada de la Condesa, ¿para qué fuiste a reunirte con esa persona delante de la casa de los Exmoor, en plena noche? ¿Por qué no quieres decir lo que hacías allí?

—¿Quieres saberlo? —gritó Alexandra, tuteándolo—. Muy bien, te lo diré. Fui allí porque mi madre dejó inconsciente a su doncella, golpeándola en la cabeza, y luego tomó un carruaje a casa de los Exmoor. ¡Ya está! Ya lo sabes. Mi madre no está en su sano juicio. Bebe a escondidas y está obsesionada con una pequeña caja de la que nunca se separa... La caja donde encontré el medallón que le mostré a la Condesa. Mi madre se niega a responder a mis preguntas. Esa noche, cuando se escapó de la casa y yo la seguí hasta la mansión de los Exmoor, ni siquiera me reconoció. Me llamó «Simone», igual que la Condesa. Desde entonces, no ha dicho nada coherente. Por eso no quise decirte a qué había ido a la casa de los Exmoor. No deseaba que pensaras mal de mi madre. ¡Que creyeras que su locura también corre por mis venas!

Alexandra se detuvo, resollando con furia. Durante largos instantes, Thorpe y ella se miraron en silencio. Finalmente, Alexandra apartó la mirada y dijo:

—Creo que ya es hora de que me lleves a mi casa.

Thorpe y Alexandra apenas hablaron más de lo preciso durante el trayecto. A ella sólo le apetecía llorar, e ignoraba lo que él podía sentir. Cuando llegaron a la casa, experimentó un inmenso alivio. Thorpe la acompañó hasta la puerta, pese a que Alexandra le aseguró que no era necesario.

–Le prometí a tu tía que te traería y pienso cumplir mi promesa –repuso él lacónicamente, de modo que ella prefirió no insistir.

No bien hubieron entrado en la casa, cuando tía Hortensia apareció en la escalera. Corrió hacia su sobrina, con los brazos abiertos.

–¡Alexandra! ¡Oh, querida mía! ¡Hemos estado muertos de preocupación!

Alexandra se refugió agradecida entre los brazos de su tía.

–Lo sé. Y lo siento. ¿Cómo está mi madre?

Tía Hortensia se retiró de ella, meneando la cabeza.

—Viva, pero aún en coma. ¡Temo que pueda quedarse así para siempre!

—No digas eso. Estoy segura de que se recuperará.

—Ahora es Nancy la que se comporta como una histérica —prosiguió tía Hortensia—. Dice que quiere irse de este país de salvajes. En fin, supongo que no puede reprochársele su actitud.

—No podemos volver a América todavía, mientras mi madre se encuentre así. Tendremos que esperar a que se recobre. Si Nancy quiere irse, podemos pagarle un pasaje.

Tía Hortensia sorbió por la nariz.

—Creí que era una mujer más fuerte.

Alexandra se encogió de hombros.

—Imagino que recibir dos golpes en la cabeza basta para desanimar a cualquiera.

Tía Hortensia se giró hacia Sebastian.

—Lo siento, lord Thorpe. Debe usted disculpar mis modales. Ni siquiera le he dado las gracias por habernos devuelto a Alexandra. Le estaré eternamente agradecida. Ha hecho usted mucho por nosotras —miró a Alexandra—. Espero que le hayas dado las gracias apropiadamente.

—Naturalmente —Alexandra evitó mirar a Thorpe.

—Sólo celebro haber podido ayudarlas —contestó él en tono algo tenso.

—Venga con nosotras a la sala de estar —siguió diciendo tía Hortensia–. Debe contarme todo lo que ha sucedido. ¿Cómo encontró a Alexandra? ¿Dónde estaba?

Alexandra y Thorpe intercambiaron una rápida mirada y, a continuación, siguieron a tía Hortensia hasta la sala de estar. Cuando se hubieron sentado, Thorpe contó una versión cuidadosamente velada de lo sucedido, desde su charla con Peggoddy hasta el rescate de Alexandra.

–¡Debió de ser horrible para ti, querida! –exclamó tía Hortensia, tomando la mano de su sobrina–. Pero hay algo que no entiendo... ¿Dónde estuviste anoche? ¿Después de que el criado de lord Thorpe nos hiciera llegar el mensaje? Dijo que te encontrabas bien, de modo que ya debían de haberte rescatado para entonces –dirigió una mirada perpleja a Thorpe.

Él se removió incómodo en la silla. Alexandra notó que las mejillas se le acaloraban.

Sebastian se aclaró la garganta y dijo:

–La señorita Ward estaba algo... trastornada, y yo creí preferible que usted no la viese hasta que estuviera recuperada del todo.

–Me drogaron, tía Hortensia –dijo Alexandra sin rodeos–. Sospecho que me dieron opio.

–¡Opio!

–Sí... y una especie de infusión de hierbas. Seguramente, lord Thorpe pensó que te horrorizaría verme en ese estado.

—Desde luego que me habría horrorizado —admitió tía Hortensia—. Pero también es cierto que he visto cosas peores. Al fin y al cabo, he vivido una guerra —miró con severidad a Thorpe—. Qué situación tan terrible. ¡Sin duda, comprenderá usted el daño que sufriría la reputación de Alexandra si se supiera que ha pasado una noche en su casa, sin acompañante!

—Tía Hortensia, por favor... Era lo mejor. Además, te aseguro que no ocurrió nada.

—Pero ¿y tu reputación?

—¿Qué más da eso? —respondió Alexandra—. Nadie va a enterarse. Además, pronto volveremos a casa —comprendió, asombrada, que la idea de regresar a Estados Unidos la entristecía.

—¿Es que piensan marcharse? —inquirió Thorpe sorprendido.

Tía Hortensia lo miró con extrañeza.

—Sí, por supuesto —respondió Alexandra—. Jamás tuvimos la intención de quedarnos a vivir en Inglaterra.

—No, claro que no. ¿Y cuándo se marchan?

—Teníamos pensado zarpar la semana que viene.

—¡La semana que viene! —Thorpe pareció atónito.

—Pero, con mi madre en ese estado, será muy improbable. Supongo que nos iremos en cuanto mejore.

—Comprendo. ¿Por qué no me lo dijiste?

Alexandra se quedó mirándolo.

—Fuiste tú mismo quien sugirió que debía marcharme. ¿Por qué te muestras ahora tan sorprendido?

Sebastian pareció decididamente incómodo.

—Sí, desde luego... Pero supuse que te quedarías hasta que se resolviera todo este asunto.

—¿Cómo? —inquirió Alexandra—. No veo el modo de desentrañar la verdad. Mi madre es la única que podría darnos alguna información acerca de mi nacimiento, pero no puede hablar. Y, aun en el caso de que volviera en sí, ya te he hablado de su estado mental. Hasta ahora, se ha negado a responder a mis preguntas.

—Pero ¿y la Condesa?

—¿Qué pasa con ella? —replicó Alexandra—. Me cae muy bien, y lamentaré no poder disfrutar más de su compañía. Pero mi familia siempre han sido tía Hortensia, mi madre y mis primos de Boston. Allí está mi hogar.

Thorpe la miró por unos instantes, sin decir nada.

—Comprendo. Pero, antes de que te marches, quizá podamos hacer algo para aclarar la situación. No hemos visitado a Bertie Chesterfield, como le prometimos a la Condesa. Creo que deberíamos hacerlo.

—De acuerdo, cuando quieras. Aunque no parece que ese hombre sepa mucho sobre lo sucedido.

—Sólo sabe lo que vio. Lo cual, conociendo a Bertie, no significa mucho.

Convinieron en concertar un encuentro con Bertie Chesterfield. Seguidamente, deseando la pronta recuperación de Rhea, Thorpe se marchó. Alexandra lo observó mientras se iba, diciéndose que jamás se había sentido tan sola como en aquel momento. ¿Acaso era eso lo que se sentía al estar enamorada?

Rechazó el pensamiento de inmediato.

—Vamos —dijo a su tía, levantándose vigorosamente de la silla—. Quiero ver a mi madre.

Llamaron a la puerta de la habitación de Rhea, y una criada entró tímidamente.

—Señorita —hizo una leve reverencia a Alexandra—. La señorita Ward solicita su presencia abajo. Me ha encargado cuidar de la señora Ward por usted.

Alexandra había estado turnándose con tía Hortensia para vigilar a su madre, pues Nancy seguía en cama, con la frente vendada y quejándose continuamente de un atroz dolor de cabeza.

Alexandra bajó las escaleras y entró en la sala de estar, donde encontró a su tía acompañada de dos visitas: Nicola Falcourt y Penelope, la tímida hija de lady Ursula. Alexandra temió que lord Thorpe hubiese contado lo de su secuestro y que las dos jóvenes hubiesen acudido simplemente para satisfacer su curiosidad.

Sin embargo, bastaron unos instantes de conversación para disipar tales temores.

—Mi abuela nos envía para que la invitemos a venir con nosotros a la ópera esta noche. Por favor, diga que vendrá. Sería maravilloso. Nicola y lord Buckminster nos acompañarán también –la joven se sonrojó un poco, pero siguió diciendo–: Lo pasaremos muy bien. Mi madre no vendrá –se interrumpió y emitió un leve jadeo ahogado–. ¡Oh! No era mi intención insinuar que...

–Claro que no. Entiendo perfectamente lo que querías decir. Me sentiré más cómoda si lady Ursula no se encuentra en el grupo.

–Sí, exacto –Penelope miró a Alexandra agradecida.

–Y también Bucky –añadió Nicola con cierta picardía–. Lady Ursula no simpatiza mucho con él. Lo considera un hombre frívolo...Y, desde luego, lo es.

–Lord Buckminster no es frívolo –protestó Penelope–. Simplemente, le gusta divertirse.

Alexandra empezaba a sospechar que la jovencita estaba algo prendada de lord Buckminster.

–Por supuesto –respondió Nicola con desenfado–. Sólo estaba bromeando. Bucky es un encanto. Después de que mi padre muriese, su madre y él nos acogieron a mi madre, Deborah y a mí con toda la generosidad del mundo –girándose hacia Alexandra, se apresuró a añadir–: No es que mi padre nos dejase sin nada, naturalmente. Pero tuvimos que dejar la mansión Falcourt. La propiedad pasó al pariente varón más cercano, pues mi padre no tuvo hijos.

–¿O sea, que tuvieron que dejar la casa? –Alexandra recordó lo que Thorpe había explicado acerca de la casa familiar de la Condesa. Ella había vivido allí, pero ahora pertenecía al conde de Exmoor. A Alexandra el sistema le pareció cruel.

Nicola asintió.

—Sí, fue muy doloroso, sobre todo para mi madre. Herbert, el primo de mi padre, heredó la mansión, y mi madre y su esposa jamás se llevaron bien. Pero nos estamos apartando del asunto que nos trae aquí —declaró—. Lady Exmoor se disgustará mucho si no acepta usted venir con nosotros a la ópera.

Alexandra sonrió.

—Me encantaría ir, pero me temo que debo a ayudar a tía Hortensia. Verán, mi madre está muy enferma y necesita cuidados constantes.

—No seas tonta, querida —dijo tía Hortensia—. Tú ve a la ópera. Soy perfectamente capaz de cuidar de Rhea sola.

—Oh, pero mi abuela también la ha invitado a usted, señorita Ward —aseguró Penelope—. Bueno, no pasa nada. Sebastian le habló a la Condesa de la indisposición de su madre, y... Willa Everhart se ha ofrecido para venir a cuidar de ella.

—Muy amable por su parte. Pero no debe tomarse esa molestia.

—Lady Exmoor dice que no debe usted privar a Willa del placer de sentirse útil —dijo Penelope—. En realidad, le hará un favor si acepta su ayuda.

—La verdad es que me gustaría ir —reconoció Alexandra.

—Pues ve, querida —insistió tía Hortensia—. Yo me quedaré para ayudar a la señorita Everhart. Ya sabes que el canto no me gusta mucho, de todos modos.

—Todo arreglado —dijo Nicola en tono triunfante—. Debe usted venir. Lord Thorpe estará allí también —añadió esto último como si la presencia de Sebastian fuese el detalle preciso para terminar de convencer a Alexandra.

Alexandra dudó.

—Entonces, quizá sea mejor que no vaya. Lord Thorpe no querría... Es decir, no somos muy amigos.

—No, yo no lo llamaría amistad —convino Nicola—. Sinceramente, jamás había visto a Sebastian tan cautivado por una mujer.

—¿Cautivado? —repitió Alexandra con incredulidad—. Oh, no, estoy segura de que se equivoca usted.

Nicola emitió una risita.

—En absoluto. Créame, hace muchos años que conozco a Sebastian.

—Entonces, ¿lo dice de veras?

—Sí. Es un hueso duro de roer. Muchísimas mujeres lo han intentado con él, en vano.

Penelope asintió.

—Mi madre dice que Sebastian no tiene corazón, y que por eso ninguna mujer ha podido conquistarlo.

—Es por culpa de lady Pencross, desde luego —explicó Nicola—. Le rompió el corazón y, desde entonces, Sebastian no ha permitido que nadie se acerque demasiado a él.

—¿Lady Pencross? —inquirió Alexandra con interés.
—Sí, ¿no ha oído hablar de ella?

El nombre de Pencross le resultaba vagamente familiar. De pronto, Alexandra recordó a la mujer que se había acercado a ella en la fiesta y le había hecho comentarios extraños acerca de Sebastian. Recordó el laconismo y la tirantez con que él se había dirigido a ella.

—Cuando Sebastian tenía unos dieciocho años, se enamoró perdidamente de Barbara, la esposa de lord Pencross. Ella tenía unos diez años más que él, pero era muy hermosa. Y lo sigue siendo, desde luego. Como iba diciendo, Sebastian la conoció y se enamoró de ella. Tuvieron una breve y apasionada aventura. Fue un auténtico escándalo que llegó a oídos de todo el mundo. Y Sebastian quiso huir con ella a la India.

—Cometió un error —añadió Penelope—. Creyó que lady Pencross lo amaba tanto como él a ella. Pero esa mujer sólo deseaba divertirse con un hombre más joven. Según se rumoreó, lady Pencross se rió en la cara de Sebastian cuando él sugirió que abandonase su posición como esposa de lord Pencross para irse a la India.

—¿De modo que lo rechazó?

Nicola asintió.

—Sebastian sufrió un desengaño terrible. Se fue solo a la India y allí ganó una fortuna. Creo que, si volvió, fue únicamente porque su padre falleció y él tuvo que heredar el título.

—Comprendo —dijo Alexandra con sinceridad. De repente, comprendía por qué Thorpe había estado tan dispuesto a pensar lo peor de ella. A raíz de aquel desengaño de su juventud, debía de resultarle muy difícil confiar en las mujeres.

—Desde entonces, no ha amado a ninguna mujer —añadió Penelope—. La historia resulta muy romántica, pero también muy triste, ¿no le parece?

—Sí —Alexandra hizo una pausa, pensativa—. ¿Y qué fue de lady Pencross?

—El escándalo acabó olvidándose. En la actualidad, sigue siendo aceptada en casi todos los círculos de la alta sociedad. Su marido es mucho mayor que ella y pasa por una mala situación financiera. Ha vuelto a la finca de su familia y ella sigue aquí, cultivando la vida social.

—Parece tratarse de una mujer sin entrañas.

—Lo es, créame. Yo la veo muy de vez en cuando, en alguna que otra fiesta.

—O en la ópera y en el teatro —añadió Penelope.

—De hecho, puede que la veamos esta noche.

Alexandra se sintió verdaderamente interesada. Estaba deseando ver de nuevo a aquella mujer, ahora que sabía quién era.

De modo que aceptó ir.

El carruaje de la Condesa era enorme, de aspecto tradicional y sumamente elegante. Lord Buckminster, que iba a lomos de un caballo, junto al carruaje, desmontó y se acercó para ayudar a Alexandra a subir.

—Señorita Ward —dijo sonriendo con jovialidad—. Celebro mucho volver a verla. Debo decir que está bellísima esta noche.

Alexandra había procurado cuidar mucho su aspecto. Había elegido un vestido azul oscuro que realzaba la blancura natural de su piel, y se había recogido el cabello, dejando sueltos unos cuantos mechones rizados. Deseaba resultar atractiva a ojos de lord Thorpe.

Willa Everhart había llegado a la casa una hora antes. Alexandra la había dejado sentada junto a su madre y tía Hortensia se hallaba en su propio cuarto, lista para acudir si surgía alguna crisis.

Alexandra se subió en el carruaje y, de inmediato, la Condesa le indicó que se sentara a su lado. Parecía muy animada. Su cabello blanco contrastaba elegantemente con el tono púrpura de su vestido de satén, adornado con encajes negros. Nicola permanecía sentada al lado de Penelope, con la belleza y la elegancia que la caracterizaban.

Una vez en el teatro, se dirigieron hacia el lujoso palco de la Condesa, quien se detenía de vez en cuando para saludar con solemnidad a los conocidos. Alexandra la contemplaba con admiración. Era, sin duda, una auténtica dama.

Antes de llegar al palco, Nicola se inclinó hacia Alexandra y le murmuró:

–Ésa es lady Pencross. La que está junto a la maceta.

Alexandra siguió rápidamente la dirección de su mirada. Sí, era la atractiva mujer que la había abordado en la fiesta. Estaba sonriéndole al hombre que tenía delante, con los labios arqueados de un modo sutil y misterioso. Alexandra experimentó una amarga punzada de celos. ¡Aquélla era la mujer a la que Sebastian había amado!

La mirada de lady Pencross se desvió hacia Alexandra y Nicola. Saludó a la segunda con un leve gesto, y luego miró de nuevo a Alexandra, sin que su expresión se alterara ni un ápice mientras volvía a girarse hacia el caballero que la acompañaba.

–Qué mujer tan vanidosa –dijo Nicola con desprecio–. Debo admitir que parece mucho más joven de lo que es. Será porque apenas sonríe ni arruga la frente. Es bien sabido que las emociones favorecen las arrugas.

Alexandra sonrió.

–Presumo que no te cae bien –dijo Alexandra a Nicola, tuteándola.

Nicola arqueó el labio.

–El amor no suele darse con frecuencia. Aborrezco a las personas capaces de despreciarlo, como hizo ella –una sombra pareció oscurecer sus ojos azules–. Muchas mujeres darían cualquier cosa por ser amadas del modo en que Sebastian la amó. Es un buen hombre, pese a su indudable misantropía. Creo que, en realidad, es un romántico desengañado, de ahí su cinismo. Pero su naturaleza romántica aflorará de nuevo –miró de soslayo a Alexandra con evidente curiosidad.

Fue entonces cuando Alexandra vio a Sebastian. Estaba en el otro extremo del espacioso pasillo, apoyado en la pared. Había visto a la Condesa y miraba en torno, buscando. Al ver a Alexandra se enderezó, retirándose de la pared. Luego avanzó hacia ella.

Alexandra se ruborizó y retiró rápidamente la mirada de Sebastian, sólo para encontrarse con los ojos especulativos de Nicola.

—Te gusta, ¿verdad?

—No seas absurda —replicó Alexandra con firmeza—. Me parece una persona odiosa, y creo que él opina lo mismo de mí.

—Que yo recuerde, eres la primera mujer que Sebastian presenta a la Condesa —dijo Nicola—. ¿Y por qué crees que acudió corriendo a tu casa cuando agredieron a tu madre? —añadió, recordando lo que le había contado el propio Sebastian.

—Mi tía lo mandó llamar —contestó Alexandra—. No sabía a quién más recurrir.

—Es posible, pero debo señalar que Sebastian no se caracteriza por acudir corriendo en ayuda de nadie.

Alexandra meneó la cabeza, mirando de nuevo a

Thorpe, que casi había llegado a donde ellas estaban. La Condesa apareció detrás de Nicola, y él hizo una educada reverencia y se dirigió a ella en primer lugar. Luego se volvió hacia Alexandra y Nicola, saludándolas cortésmente.

—Señorita Ward —sus ojos grises miraron inquisitivamente los de Alexandra—. Espero que se encuentre bien.

—Sí, gracias, señor —ella esperó que no reparase en el rubor de sus mejillas ni en el ritmo acelerado de su respiración.

—Acompáñanos —dijo la Condesa a Sebastian—. Si no tienes otro compromiso, claro está.

—No. Estoy completamente libre.

—Excelente —la Condesa le sonrió, y Thorpe fue con el grupo hasta el palco. La puerta, observó Alexandra, era la misma junto a la cual había estado apoyado Sebastian cuando lo vio. ¿Acaso había estado esperándolas?

Se ordenó a sí misma rechazar tales pensamientos. Thorpe había dejado perfectamente claro que no estaba interesado en ella. Y, ahora que conocía la verdad sobre su madre, sin duda la evitaría aún más.

Una vez instalados en el palco, Alexandra no pudo sino fijarse en él subrepticiamente. Estaba impecablemente vestido con un traje de noche. Un discreto rubí resplandecía en el gemelo de cada una de sus mangas.

—Comprenderás ahora, Sebastian, que yo tenía razón —dijo repentinamente la Condesa—. Alexandra debe de ser mi nieta. Para mí, está claro que la señora Ward sabe la verdad de sus orígenes y que, por ese motivo, alguien intentó hacerle daño.

—Eso no lo sabemos, señora —le recordó Alexandra suavemente—. Pudo tratarse de una simple casualidad.

—Yo no creo en las casualidades —afirmó la Condesa tajantemente—. Gracias a Dios que no te pasó nada. Me asusté mucho cuando Ursula me dijo que tenía noticia de que habías desaparecido. Sentí un inmenso alivio cuando Sebastian me comunicó que te hallabas sana y salva, en tu casa.

—Gracias.

—He estado pensando —prosiguió la Condesa—. Aún estáis en peligro, tanto tú como la señora Ward. Esa persona podría intentarlo de nuevo. De modo que se me ha ocurrido una idea. Nos iremos a la mansión Dower... mi casa en la hacienda Exmoor. Tu tía, la señora Ward, todos nosotros. Allí estaremos a salvo. Ordenaré a mis criados más robustos que nos acompañen. Y te ruego, Sebastian, que vengas tú también, para garantizar nuestra protección.

Sebastian asintió cortésmente.

—Siempre a su servicio, señora.

La Condesa sonrió.

—Muy bien. Así estaremos mucho más seguras.

—Gracias —dijo Alexandra—, pero la verdad es que

no será necesario. Estaremos bien. No creo que sea prudente trasladar a mi madre, en el estado en que se encuentra. Además, no me gusta huir. Prefiero hacer frente al peligro y luchar.

La Condesa frunció el ceño con preocupación.

—Pero, querida mía... ¡el peligro es demasiado grande! Admiro tu valentía, pero tres mujeres solas...

Alexandra sonrió.

—Mi tía y yo sabemos cuidarnos perfectamente, señora. Antes nos pillaron desprevenidas, porque no esperábamos ningún ataque. Pero, después de lo sucedido, estamos alerta. Y bien armadas.

—¡Armadas! —exclamó Penelope con gran asombro.

—Sí. Tenemos pistolas y sabemos utilizarlas.

—¡No lo dirás en serio! —dijo la Condesa—. ¿Tu tía y tú tenéis pistolas?

Alexandra hizo un gesto afirmativo.

—Ahora mismo llevo una encima —rebuscó en su bolso y sacó una pequeña pistola—. Tengo una mayor en casa, junto a la cama. Desgraciadamente, no me traje el rifle de América. No pensé que fuese a necesitarlo.

Nicola reprimió una risita, y la Condesa miró horrorizada la pistola de Alexandra.

—¡Cielo santo! No tenía ni idea. ¡Pensé que vivíais en un país civilizado!

Alexandra se rió.

—Y así es. Pero debe recordar que mi tía vivió una

guerra. Tuvo que proteger su casa mientras su padre y su hermano luchaban en el frente. Ella me enseñó a cargar un arma y a disparar.

La Condesa se giró hacia Sebastian, estupefacta. Él se encogió de hombros, con expresión divertida, y dijo:

—He podido comprobar que la señorita Ward es una mujer atípica, señora —luego, volviéndose hacia Alexandra, añadió—: Sin embargo, señorita Ward, no creo que necesite esa pistola aquí, en la ópera.

—Oh —Alexandra se quedó mirando el arma y volvió a guardarla en el bolso—. Lo siento mucho —miró a la Condesa—. No era mi intención disgustarla. Pero, sinceramente, podemos cuidarnos solas. Y, si es necesario, contrataré a algunos hombres para que nos protejan.

—Yo tengo una idea mejor —sugirió Thorpe—. Les cederé a Murdock, mi ayuda de cámara. Es mejor que cinco hombres corrientes en una pelea.

Alexandra lo miró fríamente.

—No será necesario, señor.

—Pero así estaré más tranquilo... igual que la Condesa. No querrá negarnos eso.

Alexandra se vio entre la espada y la pared.

—Está bien —aceptó a regañadientes.

Sebastian le dirigió una sonrisita irónica.

—Gracias, señorita Ward.

Alexandra miró hacia el escenario, agradeciendo que la ópera empezase por fin, pues así podría desviar su atención de Sebastian.

Pensó en la sugerencia de la Condesa. La idea de pasar unos días, o semanas, con Sebastian en la casa de campo de la Condesa era peligrosamente tentadora. Pero sería un completo disparate, se dijo. Había hecho bien en negarse.

—¿Señorita Ward? —dijo lord Thorpe.

Alexandra se giró sorprendida, reparando en que había llegado el intermedio y las luces habían vuelto a encenderse. Perdida en sus cavilaciones, no había sido consciente del paso de los minutos.

—Quería sugerirle que demos un paseo, mientras dure el intermedio, y tomemos algún refresco.

—Oh. Sí, gracias —Alexandra se levantó y aceptó su brazo, pensando que sería poco educado por su parte declinar la invitación.

Recorrieron el amplio pasillo en silencio, mientras Thorpe saludaba a los conocidos, aunque sin detenerse a hablar con ninguno.

—He hablado con Bertie Chesterfield hoy —dijo por fin—. Ha aceptado gustosamente hablar con nosotros sobre la familia de lord Chilton y lo sucedido en París. Le sugerí que podíamos vernos mañana por la tarde, si te va bien —añadió tuteándola.

—Sí, desde luego —contestó ella educadamente.

Sebastian la condujo hacia un rincón apartado, junto a una enorme palmera, y se detuvo.

—Alexandra... Con respecto a lo que me contaste sobre tu madre...

Ella se enderezó, ruborizándose súbitamente.

—¿Lo de su locura? Sinceramente, no creo que tengamos nada que hablar sobre ese particular.

Él la miró con expresión frustrada.

—Yo no sabía que...

—Pues claro que no. ¿Cómo ibas a saberlo? Por favor, prefiero que no...

—Ah, Thorpe, ahí estás —los interrumpió una refinada voz masculina, y Alexandra se giró para ver al conde de Exmoor, situado a unos pasos de ellos—. Y la señorita... Ward, ¿verdad?

—Sí. Buenas noches, señor.

—Exmoor —Sebastian no intentó siquiera ocultar su irritación—. ¿Qué es lo que quieres?

—Thorpe, mi querido amigo, ni siquiera tú sueles hacer gala de unos modales tan toscos. ¿Acaso no puede uno saludar a un...? Bueno, iba a decir «amigo», pero dejémoslo en «conocido».

—Jamás te he visto mostrarte amigable... a menos que tengas una razón.

El Conde sonrió levemente. Alexandra, que lo observaba, se preguntó por qué sentiría aquella antipatía instintiva hacia él. Era un hombre apuesto, alto y de facciones atractivas. Quizá era por la estrechez de sus labios, o por el hecho de que su sonrisa jamás se contagiaba a sus ojos. Fuera cual fuese el motivo, el Conde le recordaba a un depredador.

—Me ofendes —dijo Exmoor con sorna—. Pero tienes razón, desde luego. Quería tratar contigo de cierto asunto. He oído unos rumores alarmantes sobre nuestra común amiga, la Condesa.

Sebastian no dijo nada, simplemente enarcó las cejas.

—Según he oído, la Condesa cree que la señorita Ward es su nieta, que ha regresado de la tumba.

—No creo que eso te incumba en absoluto —replicó Sebastian.

—¿No me incumbe el rumor de que la hija de mi primo ha vuelto repentinamente de entre los muertos? —dijo Exmoor en tono divertido.

—Lo que la Condesa crea o deje de creer no es asunto tuyo.

—Yo soy el cabeza de familia. Debo preocuparme si la Condesa se está volviendo senil.

—La Condesa está en su sano juicio —replicó Thorpe fríamente, sosteniendo la mirada del Conde—. Si alguien sugiere lo contrario, lo tomaré como una grave ofensa.

—Mi querido Thorpe, ¿no estarás insinuando que pretendes retarme a un duelo?

—No estoy insinuando nada. Sencillamente, no tolero que nadie hable mal de la Condesa en mi presencia. Ella tiene sobradas razones para sospechar que la señorita Ward es hija de lord Chilton.

Exmoor lo miró desdeñosamente.

—No me digas que también tú te has tragado ese cuento de hadas.

—Si nos disculpas, creo que la función está a punto de reanudarse —Sebastian alejó a Alexandra de Exmoor y se encaminó hacia el palco de la Condesa. Ella lo miró de soslayo. Tenía una expresión tensa y furiosa.

—¡Cabeza de la familia! La Condesa sufre cada vez que lo ve, sabiendo que ocupa el lugar que debería ocupar su hijo.

—No esperarás que me crea que no hay mala sangre entre vosotros dos —dijo Alexandra.

—Nicola lo desprecia —respondió él—. Bucky no sabe toda la historia, sólo que Richard rompió el corazón de Nicola.

—¿Cómo? —Alexandra lo miró sorprendida—. ¿Nicola estuvo enamorada de él?

Sebastian negó con la cabeza.

—No. Nicola y su madre se instalaron en la hacienda Buckminster tras la muerte de su padre. Bucky y ella son primos, ya sabes. Buckminster está cerca de Tidings, donde vivía Richard. Al parecer, Richard se enamoró de Nicola, pero ella lo rechazó. Según se rumoreó, amaba a otro.

—¿A quién?

Sebastian se encogió de hombros.

—Bucky no lo sabe, y Nicola se niega a hablar de ello. Siempre lo mantuvo en secreto. Lo único que se sabe es que, de repente, pasó de ser feliz a mostrarse desdichada. Se negaba a comer, a hablar con los demás, y recorría los pasillos en silencio, como un fantasma. Además, rehusaba acercarse al Conde. Siempre que él acudía a visitarla, ella se marchaba. Poco tiempo después, Nicola se fue a vivir a Londres con su abuela. El resto de la familia se quedó y, al cabo de un año, Richard se casó con su hermana, Deborah. Nicola apenas la ve. Se niega a poner el pie en Tidings, según dice Bucky.

—Pobre Nicola —Alexandra hizo una pausa y miró a Sebastian—. ¿De ahí viene la enemistad existente entre el Conde y tú?

—No, mi antipatía por el Conde se remonta mucho más atrás en el tiempo. Él se... Bueno, digamos que formó parte de un episodio que destruyó dolorosamente mis ilusiones de juventud —Thorpe hizo una mueca—. De un pasado que quisiera olvidar.

—Comprendo —respondió Alexandra. De algún modo, el Conde debió de estar implicado en el escándalo del que le hablaron Nicola y Penelope. Movida por un impulso, posó la mano en el brazo de Sebastian—. Lo siento.

Él la miró a los ojos, sorprendido, y sonrió.

—Sucedió hace mucho tiempo, y ya no me causa dolor.

—¿De veras?

Sebastian emitió una risita.

—Sí. Ahora, cuando pienso en ello, sólo me parece un error propio de la juventud. Ya no lo veo como la tragedia que me pareció entonces.

Alexandra sonrió, su curiosidad satisfecha por la respuesta de Thorpe.

Al día siguiente, Sebastian llevó a Alexandra a casa del honorable Bertram Chesterfield, como había acordado. Ella no pudo sino sentirse algo nerviosa. No había estado a solas con él desde la mañana en que la llevó a su casa, y ahora se hallaba a su lado, en el reducido e íntimo espacio del carruaje.

—Alexandra...

—¿Crees que lograremos descubrir algo útil? —preguntó ella interrumpiéndolo deliberadamente, temiendo lo que pudiera decirle.

Él suspiró.

—Me atrevo a aventurar que no. Jamás he oído a Bertie Chesterfield decir nada de provecho.

No obstante, Chesterfield, un anciano bajo y regordete, los recibió en su sala de estar con suma cordialidad.

—Thorpe, querido amigo —dijo alegremente al tiempo que estrechaba la mano de Sebastian—. Hacía siglos que no nos veíamos. La última vez fue en la carrera de Crimshaw, ¿no?

—Lo dudo. No soy muy aficionado a las carreras.

—¿De veras? —Chesterfield pareció asombrado—. Bueno, siempre has sido un tipo extraño. Será por los años que pasaste en el Caribe, imagino.

—En la India.

—¿Sí? ¿Estás seguro? Vaya, ¿no es increíble? Yo habría jurado que estuviste en una de esas islas. Ah, en fin. Me alegra verte, de todos modos —miró de soslayo a Alexandra y frunció el ceño.

Thorpe se la presentó educadamente como una amiga de la condesa de Exmoor.

—Hemos venido para preguntarte sobre lo ocurrido en París durante la Revolución.

—Vaya —Chesterfield pareció sorprendido—. Eso fue hace un siglo. No sé qué interés puede tener para unas personas jóvenes como vosotros. El mundo ha cambiado desde entonces.

—Venimos a preguntártelo en nombre de la Condesa. Verás, han surgido ciertos interrogantes relacionados con sus nietos.

—¡Sus nietos! ¿Te refieres a... los que fueron asesinados?

—Exacto —terció Alexandra—. Puede que haya motivos para dudar que todos ellos murieran realmente.

—Pues claro que murieron —respondió Chesterfield—. Lo vi con mis propios ojos.

—¿Podrías decirnos exactamente qué fue lo que viste ese día? —pidió Sebastian—. Es muy importante.

Pese a su resistencia inicial, a todas luces fingida, Chesterfield inició el relato de los hechos con suma facilidad.

—Recuerdo que era de noche y el populacho avanzaba en tropel por la calle, hacia donde vivíamos nosotros. Yo me hospedaba con lord y lady Brookstone. Habían alquilado una casa allí... sin sospechar que ocurriría algo semejante, desde luego.

–Desde luego.

–Era un barrio agradable, de casas de alquiler principalmente. Por eso Chilton se encontraba allí. Había alquilado la casa para que su esposa, lady Chilton, estuviera cerca de su madre –Chesterfield hizo una pausa, observando a Alexandra–. Oiga, usted se parece mucho a lady Chilton. Ya decía yo que su cara me sonaba.

–Puede que sea pariente suya –respondió Alexandra–. Por eso es tan importante que sepamos con exactitud lo que ocurrió ese día.

–Por Júpiter –Chesterfield se quedó mirándola, asombrado.

–Decía usted que lord Chilton había alquilado la casa.

–Sí. Bueno, el populacho avanzó por la calle con antorchas, gritando. Buscaban sangre. Trataron de derribar la puerta de nuestra casa, pero la habíamos fortificado con la ayuda de nuestros criados ingleses. En la casa de enfrente, sin embargo, sucedió algo muy distinto. El pobre Chilton salió e intentó explicarles que era inglés, pero entonces sus suegros dijeron algo en francés, de modo que los revolucionarios se dieron cuenta de que eran franceses. Empezaron a gritar, diciendo que los aristócratas debían morir. Arrastraron a Chilton y a su esposa hasta la calle y los ejecutaron. Y a los padres de ella también. Luego saquearon la casa y, cuando hubieron terminado, le prendieron fuego.

—¿De modo que viste cómo lord y lady Chilton eran asesinados?

—Cielos, sí... Fue un espectáculo espantoso.

—¿Y los niños? —inquirió Alexandra—. ¿Vio cómo los mataban?

—No. Sólo presencié la ejecución de Chilton y su esposa. Pero, como digo, la multitud entró luego en la casa. Seguramente asesinaron también a los niños. Al fin y al cabo, la residencia ardió hasta los cimientos. Es imposible que los pequeños sobrevivieran a eso.

—¿Viste sus cuerpos, quizá? ¿Después del incendio?

—¡No, por Dios! —Chesterfield pareció horrorizado—. No nos atrevimos a salir de la casa. Existía el peligro de que volvieran.

—Entonces, no puedes estar absolutamente seguro de que los niños perecieran —insistió Thorpe.

—Pero es prácticamente imposible que escaparan de la casa —dijo Chesterfield con cierta razón—. Pobres angelitos. Me temo que todos murieron —miró a Alexandra, empezando por fin a comprender—. ¿Acaso insinúan que es usted una de las niñas?

—No —se apresuró a responder ella—. Simplemente, pensábamos en la posibilidad de que alguno de ellos lograra sobrevivir.

—No lo creo —dijo Chesterfield meneando la cabeza—. No lo creo.

—Bueno, muchas gracias, Chesterfield —dijo Thorpe levantándose para estrecharle de nuevo la mano. Tras despedirse, Alexandra y él se encaminaron hacia la puerta. Pero, antes de salir, ella se giró, movida por un súbito impulso, y dijo:

—Señor Chesterfield, me preguntaba si... conoció usted a ciertas personas mientras estaba en París. Se llamaban Hiram y Rhea Ward.

Él frunció el ceño, sopesando la pregunta.

—¿Se refiere a los americanos?

—Sí —respondió ansiosamente Alexandra—. ¿Los conoció?

—De vista, sí. Pero, ahora que lo pienso, creo recordar que lady Chilton era muy amiga de la señora Ward.

Alexandra miró con excitación a Sebastian, pero se limitó a decir con admirable calma:

—Gracias, señor Chesterfield. Nos ha ayudado usted mucho.

—¿De verdad? —Chesterfield pareció sorprendido—. Celebro haberles sido útil, desde luego.

Alexandra consiguió reprimir su excitación hasta que salió de la casa con Sebastian. Una vez fuera, se giró rápidamente hacia él.

—¿Lo has oído? ¡Mi madre conocía a Simone!

Thorpe estaba algo pálido.

—Sí, lo he oído. Desde luego, esto... cambia las cosas.

—¡Podría ser la explicación de todo! Podría... podría significar que yo soy realmente nieta de la Condesa.

Sebastian asintió.

—Es posible que, por algún motivo, Alexandra estuviera con la señora Ward cuando el populacho atacó la casa, de manera que la niña se salvó.

—O quizá mi madre acudió a la casa, después del ataque, y la encontró milagrosamente.

Se miraron en silencio durante unos segundos.

—No... no sé qué pensar —dijo Sebastian lentamente.

En su fuero interno, sabía que no deseaba aceptar la posibilidad que se abría ante ellos. Porque, si Alexandra era realmente nieta de la Condesa, él había cometido un lamentable error. Le había lanzado acusaciones imperdonables. La había tratado de forma imperdonable. En suma, había estropeado las cosas con la única mujer a la que había amado después de Barbara.

Aquel pensamiento hizo que Sebastian se detuviera en seco. ¿Amaba a Alexandra? Muy a su pesar, hubo de admitir que estaba locamente enamorado de ella.

—Dios santo —musitó aturdido.

Alexandra lo miró con extrañeza. Parecía que acabara de recibir un golpe en la cabeza.

—No debes preocuparte —le dijo rápidamente—. Aunque yo sea nieta de la Condesa, no me quedaré a vivir con ella. Regresaré a Estados Unidos, donde está la única familia que he conocido siempre —dicho esto, se dirigió hacia el carruaje y se subió sin aguardar a que Sebastian la ayudase. Él la siguió presuroso.

—Entonces, ¿sigues pensando marcharte? —le preguntó mientras se sentaba frente a ella y el carruaje emprendía la marcha.

—Sí, en cuanto mi madre esté en condiciones de viajar. Nada me retiene aquí.

—Estoy seguro de que la Condesa desea que te quedes —empezó a decir Sebastian cautelosamente, preguntándose cómo podría persuadirla para que se quedara—. No querrás partirle el corazón marchándote. Ya ha perdido mucho.

Alexandra lo miró recelosamente.

—¿Ahora quieres que me quede con la Condesa? Creí que estabas deseando verme marchar.

—Yo no sabía que... —repuso él incómodo—. Maldita sea, mujer, no quiero que la Condesa sufra. Si eres su nieta, quedará descorazonada si te vas.

—La visitaría a menudo, desde luego, si ella quiere.

—Estoy seguro de que querrá mucho más que eso.

«¿Y tú?», se dijo Alexandra. «¿Qué quieres tú?». Sebastian sólo hablaba de los sentimientos de la Condesa, cuando a ella únicamente le interesaba saber cómo se sentiría él si se marchaba. Pero comprendió que sería muy osado por su parte preguntárselo.

De modo que no dijo nada, y ambos prosiguieron el viaje en silencio, absortos en sus sombríos pensamientos.

Alexandra enderezó la sombrilla para protegerse del sol y se fijó en las hileras de coches y carruajes que bordeaban el campo abierto donde se hallaban los globos. Obviamente, en Inglaterra la ascensión de los globos era un auténtico acontecimiento social. Se fijó en el campo, cubierto de enormes cestos, o barquillas, unidos con cuerdas a coloridos globos que yacían desinflados sobre la hierba.

Al principio, Alexandra se había resistido a asistir al evento, pero finalmente Nicola y Penelope acabaron convenciéndola. Ahora, reconoció sentir un creciente interés mientras observaba los procedimientos.

—¡Mira! —le dijo Nicola en voz queda pero enérgica.

—¿Qué? —Alexandra paseó la vista por el campo, esperando ver algo relacionado con los globos. Al girarse hacia su amiga, comprobó que Nicola no miraba hacia el campo, sino hacia un elegante coche de caballos que acababa de llegar.

Un hombre fornido conducía el coche, acompañado de una mujer vestida de rosa, con un atrevido sombrero de paja y una sombrilla en la mano. La mujer sonrió lánguidamente a su acompañante, colocándole una mano en el brazo, y se inclinó para murmurarle algo.

—¡Lady Pencross! —murmuró Alexandra.

—Mi madre dice que esa mujer es una vergüenza para su sexo y su posición —dijo Penelope—. Aunque, claro, mi madre dice eso de mucha gente.

—No se equivoca con respecto a lady Pencross. Al verla, nadie diría que su marido está muriéndose en Yorkshire.

—¡Mirad! —Penelope apretó el brazo de Alexandra—. Ahí está Bucky. Sabía que vendría. Y ha venido con Sebastian. Oh, cielos, espero que no vea a lady Pencross.

Alexandra siguió la mirada de Penelope, con el pulso repentinamente acelerado. Lord Buckminster acababa de llegar en su coche de caballos. Sebastian se bajó del coche y divisó a Alexandra. Una radiante sonrisa surcó su rostro. Dijo algo a su acompañante, y ambos hombres avanzaron hacia el grupo.

—Nicola. Penelope —Sebastian se inclinó para saludar a las mujeres. Luego, sus ojos se clavaron en Alexandra—. Alexandra. Es un placer para mí verte aquí.

Ella se sonrojó, preguntándose si sería una necedad ver en sus palabras algo más que un simple cumplido.

Después de unos minutos de charla insustancial sobre el tiempo o los globos, Sebastian, que había conseguido situarse junto a Alexandra, se inclinó hacia ella y murmuró:

—¿Te gustaría dar un paseo y ver cómo se llenan los globos? —señaló hacia los inmensos artefactos, que ya empezaban a inflarse.

Alexandra asintió con una sonrisa.

—Me parece una estupenda idea.

Sebastian le ofreció el brazo y ambos se separaron del grupo, acercándose a los globos para verlos de cerca.

—Alexandra...

—¿Sí? —ella se cambió la sombrilla de hombro para mirar a Sebastian. Tenía el ceño fruncido y la miraba de forma extraña.

—Debo pedirte disculpas.

—¿Qué? —Alexandra se quedó boquiabierta. Era lo último que había esperado oírle decir.

Una sonrisa curvó los labios de Sebastian.

—No hace falta que te sorprendas tanto. Cuando cometo un error, lo admito.

—¿De veras? —inquirió Alexandra con desenfado, y la sonrisa de él se ensanchó aún más.

—De veras. Quisiera poder decir que se debió únicamente a mi preocupación por la Condesa, pero, en realidad, permití que ciertos errores de mi pasado nublaran mi juicio. Creí con demasiada ligereza a lady Ursula cuando cuestionó tus motivos para entablar amistad conmigo. Cuando te vi en la casa de los Exmoor, mis sospechas no hicieron sino aumentar. No te concedí el beneficio de la duda y, cuando te negaste a explicarme a qué habías ido allí, pensé lo peor. Ahora veo que te he agraviado. No puedo esperar que me perdones, pues te lancé acusaciones imperdonables, pero...

Alexandra notó que el corazón se le subía a la garganta. Sus pensamientos eran un confuso torbellino. Sin embargo, no tuvo ocasión de responder.

—Hola, Thorpe —los interrumpió una melodiosa voz femenina—. Qué sorpresa verte aquí.

Sebastian se puso rígido y se giró lentamente. Alexandra también se volvió, irritada. Lady Pencross permanecía a pocos centímetros de ellos.

—Lady Pencross —dijo Sebastian con voz inexpresiva—. Debo decir que más me sorprende a mí verla en un evento como éste. No creí que le interesaran los avances científicos.

Barbara se encogió de hombros con desdén.

—Duncan me aseguró que sería una experiencia fascinante. Tendré que reprenderle por ello luego.

—No me cabe duda —respondió Sebastian cínicamente. Tras hacerle una pequeña reverencia, añadió—: Si nos disculpa, nos dirigíamos hacia...

—Qué afortunada casualidad —lo interrumpió lady

Pencross—. Yo también pensaba dar un paseo —se cambió de hombro la sombrilla y se acercó a Sebastian.

Alexandra suspiró interiormente.

—Yo no le he pedido que nos acompañe —repuso él abiertamente.

Lady Pencross se puso rígida al oír el evidente insulto, y sus ojos centellearon. Sin embargo, mudó rápidamente de expresión y dijo en tono sedoso:

—¿Sigues enfadado conmigo, Sebastian? —esbozó una sonrisa lenta y sensual—. Catorce años es demasiado tiempo como para mantener vivas esas emociones.

—Señora —respondió Sebastian con sequedad—, lo único que siento por usted es una profunda indiferencia —dicho esto, se giró e hizo ademán de alejarse, pero lady Pencross agarró a Alexandra del brazo.

—¿Crees que conseguirás echarle el lazo? No seas ingenua. Simplemente está jugando contigo, como ha jugado con todas las mujeres desde que estuvo conmigo. Yo soy la única a la que Sebastian ha amado y amará siempre. Si quisiera recuperarlo, lo recuperaría... ¡así, sin más dificultad! —chasqueó los dedos desdeñosamente.

Sebastian emitió un gruñido de furia y avanzó hacia lady Pencross, pero Alexandra lo detuvo.

—En su lugar, señora, no me jactaría de haber rechazado al hombre que la amaba simplemente porque prefirió usted el dinero. Hizo su elección hace muchos años y ya no puede recuperar lo que despreció entonces. Si cree que lord Thorpe volvería con usted después de lo que le hizo, es que jamás llegó a conocerlo, por mucho que frecuentara su lecho. Y ahora, señora, le deseo un buen día y le sugiero que no se humille aún más siguiéndonos.

—Vas a lamentar esto —siseó lady Pencross al tiempo que se retiraba hacia su coche.

—Parece que acabo de ganarme una enemiga —dijo Alexandra con desenfado, girándose hacia Sebastian. Reanudaron el paseo.

—Presumo que alguien te ha hablado de mis amoríos de juventud con Barbara —comentó Sebastian clavando la mirada en uno de los globos.

—Sí, algo.

—Es curioso cómo a veces nos engañamos, estúpidamente, creyendo que las personas son como nosotros deseamos que sean. No supe ver su mezquindad hasta el final. Cuando le conté mi plan de fugarnos a la India, para huir de su marido, mi familia y la sociedad, ella repuso que el amor no podría comprarle joyas ni vestidos caros. Que prefería morir antes que renunciar a la vida social de Londres. Me dijo que sólo había estado divirtiéndose conmigo, como había hecho con tantos otros. Y que ya se había cansado de mí. Al parecer, había encontrado a otro amante.

—¡Sebastian! ¡Oh, no!

Él asintió y se giró hacia Alexandra, sonriendo cínicamente.

—El hombre que me reemplazó fue el conde de Exmoor.

Alexandra emitió un jadeo ahogado.

—¡Por eso lo desprecias tanto!

—Sí. Aunque bien sabe Dios que pudo haber sido cualquier otro. A Barbara no le gusta estar sola. Lo sucedido me destrozó el corazón... Pero, en realidad, no lloré por Barbara, sino por mis ilusiones rotas.

—Lo siento —dijo Alexandra torpemente. Deseó rodearlo con sus brazos y atraerlo hacia sí, acariciarle el cabello y asegurarle que ella le haría olvidar completamente a Barbara y su traición.

Él se encogió de hombros.

—Sucedió hace mucho tiempo. Ya está superado —miró de soslayo hacia el carruaje—. Será mejor que regresemos o las malas lenguas empezarán a murmurar.

Regresaron al carruaje, donde los criados ya habían sacado el almuerzo de las cestas. Todos comieron mientras, poco a poco, los globos acababan de inflarse y se elevaban del suelo.

Thorpe se alejó con lord Buckminster para charlar con un amigo, mientras una conocida de lady Ursula se acercaba para conversar con Penelope. Alexandra no tardó en aburrirse con la insustancial charla sobre gente a la que no conocía, de modo que decidió aproximarse a los globos para verlos de cerca.

Se separó del grupo de mujeres y se situó junto al globo blanco y azul que Sebastian y ella habían estado viendo poco antes. Absorta en el funcionamiento del vehículo, no oyó el súbito ruido de pisadas tras ella, hasta que, de pronto, un brazo le rodeó la cintura y una mano le tapó la boca. Antes de que Alexandra pudiera reaccionar, su atacante la levantó en vilo y empezó a arrastrarla hacia atrás, sin que nadie de los presentes se diera cuenta.

Alexandra forcejeó y se debatió, golpeando con los pies. Uno de sus talones fue a dar en la pantorrilla del hombre, que profirió una maldición y le retiró la mano de la boca. Alexandra aprovechó para emitir un fuerte grito.

—¡Sebastian!

El hombre volvió a taparle la boca rápidamente, pero Alexandra había conseguido atraer la atención de la gente que los rodeaba.

—¡Oiga! ¿Qué está haciendo con esa mujer? —empezaron a oírse voces por doquier. Con un profundo alivio, Alexandra vio que Sebastian corría hacia ellos.

—¡Alexandra!

De repente, el hombre le quitó la mano de la boca y le apretó algo duro y redondo contra la sien. ¡Era el cañón de una pistola! Los gritos de Alexandra murieron en su garganta.

—¡Quieto ahí! —vociferó el hombre—. ¡Si se acerca, le volaré la cabeza!

—No sea estúpido —le dijo Sebastian, fijando en él sus duros ojos grises—. No tiene ninguna esperanza de escapar. Está rodeado —señaló hacia el público que le cerraba la huida—. Suéltela.

—¿Cree que soy un maldito idiota? —repuso el hombre—. No moverán ni un solo dedo para detenerme, a menos que quieran cargar con una muerte en sus conciencias. ¡He dicho que no se acerque!

Sebastian se detuvo, alzando las manos en son de paz.

—Nadie quiere hacerle daño. Suéltela y será libre de marcharse. Pero, si se la lleva, medio Londres le seguirá la pista. No podrá escapar.

—Tiene razón, ¿sabe? —convino Alexandra.

—¡Usted cierre el pico!

Ella podía notar el miedo de su captor, el ritmo acelerado de su respiración, de modo que obedeció.

El hombre titubeó, y luego empezó a arrastrarla hacia uno de los globos. Tras apartar a los encargados del vehículo, empujó a Alexandra al interior de la barquilla y subió tras ella.

—¡Oiga, no puede hacer eso! —protestó el piloto del globo—. Está a punto de despegar.

—Pues es una suerte para mí, ¿no cree? —dijo el captor de Alexandra, apuntándole con la pistola—. Desaten las cuerdas.

—¡No lo dirá en serio!

—¡Que las desaten, he dicho! —volvió a acercar el cañón de la pistola a la sien de Alexandra—. ¿Me harán caso o tendré que ponerme duro?

—Sí, sí, desde luego —los encargados del globo procedieron a desatar las cuerdas que anclaban el vehículo al suelo. Cuando sólo quedaban dos cuerdas, el globo se inclinó bruscamente, haciendo retroceder a Alexandra y a su captor. Éste le retiró el brazo de la cintura para sujetarse, y ella aprovechó la oportunidad para lanzarse sobre él, haciendo que apartara la pistola. El arma se disparó, rompiendo una de las dos cuerdas que quedaban. El globo se elevó un poco más, ansiando volar.

Mientras tanto, Sebastian corrió hacia la barquilla y se subió en ella de un salto, abalanzándose sobre el captor de Alexandra. La última cuerda se rompió y el globo empezó a ascender por fin, en el mismo momento en que Sebastian propinaba a su oponente un derechazo en la mandíbula. El hombre se tambaleó y cayó por la puerta abierta de la barquilla. Se encontraban ya a unos cuantos metros sobre el suelo.

—Oh, cielos —exclamó Alexandra, conteniendo el aliento mientras veía cómo la tierra y los árboles se alejaban poco a poco. A su alrededor, los demás globos empezaban también a elevarse, brillando a la luz del sol—. ¡Es precioso!

Jamás había experimentado algo semejante con anterioridad, una sensación de libertad tan exquisita. Saludó a sus amigos con la mano y luego se volvió hacia Sebastian. Se le había caído el sombrero y el viento revolvía su cabello. Sus ojos grises brillaban con la misma excitación que sentía Alexandra.

Ella se echó a reír.

—¿No te parece glorioso?

Sebastian dejó escapar una carcajada.

–¡Dios! Eres una entre un millón.

Entonces, la atrajo hacia sus brazos y la besó. Alexandra se aferró a él casi mareada a causa de la emoción del viaje y de la pasión de sus labios. Todo el deseo contenido durante aquellos días estalló entre ambos, consumiéndolos. Sebastian musitó su nombre mientras retiraba los labios de su boca y le trazaba un sendero de besos en el cuello.

De pronto, notaron un brusco golpe que los devolvió a la realidad. Se separaron rápidamente para asomarse. La barquilla estaba rozando peligrosamente las copas de algunos árboles e iba directa hacia otros más altos.

–¡Oh, Dios mío, nos vamos a estrellar!

–¿Qué diablos hay que hacer para que este trasto suba? –gruñó Sebastian.

–¡Los lastres! –gritó Alexandra asomándose y señalando las bolsas de arena sujetas con cuerdas a la barquilla. Empezó a desatar los nudos, pero Sebastian rebuscó en el interior de una de sus mangas y extrajo un pequeño cuchillo. Seguidamente, procedió a cortar las cuerdas. El globo se elevó por encima de los árboles, cuyas ramas apenas rozaron el fondo de la barquilla.

Alexandra dejó escapar un suspiro de alivio y observó cómo Sebastian volvía a guardarse el cuchillo.

–No creía que los caballeros de Londres llevaran cuchillos escondidos.

—Me parece prudente ir armado cuando te tengo cerca —explicó él sarcásticamente.

Alexandra enarcó una ceja.

—Yo no tengo la culpa.

—No. Pero está claro que alguien quiere quitarte de en medio. La pregunta es, ¿por qué?

—¡Me trae sin cuidado el porqué! —exclamó Alexandra—. Sólo quisiera saber quién está detrás de todo esto.

—Sí, pero el móvil podría ayudarnos a dar con el culpable.

—Ahora mismo, lo que más me preocupa es cómo vamos a bajarnos de este cacharro —comentó Alexandra.

—Aquí arriba se está muy bien, aunque me gustaría saber cómo se maneja el globo. Tiene que haber alguna forma de hacerlo bajar —Sebastian miró a su alrededor—. Parece que nos hemos separado de los demás.

—Creo que volamos a merced del viento —observó Alexandra.

—Son globos de aire caliente, ¿verdad? Los llenan de aire caliente para que vuelen. Así pues, cabe suponer que bajan cuando ese aire empieza a enfriarse —Sebastian pareció satisfecho de su razonamiento.

—Imagino que sí. ¿Sabes? Creo que hay una válvula que se utiliza para soltar el aire. Vi cómo la utilizaban tirando de una cuerda.

Sebastian miró escépticamente la multitud de

cuerdas que colgaban del globo por doquier. La mayoría unía la barquilla a la red que cubría el globo.

—Creo que no debemos arriesgarnos a tirar de ninguna cuerda sin estar seguros de lo que puede pasar.

—Probablemente tienes razón.

Sebastian se acercó al brasero situado por encima de sus cabezas, en el centro de la barquilla.

—No sé cómo apagar ese fuego, pero, si no le echamos carbón, acabará extinguiéndose solo. Entonces bajaremos.

—Ojalá no sea sobre una casa.

Sebastian contempló el paisaje que se extendía debajo.

—Yo diría que nos dirigimos hacia el sudoeste.

—No nos llevará hasta el océano, ¿verdad? —preguntó Alexandra con preocupación.

—Esperemos que el fuego se apague antes.

—Empieza a hacer frío.

—Creo que es porque estamos ascendiendo.

Sebastian se quitó la chaqueta y se la echó por encima de los hombros. Ella le sonrió agradecida. Luego se giraron para ver el paisaje. Parecía que se hallaran solos en el mundo, flotando en libertad, rodeados por la majestuosa belleza del cielo. Inconscientemente, Sebastian rodeó la cintura de Alexandra con el brazo, y ella se apoyó en él.

Empezaron a hablar, no de los recientes sucesos, sino de otras cosas... como la infancia de ambos, su forma de ver la vida, el valor de la amistad, la tierra que se extendía debajo, etc. Fue un rato agradable y especial, que, más tarde, Alexandra recordaría como uno de los mejores que había vivido en Londres.

Poco a poco, se dieron cuenta de que el globo empezaba a bajar.

—¿Crees que aterrizaremos pronto? —preguntó ella.

—Eso espero. Fíjate en el horizonte. Falta poco para que el sol se ponga. Nos veremos en un apuro si seguimos en el aire cuando oscurezca.

Pero el globo siguió bajando, cada vez con más lentitud. Pasó junto a una gran extensión de árboles y, de pronto, una zona de verdes pastizales apareció ante ellos.

—Parece un lugar idóneo para tomar tierra.

—Sí, ojalá el globo quiera aterrizar.

Ambos aguardaron, conteniendo la respiración mientras seguían descendiendo y sobrevolaban un ancho riachuelo.

Justo enfrente se alzaba otra hilera de árboles.

14

Sebastian miró hacia los árboles, se aclaró la garganta y dijo:

—Creo que deberíamos probar esa válvula.

Alexandra asintió, con el corazón en la garganta. Aunque estaban mucho más cerca del suelo, una caída podía resultar fatal.

—Estarás más segura si te sientas —sugirió Sebastian.

—¿Y tú?

—Debo localizar esa maldita cuerda. Pero no hace falta que estemos de pie los dos.

—Pero...

—Por favor, no protestes. Me niego a permitir que permanezcas de pie.

Al ver su expresión, Alexandra se dio por vencida y se sentó en el suelo de la barquilla.

Él tiró de una de las cuerdas, sin resultados. Luego probó otra. Por fin, al tirar de la tercera, se oyó un siseo de aire. Alexandra miró el globo. Parecía haber empezado a desinflarse lentamente.

—¡Ya está! —dijo levantándose de un salto.

—Ojalá lo hayamos hecho a tiempo.

Ella siguió su mirada y vio la hilera de árboles, acercándose a una velocidad alarmante. Sebastian sentó a Alexandra a su lado y la envolvió con sus brazos, cubriéndola protectoramente. Ambos esperaron, aguantando la respiración, a que se produjera el impacto.

Pero no fue tan fuerte como habían supuesto. Las ramas de los árboles frenaron el globo, que acabó deteniéndose bruscamente en el suelo. Ellos rodaron por el fondo de la barquilla. Luego permanecieron inmóviles un momento, esperando algún otro golpe, pero éste no se produjo.

—Levántate con cuidado —indicó Sebastian a Alexandra. A continuación, se acercó a la puerta de la barquilla y la abrió—. Bueno, parece que hemos salido ilesos.

Echaron a andar por el verde pastizal, bajo el escrutinio de las indiferentes ovejas que pastaban aquí y allá. Los zapatos de Alexandra no estaban hechos para tal menester y ella pensó, suspirando para sí, que acabarían completamente estropeados antes de que llegaran a cualquier lugar habitado. Se recogió la falda de muselina, para caminar con mayor comodidad, y observó cómo Sebastian le miraba las piernas de reojo y luego apartaba rápidamente la mirada.

Siguieron caminando durante un buen rato, siguiendo el curso de un arroyo hasta que divisaron una cerca y un estrecho camino bordeado de rododendros.

Mientras andaban, empezaron a charlar.

—Es obvio —empezó a decir Sebastian, extendiendo la mano para ayudarla a salvar una pequeña zanja— que alguien quiere hacerte daño. Este último ataque no tuvo nada que ver con tu madre, sólo contigo.

—Lo sé. He estado dándole vueltas, pero no se me ocurre quién puede ser. No conozco a nadie en Inglaterra, salvo a ti y a la Condesa.

—Debe de estar relacionado con... bueno, con el misterio de tus orígenes.

—Pero, suponiendo que yo sea nieta de la Condesa, ¿quién podría tener interés en perjudicarme? Sólo se me ocurre el nombre de lady Ursula, pero me parece absurdo considerarla una asesina.

—No obstante, alguien intentó asesinar a tu madre. Además, te han atacado dos veces e intentaron secuestrarte.

—¿Qué me dices de lord Exmoor... el que tiene el título?

Sebastian emitió una risita.

—Créeme, para mí Richard encaja mejor que nadie en el papel de villano. Pero ¿por qué iba a hacer algo así?

—Dijiste que había heredado la hacienda porque el hijo de la Condesa y su familia habían muerto. Si una de sus nietas sigue viva...

Sebastian negó con la cabeza.

—No. La hacienda y el título los heredan sólo los varones. Tu aparición no afectaría a Richard en absoluto. Conservaría todo lo que ha heredado. De haber sobrevivido el niño, tu hermano, las cosas serían muy distintas. Lo máximo que podrás heredar tú será parte de la fortuna de la Condesa, cuando ésta muera. Dicha fortuna no es inmensa, pero bastaría para vivir con desahogo. El problema es que únicamente Ursula se vería perjudicada de revisarse el testamento. La Condesa desprecia a Richard y no le dejaría ni un céntimo de su dinero. Estoy seguro de que él lo sabe perfectamente.

Siguieron caminando en silencio durante unos minutos. Finalmente, Sebastian dijo:

—Quizá estemos abordando el asunto erróneamente. ¿Qué hay de la familia Ward?

Alexandra lo miró perpleja.

—¿Mi familia? ¿Por qué lo dices? ¿Qué tienen que ver ellos en todo esto?

—Si realmente eres nieta de la Condesa, entonces no eres hija de la señora Ward. Quizá haya quienes se opongan a que una extraña herede las posesiones del señor Ward.

—En realidad, no la he heredado. Son de mi madre.

—Pero serán tuyas cuando ella muera.

—¿Y por qué iban a atacar a mi madre, entonces? —señaló Alexandra—. Matándola sólo conseguirían que yo me hiciera con la herencia antes.

Él frunció el ceño.

—Tienes razón. No sería lógico.

—Además, mi pariente más cercana es tía Hortensia. Y no creo que ella intentase deshacerse así de mí. Me crió como una madre.

—Lo cual nos deja sin sospechosos.

—Pero alguien lo hizo. Alguien contrató a ese rufián para que matase a mi madre. La misma persona, imagino, que envió al hombre de hoy.

—Tiene que haber algún detalle que se nos escapa.

Alexandra suspiró.

—Así no llegaremos a ninguna parte.

—¿Te refieres a la conversación o a la caminata?

—A ambas cosas. Todavía no he visto ni una sola casa —Alexandra miró en torno. El sol ya casi se había puesto—. Oh, cielos, está anocheciendo.

—Sí. Ojalá encontremos algo pronto.

Estaban agotados, pero la creciente oscuridad hizo que apretaran el paso. Finalmente, al llegar hasta un recodo, Sebastian se detuvo y alzó la mano.

—Escucha.

Alexandra guardó silencio y aguzó el oído.

—¿Un caballo? —musitó.

Se oyó una tos y, a continuación, un leve repiquetear de cascos de caballo en el camino.

—¡Gracias al cielo! —exclamó Alexandra al tiempo que echaba a correr agitando los brazos—. ¡Oigan! ¡Necesitamos ayuda!

—¡No, espera! —Sebastian la siguió rápidamente—. ¡Alexandra! —la agarró del brazo—. Chist. No sabemos quién puede ser.

—Pero seguro que querrán ayudarnos —respondió ella confiadamente.

—Pueden no ser amistosos.

Los caballos doblaron el recodo y avanzaron hacia ellos. Se trataba de un reducido grupo de hombres, cuatro a lo sumo, y llevaban consigo un caballo sin jinete. Al ver a Alexandra y Sebastian, se detuvieron, y luego se acercaron a ellos lentamente. Resultaba difícil verlos. Iban vestidos con ropas oscuras y todos los caballos eran negros.

Alexandra emitió un jadeo ahogado al ver que el primero de ellos llevaba una máscara que le tapaba los ojos y la nariz.

—¡Maldición! —musitó Sebastian—. Salteadores de caminos.

Alexandra vio que se ponía tenso y que cruzaba los brazos. Se acordó del cuchillo que llevaba oculto debajo de la manga de la chaqueta. Un escalofrío la recorrió al imaginar a Sebastian enfrentándose a cuatro hombres solo, armado únicamente con un cuchillo.

—¡Cielos! ¿Qué tenemos aquí? —dijo el hombre con desenfado. A pesar de su apariencia, hablaba como un caballero—. ¿Han salido a dar un paseo nocturno?

—Nos hemos perdido y necesitamos ayuda —repuso Alexandra.

El desconocido la miró, y luego se fijó en Sebastian.

—Ah. Usted será su marido, imagino.

Ella abrió la boca para negarlo, pero Sebastian se le adelantó.

—Sí, es mi esposa. Yo soy lord Thorpe.

—¿Un lord? —el jinete se llevó una mano al pecho, en un gesto de asombro. Sus labios se arquearon burlonamente—. Estoy... abrumado.

—Eso lo dudo mucho —repuso Sebastian en tono cínico.

—Perderse puede resultar muy tedioso —prosiguió el desconocido—. Quizá nosotros podamos ayudarlos.

—¡Sí! —se apresuró a decir Alexandra—. Sería muy amable por su parte.

—¿Cómo han llegado hasta aquí?

—En globo.

—Disculpe, no comprendo —dijo el jinete con perplejidad.

—Hemos venido en globo —explicó Sebastian—. Ya sabe... por el aire.

—Sí, desde luego. Pero ¿dónde está el globo?

—Todo fue un accidente —contestó Alexandra—.

No queríamos despegar en el globo, pero un hombre me atacó e hizo cortar las cuerdas. Naturalmente, Sebastian lo echó de la barquilla...

—Naturalmente —la sonrisa del hombre se ensanchó.

—Pero ya era demasiado tarde. El globo se elevó y no sabíamos manejarlo, así que vinimos a parar aquí. Pero debemos regresar a Londres cuanto antes, porque todos estarán muy preocupados por nosotros. Si tiene la bondad de indicarnos dónde está el pueblo más cercano, podremos alquilar un coche de caballos o tomar la diligencia...

El desconocido se inclinó hacia ella.

—Por usted, señora, lo que sea —luego miró cínicamente a Sebastian—. No se ponga tan serio, señor. Mi intención no era mala. Su esposa es demasiado hermosa como para que un hombre se resista a coquetear con ella.

—Gracias —dijo Alexandra—. Es usted muy amable.

El jinete desmontó del caballo. Era alto y esbelto, y sus anchos hombros destacaban bajo su camisa negra. Alexandra advirtió que llevaba una pistola en el cinto. Era un hombre peligroso, sospechó. Sin embargo, hacía gala de unos modales encantadores y una sonrisa contagiosa.

La saludó con una elegante reverencia.

—Jack Moore, señora, para servirla.

Alexandra no pudo sino sonreír mientras le devolvía el saludo.

—Yo soy Alexandra...

—Lady Thorpe —la interrumpió Sebastian, situándose entre el desconocido y ella.

—Mañana los llevaré hasta Evansford. La diligencia de Londres pasa a eso de las diez. Esta noche contarán con mi hospitalidad. Mi casa no está lejos, y en ella podrán descansar y asearse.

—No queremos causarle molestias, señor —aseguró Sebastian con firmeza—. Díganos dónde está el pueblo y nos pondremos en camino esta misma noche.

—Me temo que debo insistir. El trayecto es demasiado largo para que una encantadora mujer como su esposa lo recorra a pie. En mi casa hay sitio de sobra. Además, disfrutaré mucho con su compañía.

—Es usted demasiado bondadoso —empezó a decir Sebastian.

—Me parece una estupenda idea —terció Alexandra—. Una buena comida y una noche de sueño son justo lo que necesitamos. Es usted muy amable, señor Moore.

—Gracias, señora —Moore le sonrió—. Por fortuna, llevamos un caballo de más esta noche. Lo... eh, encontramos en el camino.

—Sí, una casualidad muy afortunada —comentó Sebastian sarcásticamente.

—Usted puede montar el caballo, señor. Yo llevaré a la señora en el mío con sumo placer —los ojos de Moore brillaron aviesamente.

—Alexandra cabalgará conmigo —dijo Sebastian en

tono tajante. A continuación, se dirigió hacia el caballo. Pero, antes de que pudiera montar, Moore lo detuvo colocándole una mano en el brazo.

—Lo siento, pero antes he de vendarles los ojos. Sería... incómodo para ustedes ver el camino que vamos a seguir. Ya sé que es de noche, pero aun así...

Con cierta sorpresa, Alexandra vio que Sebastian se avenía a la idea sin protestar, permitiendo que Moore le vendara los ojos con un pañuelo negro. Luego hizo lo propio con ella.

—Ya está. ¿Se encuentra cómoda?

—Sí, bien.

—Estupendo. Yo guiaré al caballo, no se preocupen.

Dicho esto, el grupo emprendió la marcha. El trayecto duró varios minutos. Una vez que los caballos se hubieron detenido, Alexandra notó que alguien la agarraba por la cintura para desmontarla del caballo y luego la conducía al interior de una casa, las pisadas del grupo repiqueteando en el suelo de madera. Cuando la puerta se hubo cerrado, le retiraron la venda de los ojos.

Alexandra parpadeó mientras sus ojos se acostumbraban a la penumbra de la habitación. Miró en torno, buscando a Sebastian, y vio que se encontraba detrás de ella. Moore le estaba quitando la venda. A continuación, se quitó su propia máscara, dejando al descubierto un atractivo rostro rodeado de rizos negros. Sonrió a sus huéspedes, con la expresión de un niño travieso.

—Cuando hayamos comido algo, les enseñaré su cuarto. Seguro que están muy cansados.

Una criada ya anciana empezó a entrar y salir de la habitación, con platos y cuencos de comida. El grupo se sentó a la mesa para disfrutar de una cena sorprendentemente exquisita, acompañada de un vino excelente.

Mientras cenaban, Moore les preguntó por Londres y se interesó por los detalles de su aventura. Sentía curiosidad por saber quién había atacado a Alexandra y por qué. Ella, no obstante, comprendió que no podía contarle todos los hechos sin revelar que Sebastian no era en realidad su marido.

—No... sabemos por qué me atacó. Debió de ser por algo relacionado con la Condesa.

—¿La Condesa?

—De Exmoor. Es posible que yo sea pariente suya.

Moore la miró durante largos instantes.

—¿Está usted emparentada con el conde de Exmoor?

—No... bueno, es posible —Alexandra lo miró detenidamente—. ¿Por qué? ¿Acaso conoce al Conde?

Moore enarcó las cejas y sonrió aviesamente.

—Puede que haya coincidido alguna vez con ese caballero —admitió. Por su tono, era evidente que el Conde había sido víctima de una de sus correrías.

—No es un hombre muy agradable —dijo Alexandra en confianza. Comprendió que el vino estaba soltando su lengua.

Moore emitió una risita.

—No, a mí tampoco me lo pareció. Pero, dígame, ¿cómo es posible que usted, obviamente americana por su acento, esté emparentada con el conde de Exmoor? O casada con lord Thorpe, para el caso.

—Los caprichos del destino —comentó Sebastian.

—Mmm —los ojos negros de Moore se pasearon entre ambos pensativamente.

Alexandra tuvo la impresión de que no acababa de creerse que estuvieran casados.

Después del último plato, Alexandra dio las gracias y se retiró al cuarto que Moore había ordenado preparar para ellos. Estaba exhausta y algo mareada a causa del vino.

Tras desvestirse y asearse un poco, se acostó en la cama con la combinación y las enaguas, dado que no disponía de ningún camisón.

Se preguntó si Sebastian subiría pronto o si, por el contrario, preferiría pasarse toda la noche bebiendo con los demás hombres para no tener que estar a solas con ella.

Alexandra se acurrucó encima de las sábanas y esperó.

Sebastian la encontró profundamente dormida cuando subió al cuarto dos horas más tarde. Cerró la puerta y echó la llave. Luego se acercó a la cama, cimbreándose ligeramente por efecto del coñac, para contemplar a Alexandra.

Estaba acostada de lado, y sus senos se adivinaban a

través de la fina tela de la combinación. Sebastian le recorrió la pierna con la yema del dedo, pero se detuvo al llegar a la altura del muslo. Deseó levantarle las enaguas y buscar el centro de su feminidad, pero se reprimió. Sabía que el hecho de perder la virginidad antes del matrimonio era la ruina de cualquier mujer, que la reputación de Alexandra quedaría afectada para siempre.

Sebastian se detuvo, asaltado por un nuevo pensamiento. Se preguntó cómo era posible que no se le hubiera ocurrido antes. Una lenta sonrisa afloró a sus labios.

Se sentó en la cama, junto a Alexandra, y le acarició uno de los pezones con el dedo índice, observando cómo se endurecía poco a poco. Luego se inclinó sobre ella para despertarla con un beso.

Alexandra se despertó lentamente, en medio de una intensa sensación de placer. ¿Acaso se trataba de un sueño? Todo le parecía tan irreal...

–Sebastian –murmuró, incapaz de decir nada más.

–Estás tan hermosa –dijo él con voz ronca, deslizando la mano para desatar el lazo de su combinación y dejar sus senos al descubierto. Le pasó la yema de los dedos por un pezón, y ella se arqueó contra él, respirando entrecortadamente. Luego alzó la mano para enterrarla en el cabello de Sebastian, atrayéndolo hacia sí.

Los labios de ambos se fundieron mientras él le recorría el cuerpo con las manos, acariciándole las piernas y los glúteos, volviendo una y otra vez a sus senos.

A continuación, mientras él le quitaba la combinación, Alexandra le desabotonó la camisa y exploró su pecho con las palmas de las manos, inclinándose para apresar con los labios sus masculinos pezones.

Sebastian emitió un jadeo de placer antes de tumbarse encima de ella. No podía esperar más. Se desabrochó con dedos frenéticos los botones del pantalón, y Alexandra tomó con la mano su miembro erecto para acariciarlo.

—Poséeme —le murmuró en el oído, volviéndolo loco de deseo.

Sebastian se situó entre sus piernas y la penetró, moviéndose lentamente a pesar de la necesidad que rugía en su interior. Alexandra, experimentando una súbita punzada de dolor, le clavó los dientes en el hombro. Él empezó a empujar lenta y rítmicamente, hasta que ella gritó al notar cómo el placer crecía y se desbordaba en su interior, semejante a una ola gigantesca. Sebastian jadeó conforme ambos alcanzaban el éxtasis juntos y sus almas se fundían al mismo tiempo que sus cuerpos.

A continuación, permanecieron aferrados el uno al otro, como si fueran supervivientes de una tempestad. Mientras Alexandra se deslizaba hacia el sueño, Sebastian creyó oírla murmurar algo parecido a «amor».

Alexandra abrió los ojos perezosamente y se encontró en una habitación extraña. Los recuerdos volvieron de golpe a su mente. ¡Sebastian y ella habían hecho el amor la noche anterior!

Paseó la mirada por el cuarto, pero no vio señal alguna de él. Su ropa y sus botas habían desaparecido. Eso hizo que se sintiera extrañamente vacía. Por un instante, se preguntó si lo sucedido habría sido simplemente un sueño.

Alexandra se sobresaltó al oír que llamaban a la puerta.

—¿Alexandra? ¿Estás levantada? —inquirió la voz de Sebastian.

—Sí, adelante —respondió ella, cubriéndose los senos con la sábana.

Sebastian abrió la puerta y se asomó cautelosamente. Después entró con una bandeja.

—Te traigo el desayuno. Nuestro anfitrión dice que debemos darnos prisa o perderemos la diligencia a Londres.

Le colocó la bandeja en el regazo y luego retrocedió incómodamente. Alexandra clavó la vista en la comida, incapaz de mirarlo a los ojos.

—Bueno... eh, bajaré para vigilar a nuestro amigo. No acabo de fiarme de él.

—De acuerdo —Alexandra se sintió descorazonada. Percibía el nerviosismo de Sebastian. Lamentaba lo sucedido la noche anterior, estaba segura de ello—. Yo iré enseguida —dijo luchando para contener las lágrimas que amenazaban con afluir a sus ojos.

El viaje hasta el pueblo transcurrió con suma tranquilidad, interrumpido únicamente por los comentarios ocasionales de Jack Moore. Al final del trayecto, Moore detuvo su caballo y procedió a quitarles las vendas de los ojos.

—El pueblo queda a menos de una milla. Prefiero que... no me vean en las inmediaciones, de modo que tendré que privarles de las monturas.

—Por supuesto —Sebastian se bajó del caballo y se giró para ayudar a Alexandra, pero ella ya se había apeado de su montura y permanecía en el suelo, inmóvil como una estatua.

Moore los observó con curiosidad.

—Caminen en esa dirección —dijo señalando—. No tardarán en llegar al pueblo. El coche del correo pasará dentro de una hora, más o menos. Les deseo suerte. He disfrutado mucho con su compañía. Puede que volvamos a vernos.

—Tenga —Sebastian introdujo la mano en el bolsillo de su chaqueta—. Quisiera compensarle por las molestias —no obstante, descubrió que su bolsillo estaba vacío.

Una sonrisa burlona surcó la bronceada faz de Moore.

—No se preocupe —dijo al tiempo que rebuscaba en el bolsillo interior de su chaqueta y sacaba una pequeña bolsa de cuero—. Ya es mía.

Dicho esto, dio media vuelta con el caballo y se alejó, llevándose consigo las otras dos monturas. Sebastian se quedó mirándolo, boquiabierto. Alexandra emitió una risita, y él la miró con severidad.

—¡Será canalla!

—Bueno, nunca fingió ser otra cosa que un ladrón.

—Eso, ríete —dijo Sebastian irritado—. Me gustaría saber cómo vamos a viajar ahora a Londres.

—Oh, por eso no te preocupes —contestó Alexandra al tiempo que inclinaba y alzaba el dobladillo de su falda, sacando un billete que llevaba prendido en las enaguas con un alfiler—. Siempre llevo algo de dinero encima, por si surge alguna emergencia.

Luego entregó el billete a Sebastian. Éste lo miró y dijo:

—En fin, por lo menos nos permitirá viajar hasta Londres.

Cuando por fin llegaron a Londres, a Alexandra sólo le apetecía subir a su cuarto, meterse en la cama y dormir durante el resto del día. De modo que se sintió tremendamente contrariada cuando entraron en su casa y vio que no sólo los estaba esperando tía Hortensia, sino también la Condesa, Penelope y la temible lady Ursula. Emitió un leve quejido al ver al grupo en la sala de estar.

—¡Alexandra! —tía Hortensia se levantó con una sonrisa de felicidad en el rostro—. ¡Querida mía! —corrió hacia ella para abrazarla—. ¡Estaba muerta de preocupación!

—Todas lo estábamos —convino la Condesa, acercándose a Alexandra más lentamente. Cuando tía Hortensia soltó a su sobrina por fin, la Condesa le tomó la mano y acercó su mejilla a la de ella—. Es un alivio ver que te encuentras bien.

—Gracias. Yo también me alegro de haber vuelto, se lo aseguro.

La Condesa se volvió hacia Sebastian.

—Menos mal que tú estabas con ella. Sólo eso impidió que me preocupara todavía más —con una sonrisa, añadió—: Celebro verte, Sebastian. Parece que habéis vivido toda una aventura. Debéis contárnoslo todo.

—Sí —tía Hortensia se mostró de acuerdo—. Pediré que nos traigan el té.

Alexandra se sentó junto a Penelope resignadamente.

—Antes, quiero saber qué fue del hombre que me atacó.

—Oh, Bucky y los demás se ocuparon de él —aseguró Penelope—. Lord Buckminster le arreó un puñetazo tan fuerte, que lo hizo caer al suelo patas arriba.

–¡Penelope, qué lenguaje! –la reprendió su madre con el ceño fruncido–. Una señorita no debe expresarse así delante de los demás.

–Sí, mamá –se disculpó Penelope.

–Parece que lord Buckminster se portó como un héroe –dijo Alexandra, esperando animar a Penelope, pero ésta se limitó a sonreír tímidamente.

–Yo creo que ese individuo te atacó por ser quien eres –dijo la Condesa desviando el cauce de la conversación–. Era la última prueba que necesitaba para convencerme de que eres mi nieta.

–Eso es absurdo, madre. Que alguien intentara robarle el bolso o algo parecido no significa que ella sea nuestra Alexandra.

–Ese hombre no pretendía robarle simplemente, Ursula –repuso la Condesa–. Los ladrones no secuestran a sus víctimas.

Por una vez, lady Ursula pareció levemente intimidada y guardó silencio. Tía Hortensia aprovechó la ocasión para hacer una pregunta.

–¿Y qué os sucedió? Temí que el viento os hubiese arrastrado hasta el mar o algo peor. Pero supongo que aterrizasteis más o menos bien.

–Sí, aunque muy lejos de aquí –contestó Sebastian–. Hemos tardado un día entero en volver a Londres en el coche del correo.

–¡El coche del correo! –lady Ursula se mostró escandalizada–. ¿Lo dices en serio?

–Y pasamos la noche en la guarida de un salteador

de caminos –añadió Alexandra, sin poder resistir el impulso de escandalizarla todavía más.

–¡Cómo! –exclamó Ursula con los ojos desorbitados.

Alexandra reprimió una sonrisa.

–Sí, un salteador de caminos. Tuvo la bondad de darnos comida y lecho. Bueno, lechos –dijo ruborizándose por el desliz cometido.

–Exacto. Y se quedó con mi bolsa a cambio del favor –añadió Sebastian, reparando en la expresión azorada de Alexandra.

–¡Dios misericordioso! –exclamó tía Hortensia.

Lady Ursula enarcó las cejas.

–Si yo fuera vosotros, no lo contaría por ahí. Ya ha habido bastante escándalo con lo de vuestro viajecito.

–El problema, desde luego, es que Sebastian y tú habéis pasado dos días y una noche juntos, sin acompañantes –dijo la Condesa girándose hacia Alexandra.

–No tuvimos más remedio –protestó Alexandra.

–Eso no cambia lo sucedido –dijo lady Ursula tajantemente–. Me temo que tu reputación ha sufrido un serio menoscabo –añadió con evidente satisfacción.

–¡No seas absurda, Ursula! –dijo Sebastian con acritud–. La señorita Ward y yo vamos a casarnos, por supuesto.

Alexandra se giró hacia él, boquiabierta.

–¿Cómo has dicho?

Sebastian apretó los dientes. ¡Maldita fuera Ursula por haber sacado a colación el asunto! Había sido incapaz de hablarle a Alexandra de matrimonio durante el viaje de regreso, pues no habían tenido ni un solo momento de intimidad. Y ahora, por culpa de Ursula, tendría que hacerlo delante de todos.

—He dicho que vamos a casarnos —contestó, sosteniendo la mirada de Alexandra.

—Creo que te estás precipitando —repuso ella ácidamente—. Para que un hombre se case con una mujer, primero debe pedírselo. ¿O acaso no se sigue esa costumbre en Inglaterra?

—Desde luego que sí. Pero, maldita sea, no he tenido ocasión de hablarte de ello a solas.

—Aun así, es un atrevimiento por tu parte afirmar con tanta ligereza que vamos a casarnos.

—Pero, Alexandra, querida, debéis casaros —terció la Condesa, frunciendo el ceño—. Ursula y Sebastian tienen razón. Tu nombre quedará manchado para siempre.

—Dado que no vivo aquí, no creo que eso tenga importancia.

—Pero piensa en el pobre Sebastian. Será considerado un canalla libertino si no se casa contigo después de lo sucedido.

Alexandra dirigió a Sebastian una mirada fulminante.

—Dudo que eso le perjudique. No pienso casarme con él —dicho esto, se puso de pie.

Sebastian se levantó con tal brusquedad que estuvo a punto de volcar la silla.

—¡Sí que te casarás conmigo!

Alexandra lo miró con ojos centelleantes de ira. Notaba como si el corazón acabara de rompérsele en mil pedazos. ¿Cómo se atrevía a obligarla a casarse con él, por miedo a un estúpido escándalo?

—¡No me casaría contigo ni aunque fuese lo único que me salvara de la horca!

Dicho esto, se dio media vuelta y salió de la sala, mientras los demás la miraban con consternación.

Aquella noche, Alexandra lloró desconsoladamente. Por la mañana, se levantó con jaqueca y los ojos hinchados. Se dijo que, probablemente, había tirado su vida por la borda la noche anterior. Pero ¿qué otra cosa habría podido hacer? Sebastian le había pedido que se casara con él por razones que nada tenían que ver con el amor. Por mucho que ella deseara estar a su lado, sabía que sería un infierno vivir con él siendo consciente de que no la amaba.

Alexandra avisó a la doncella y se vistió con apatía. Luego fue a ver a su madre. Willa Everhart permanecía sentada al lado de Rhea, haciendo punto.

—Buenos días, señorita Ward —saludó a Alexandra al verla entrar.

—Buenos, días. Pero, por favor, llámeme Alexandra.

Willa sonrió.

—Muy bien, Alexandra. Y tú llámame Willa.

—¿Cómo está mi madre? —Alexandra se acercó a la cama y contempló a Rhea, que yacía inmóvil, con los ojos cerrados.

—Físicamente, evoluciona tan bien como cabe esperarse —dijo Willa—. Aunque está perdiendo algo de peso, como es lógico.

—¿Cree que volverá en sí alguna vez? ¿O pasará así el resto de su vida?

—No lo sé. El médico tampoco parece saberlo. Dice que sólo podemos esperar y ver lo que ocurre.

—No es un pronóstico muy halagüeño, ¿verdad? —Alexandra colocó una silla al lado de la de Willa y se sentó—. No sé si le he dado las gracias por venir a ayudarnos. Jamás podré agradecérselo lo suficiente.

Las pálidas mejillas de Willa se sonrojaron.

—No tienes por qué darme las gracias. Me alegra poder hacer algo útil.

—Aprecia usted mucho a la Condesa, ¿verdad?

—Sí, mucho. Ella me acogió cuando yo no tenía a dónde ir. Es la mujer más bondadosa que he conocido nunca. Me ha mantenido durante estos últimos veinticinco años y jamás ha tenido un mal gesto conmigo —sus ojos se ribetearon de lágrimas—. Haría cualquier cosa por ella.

—Debía de ser muy joven cuando entró en casa de la Condesa.

—Sí, tenía veinticuatro años. Fue en 1789.

—De modo que ya estaba usted con ella cuando asesinaron a su hijo y a la familia de éste.

Willa hizo un gesto afirmativo.

—Fue una época terrible para ella. Primero, su marido murió de repente... Del corazón, según dijeron. La Condesa envió llamar a lord Chilton, pero París enloqueció a causa de la Revolución. Toda la familia fue asesinada. Toda —miró rápidamente a Alexandra, azorada—. Lo siento. Al menos, eso creímos en aquel entonces.

—No pasa nada —Alexandra le sonrió—. Yo misma sigo sin estar convencida de ser nieta de la Condesa.

—Para ella fue un golpe tremendo. Perdió a toda su familia —Willa meneó la cabeza—. Menos a Ursula, claro. Estoy segura de que la Condesa quiere mucho a su hija, pero... bueno, sospecho que siempre quiso más a Chilton, la verdad sea dicha. Cuando se enteró de la muerte de su hijo, pasó varios días en cama. No quería hablar con nadie. Yo apenas conseguía que comiera. Algunas noches, se paseaba por el cuarto durante horas. Solía sentarme a su lado mientras ella hablaba de Chilton... Oh, fueron unos días terribles. Menos mal que al final logró recuperarse.

—Seguro que, en buena parte, gracias a sus cuidados, Willa.

—Eres muy amable.

—Sólo digo la verdad.

Alexandra insistió en que Willa bajara a desayunar y descansara un rato mientras ella cuidaba de su madre. Cuando Willa se hubo marchado, acercó la silla a la cama y tomó la mano de Rhea. A continuación, empezó a hablarle de su aventura en el globo y de su experiencia con los salteadores de caminos. Se preguntó si su madre podría oírla. El médico parecía dudarlo, pero Alexandra suponía que nada se perdía asumiendo lo contrario. Siguió hablándole lo máximo posible, con la esperanza de llegar hasta su mente y sacarla de aquel profundo sueño.

Cuando Willa regresó, media hora después, Alexandra bajó a desayunar. Al entrar en la sala, se detuvo en seco. Sentado a la mesa junto a su tía, dando tranquila cuenta de un plato de huevos con tocino, estaba Sebastian.

—¿Qué estás haciendo aquí? —preguntó Alexandra bruscamente—. ¿Pretendes mortificarnos también por la mañana?

Él sonrió.

—Más que eso, querida. Acabo de instalarme en vuestra casa.

—¿Qué? —Alexandra se quedó mirándolo—. ¿Te has vuelto loco? ¡No puedes venirte a vivir aquí!

—No veo por qué no. Tu tía me ha invitado a hacerlo.

—¡Tía Hortensia! —Alexandra se giró hacia su tía, que seguía comiendo tranquilamente sus huevos revueltos, acostumbrada a los arranques de genio de su sobrina—. ¿Cómo has podido?

—Es muy sencillo, querida. La Condesa, Sebastian y

yo estuvimos hablando anoche, después de que tú te marcharas. Decidimos que era lo mejor.

—Es obvio que la presencia de Murdock no basta para garantizar vuestra protección. Me he traído también a dos o tres de mis criados, incluido Punwati.

—¡Punwati! Pero ¿para qué?

—Es muy diestro en las artes orientales del combate cuerpo a cuerpo.

—¿Acaso piensas convertir nuestra casa en un campamento militar?

—Sí, si eso es necesario para manteneros a salvo. A partir de ahora, uno de nosotros te acompañará cuando salgas. Punwati, Murdock o yo.

—¿Así que estaré prisionera en mi propia casa?

—Prisionera no, querida —dijo tía Hortensia meneando la cabeza—. Es sólo para que estés protegida.

—¡No soportaré tener siempre detrás de mí a Punwati, Murdock y Dios sabe quién más!

—Apenas repararás en su presencia —le aseguró Sebastian—. Murdock y mis dos criados vigilarán el exterior de la casa, principalmente. Punwati custodiará el interior. Y yo, desde luego, seré quien estará contigo la mayor parte del tiempo.

—Tu compañía es la que menos deseo —dijo Alexandra sin rodeos—. ¡Y te preocupaba un posible escándalo! Después de nuestra aventura en el globo, imagínate lo que dirán las malas lenguas cuando se sepa que estás viviendo aquí.

—Dado que pienso casarme contigo, el escándalo no durará mucho.

—Pues te has hecho falsas ilusiones, porque yo no estoy dispuesta a casarme contigo.

—Al final, comprenderás que es lo mejor —contestó Sebastian sin inmutarse—. Además, no habrá motivo alguno de escándalo. Estaremos en la casa con tu tía, tu madre y la señorita Everhart. La misma Condesa aprobó la idea, y ella conoce perfectamente los entresijos de la alta sociedad.

—¡Me importa un rábano la alta sociedad! —respondió Alexandra—. ¡Sencillamente, no te quiero aquí!

—Ten cuidado, querida, que puedes herir mis sentimientos.

—Tú no tienes sentimientos —contestó Alexandra con desprecio—. Si los tuvieras, no me harías esto.

—¿No te haría qué?

—Sé perfectamente cuál es tu plan, no creas que no.

—Mi único plan consiste en garantizar tu seguridad.

—Crees que, estando a mi lado en todo momento, conseguirás cansarme y convencerme de que me case contigo. Bien, pues no será así.

—En ese caso, mi presencia aquí no debe preocuparte en absoluto.

—¡Oh! ¡Eres el hombre más irritante que he conocido jamás!

—Siéntate, querida, y tómate el desayuno. Así te calmarás un poco.

—No me calmaré hasta que te hayas marchado.

—Lamento oírlo. Supongo que, en ese caso, tendremos que soportar tu mal humor durante bastante tiempo.

Alexandra le hizo una mueca y se sentó en la silla. Cuando se despertó, esa misma mañana, pensó que las cosas no podían ponerse peor, pero era evidente que estaba equivocada.

Mientras removía la comida en el plato, pensativa, el mayordomo entró en la sala. Alexandra lo miró inquisitivamente. Parecía incómodo.

—Cierta, ah, persona desea hablar con usted —señorita.

Alexandra sintió picada su curiosidad.

—Muy bien. Hazlo pasar.

—Es una mujer, señorita, y... bueno, no creo que quiera usted recibirla aquí.

—¿Por qué?

—Esta algo... desaseada, señorita. Intenté echarla, pero insiste en hablar con usted. Afirma poseer cierta información de su interés. Sobre el ataque que sufrió usted el otro día.

—¿Qué diablos...? —Sebastian se levantó rápidamente, y lo mismo hizo Alexandra.

—Llévame hasta ella —dijo con calma.

15

Sebastian y Alexandra siguieron al mayordomo hasta la cocina, donde los esperaba una mujer baja y delgada, vestida con desaliño. Tenía el pelo anudado con un pañuelo e iba calzada con unas alpargatas cubiertas de barro.

—Hola —la saludó Alexandra, obligándose a hablar con afable tranquilidad—. Yo soy la señorita Ward. Tengo entendido que desea hablar conmigo.

—Sí, tengo una información que puede interesarle —respondió la mujer.

—¿Sí? ¿De qué se trata? —inquirió Sebastian en tono indiferente, casi aburrido.

La mujer emitió un gruñido.

—¿Creen que voy a contárselo así como así? —dijo desdeñosamente—. Es una información importante. Y vale lo suyo.

—Eso no lo sabremos hasta que oigamos de qué se trata —respondió Sebastian.

—Oiga, que yo no he venido a hablar con usted, sino con la señorita.

—Eso es cierto —terció Alexandra, mirando ceñuda a Sebastian—. Y me interesa mucho oír lo que tiene que decirme. ¿De qué se trata?

—Tiene que ver con mi novio, al que han metido en la cárcel.

Sebastian la miró detenidamente.

—¿Su novio es el hombre que atacó a Alexandra el otro día?

La mujer asintió vigorosamente, con visible orgullo.

—El mismo. Red Bill Trimble. No me parece bien que se pudra en la cárcel mientras el tipo que lo contrató sigue libre.

—Desde luego —convino Alexandra, con el pulso acelerado—. ¿Sabe usted quién lo contrató?

Una expresión astuta se dibujó en el semblante de la mujer.

—Quizá lo sepa. ¿Qué están dispuestos a dar a cambio?

—Nos limitaremos a no enviarla a la cárcel —dijo Sebastian—. Si sabe quién contrató a su novio y no lo dice, eso la convierte en cómplice. Además, no permitiré que extorsione a la señorita Ward.

—¡Eh, oiga! —la mujer retrocedió—. ¡Yo no les estoy pidiendo dinero!

—Claro que no —la tranquilizó Alexandra. Luego

avanzó hacia ella, extendiéndole la mano–. ¿Por qué no se sienta y acepta una taza de té? Hablaremos del asunto como personas civilizadas.

–Se ve que es usted una verdadera dama –dijo la mujer mientras se aproximaba a la mesa, mirando a Sebastian con recelo.

–Gracias. Señora Huffines –dijo Alexandra dirigiéndose a la cocinera, que observaba la escena desde un rincón–, sírvanos el té, por favor. Y ahora, señorita...

–Maisy. Me llamo Maisy Goodall.

–Muy bien, Maisy –dijo Alexandra–. Si no desea dinero, ¿qué es lo que quiere?

–Usted podría sacar a Bill de la cárcel.

–Dudo que esté en mi mano hacer tal cosa –contestó Alexandra–. Naturalmente, si Bill confiesa quién lo contrató, seguro que el juez será más benévolo con él.

–Bill no dirá nada. No es de los que se van de la lengua. Además, tampoco conocemos la identidad de esa mujer.

–¿Es una mujer? –Alexandra se inclinó hacia ella.

–Sí, no sé cómo se llama. Solamente la he visto. Fue a nuestra casa, hace un par de semanas, diciendo que quería que Bill se encargase de la vieja.

–¿De mi madre?

Maisy asintió.

–Supongo que sí. Le dijo a Bill dónde encontrarla y todo eso. Así que Bill contrató a Peggoddy para que lo hiciera. ¡Pero el muy estúpido metió la pata! —añadió con desprecio—. De manera que esa mujer se presentó otra vez para hablar con Bill. Estaba hecha una furia. Dijo que lo había fastidiado todo y que sólo le pagaría si acababa el trabajo. Le pidió que se deshiciera también de la entrometida zorra americana.

Sebastian chasqueó la lengua con disgusto, pero Alexandra lo miró para tranquilizador.

—¿En serio?

—Sí. Esta vez, Bill decidió encargarse personalmente —Maisy suspiró—. Tuvo mala suerte.

—¿Y cómo entró esa mujer en contacto con Red Bill?

Maisy se encogió de hombros.

—A Bill lo conoce todo el mundo.

—¿Cómo era esa mujer? ¿Qué aspecto tenía?

—No pude verla muy bien —respondió Maisy pensativa—. Llevaba una capa y tenía puesta la capucha para taparse la cara. También llevaba una máscara.

—¿Pero era joven o vieja? ¿Alta o baja?

—No era muy alta. Al menos, no tanto como usted. Pero tampoco era baja. No sé qué edad tendría.

—¿Y su voz? —terció Sebastian—. ¿Cómo era?

—No sé —Maisy lo miró algo perpleja—. Hablaba en tono arrogante, como usted —se giró hacia Alexandra—. Pero no tenía el acento de usted, señorita.

—De modo que es inglesa, no americana.

Maisy asintió. Sin embargo, no parecía tener más información que ofrecer. Alexandra le entregó una moneda y prometió interceder por Red Bill ante las autoridades. Finalmente, Maisy se levantó de la mesa y se escabulló por la puerta trasera de la cocina.

—¿Y bien? —preguntó Sebastian a Alexandra, mirándola con expresión inquisitiva.

—¿Y bien, qué? ¿Crees que ha dicho la verdad? —Alexandra se levantó y salió de la cocina.

—No lo sé —respondió él siguiéndola—. No nos ha dado una verdadera descripción de la persona. Cualquiera podría haberse inventado una historia así. Al fin y al cabo, se ha ganado una moneda y quizá nuestra promesa de ayudar a Red Bill.

Entraron en la sala de estar, pero ninguno de los dos se sentó. Alexandra se acercó a la ventana y Sebastian permaneció junto a la puerta, observándola.

—No creo que se lo haya inventado —dijo ella por fin—. Dijo que se trataba de una mujer. ¿No te parece eso extraño? No creo que Maisy tenga la imaginación necesaria para inventarse un detalle tan atípico y significativo.

—Puede que tengas razón.

—¿Quién crees que sería esa mujer?

—No podía ser lady Ursula.

—La única respuesta obvia es que se trata de una inglesa que se vería perjudicada si yo fuese nieta de la Condesa. ¿Qué mujer puede ser, aparte de lady Ursula?

Sebastian meneó la cabeza.

—Conozco a Ursula desde siempre. Es autoritaria, mojigata e insufrible. Pero no la creo capaz de asesinar a nadie.

—Entonces, ¿quién puede ser? ¿Penelope?

—No seas ridícula.

—¿Quién, entonces?

—Debe de ser alguien a quien desconocemos. Por algún motivo, desea silenciar a tu madre y quitarte a ti de en medio.

—Quizá deberíamos irnos a Estados Unidos. Pero temo hacerlo mientras mi madre siga...

—Imposible. No puedes trasladarla ahora, y lo sabes perfectamente. Además, yo...

Alexandra se giró hacia él, notando un nudo en el pecho.

—¿Tú, qué?

—No quiero que te vayas.

—Es la única solución —Alexandra trató de mantener un tono de voz firme—. Así se acabará el escándalo.

—También se acabará si te casas conmigo.

—Sería un sacrificio demasiado grande para ambos, ¿no te parece? Simplemente por habernos visto obligados a pasar una noche juntos, a raíz de un absurdo accidente.

Él se acercó a ella, taladrándola con la mirada.

—Sucedió mucho más que eso. Lo que se rumorea

es cierto. Compartiste el lecho conmigo. Hicimos el amor.

A Alexandra se le hizo difícil respirar. Notó que, de repente, las rodillas le temblaban.

—No soy ninguna ingenua —dijo con voz trémula—. Sabía perfectamente lo que estaba haciendo —sus ojos se desviaron hacia los labios de Sebastian, y recordó su sabor. La verdad era que deseaba volver a sentirlos sobre los suyos.

—¡Maldición! Quizá no seas ingenua, pero eras virgen. ¿Por qué eres tan terca? ¿Por qué no quieres casarte conmigo?

«Porque no me has dicho que me amas», deseó gritar Alexandra, pero se contuvo.

—Eres un lord británico. No puedes casarte con una don nadie americana.

—Puedo hacer lo que me plazca. De hecho, siempre lo hago.

—Ya te he contado lo de mi madre —le recordó Alexandra en tono tenso.

—Sí. ¿Y qué?

—¿Crees que los tuyos querrían que te casaras con alguien con antecedentes de locura en la familia?

—Tu madre no está más loca que muchos nobles que conozco. Además, la opinión de los demás me trae sin cuidado.

—Pero tienes que pensar en el futuro... en tus herederos.

—Ya estoy pensando en el futuro —la expresión de

los ojos de Sebastian hizo que Alexandra experimentara una súbita sensación de calor en el bajo vientre—. Tú eres la mujer con la que quiero tener esos herederos. Te conozco, Alexandra, y sé que nuestros hijos serán tan cuerdos como su madre.

Alexandra se giró, disipando el hechizo al que la habían sometido sus ojos.

—No. Por favor, no sigas.

—Sí, seguiré —contestó él—. Además, puede que el motivo que aduces no sea válido. Tal y como está la situación, es posible que no seas hija de la señora Ward, de modo que poco importa si está cuerda o no.

—¡Pero no lo sabemos con seguridad!

—Hay muchas cosas que no sabemos. No podemos predecir el futuro. Pero tampoco podemos vivir temiendo constantemente lo que ese futuro puede depararnos.

Hizo ademán de acercarse a ella, pero en ese momento tía Hortensia entró en la sala y Alexandra, con gran alivio, aprovechó la ocasión para huir.

Dos días después, Alexandra se hallaba sentada junto a su madre, hablándole de su indecisión con respecto a Sebastian, cuando notó que la mano de Rhea se cerraba sobre la suya.

—¡Madre! —Alexandra se levantó al instante, inclinándose sobre ella—. ¿Puedes oírme? Me has apretado la mano. ¿Estás despierta? ¿Entiendes lo que digo?

Pero el rostro de Rhea permaneció tan inexpresivo como siempre, y su mano volvió a tornarse flácida.

—¡Willa! ¡Tía Hortensia! —Alexandra corrió hacia la puerta y salió al pasillo.

Al cabo de un momento, Willa y Hortensia acudieron presurosas.

—¡Me ha apretado la mano! —anunció Alexandra.

—¿Qué? —Willa pareció estupefacta—. ¿Estás segura?

—Sí, segurísima. Le estaba hablando y, de pronto, me apretó la mano.

—El médico dice que, a veces, algunos músculos se contraen involuntariamente.

—No fue eso. Estoy segura de que me oyó. Aún no ha vuelto en sí, pero lo hará.

Tía Hortensia sonrió.

—Sí, seguro que debe de ser eso. Debemos estar muy pendientes, por si muestra otros signos de mejoría.

Las tres se situaron alrededor de la cama y observaron a la silenciosa Rhea. Pero ésta no se movió lo más mínimo. Alexandra, sin embargo, no se desanimó. Siguió vigilando a su madre, sin apartarse de su lado hasta que llegó la hora de la cena y una doncella acudió para sustituirla.

Tenía pensado regresar con su madre después de

cenar, pero estaba tremendamente cansada y muerta de sueño, de modo que se digirió hacia su dormitorio, deteniéndose sólo para dar a Rhea las buenas noches.

Alexandra se detuvo a pocos pasos de la puerta de su cuarto cuando vio a Sebastian junto a ella, apoyado en la pared.

–¿Qué estás haciendo aquí? –preguntó enojada al tiempo que abría la puerta.

–Te estaba esperando –contestó él, alargando la mano para agarrarle la muñeca. Luego se inclinó sobre ella–. Tengo dificultades para conciliar el sueño, Alexandra.

–No sé qué tiene que ver eso conmigo –repuso Alexandra.

–Es por ti. Antes era feliz estando solo. Pero he descubierto que ya no lo soy –Sebastian inclinó la cabeza y le pasó los labios por el cabello–. Quiero tenerte otra vez en mi lecho.

–Si es otra argucia para convencerme de que me case contigo...

–No, es simplemente la súplica de un hombre desesperado. No dejo de acordarme de esa noche en la guarida del salteador de caminos... –le alzó el brazo y le besó la muñeca–. Ven a mi cuarto, conmigo.

–¿Te has vuelto loco? ¿Con mi tía y mi madre en la casa? Por no mencionar a Willa.

–Entonces, cásate conmigo y podremos vivir en nuestra propia casa.

Alexandra hizo una mueca.

—No vas a convencerme tan fácilmente. Además, me caigo de sueño.

—Yo tengo un remedio para eso.

Su voz ronca produjo un hormigueo en el bajo vientre de Alexandra, aunque ella se cuidó mucho de decirlo.

—Basta ya —meneó la cabeza en un gesto de exasperación y, seguidamente, se puso de puntillas para posarle los labios en la mejilla—. Buenas noches, Sebastian.

—¿Eso es para ti un beso de buenas noches? —Sebastian rodeó a Alexandra con el brazo y reclamó su boca con un beso largo y apasionado.

Cuando la soltó por fin, ella se quedó mirándolo aturdida, con los labios ligeramente entreabiertos. Él emitió un gemido.

—Como sigas mirándome así, te aseguro que no te dejaré ir —se inclinó sobre ella para besarle la frente—. Sueña conmigo esta noche.

Dicho esto, se dio media vuelta y se alejó por el pasillo, en dirección a su cuarto. Con un trémulo suspiro, ella entró en su dormitorio. Una de las doncellas estaba esperándola para ayudarla a desvestirse.

Lánguidamente, Alexandra dejó que la muchacha le pusiera el camisón y le cepillara el pelo. Luego, cuando la criada se hubo retirado, se metió en la cama y, bostezando, sopló para apagar el quinqué situado en la mesita de noche. Se quedó dormida en cuanto su cabeza tocó la almohada.

Soñó que estaba sentada delante de la chimenea. Hacía demasiado calor, e intentó retirarse del hogar, pero no pudo. La chimenea debía de estar atascada, pues toda la habitación se había llenado de sofocante humo. Luego, la Condesa apareció en la habitación y empezó a zarandearla, diciéndole que debía levantarse de la silla.

Alexandra meneó la cabeza y dijo:

—No, estoy demasiado cansada.

Pero la Condesa insistía. Siguió zarandeándola y diciendo su nombre. Entonces, Alexandra reparó en que no era la Condesa, sino su madre.

Abrió los ojos rápidamente. Su madre estaba situada junto a ella, en medio de la oscuridad. Salvo que no era oscuridad, exactamente. El aire estaba saturado de humo y, en lo alto, danzaban las llamas, propagándose rápidamente por el dosel de la cama.

—¿Madre? —dijo Alexandra tosiendo conforme el humo alcanzaba sus pulmones.

Su madre estaba tirando de ella, y Alexandra vio con asombro que tenía las mejillas empapadas de lágrimas. Todo parecía extraño e irreal.

—¡Alexandra! ¡Levántate! ¿Qué es lo que te pasa? —gritó Rhea mientras apartaba con las manos algunas de las chispas que caían del dosel sobre su hija. Luego la agarró por los hombros y la zarandeó.

Alexandra consiguió reaccionar por fin y salió de la cama. Ambas se tambalearon hacia la puerta. Pero el humo era tan denso, que apenas podían ver nada. Rhea tropezó y cayó de rodillas, y Alexandra se agachó para intentar ayudarla.

Le resultaba imposible respirar. De pronto, la habitación empezó a darle vueltas. Tosiendo, se desplomó en el suelo junto a Rhea.

16

Sebastian permanecía despierto, con la mirada fija en el dosel de la cama. No conseguía dormirse. Cada vez que cerraba los ojos, veía a Alexandra. Sólo podía pensar en besarla, en abrazarla, en hacerle el amor de nuevo.

No eran imágenes que favorecieran el sueño, precisamente.

Suspirando, se incorporó y sacó las piernas de la cama. Decidió vestirse y bajar a la biblioteca para buscar algo que leer. Con suerte, se dijo, encontraría alguna lectura aburrida que lo adormilase.

Se había puesto los pantalones y había empezado a abotonarse la camisa cuando, de pronto, se detuvo y alzó la cabeza. Percibía un extraño olor a humo.

Con un nudo de terror en el pecho, Sebastian corrió hacia la puerta del cuarto y la abrió. No vio nada extraño, pero el olor a humo era más intenso afuera. Echó a andar por el pasillo, sin detenerse a encender un candil, orientándose gracias al resplandor de la luna que se filtraba por los grandes ventanales. Al acercarse al dormitorio de Alexandra, vio que salía humo por debajo de la puerta.

—¡Alexandra! —gritó, corriendo hacia la habitación.

Abrió la puerta y una espesa vaharada de humo salió al pasillo. De soslayo, Sebastian vio que la cama de Alexandra estaba ardiendo. El dosel estaba envuelto en llamas, y el fuego ya había empezado a propagarse por las sábanas y la colcha.

Sebastian miró frenéticamente en torno a la habitación y reparó en los dos cuerpos tendidos en el suelo, a pocos metros de la cama. Corrió hacia Alexandra y, tomándola en brazos, la sacó de la sofocante habitación. Luego entró por la otra mujer. Sorprendido, comprobó que no se trataba de tía Hortensia o de una doncella, como había supuesto, sino de la madre de Alexandra. Moviéndose rápidamente, la llevó hasta el pasillo, donde Willa y tía Hortensia ya se hallaban agachadas al lado de Alexandra. Varios criados aparecieron por las escaleras y se detuvieron, contemplando embobados la escena.

—¡No os quedéis ahí parados, estúpidos! —rugió Sebastian—. ¿No veis que el dormitorio está ardiendo? ¡Traed agua... deprisa!

Los criados obedecieron mientras él se inclinaba

para apartar a Alexandra de la puerta. Pocos segundos después, los sirvientes entraron presurosos en el dormitorio con cubos de agua.

Mientras tía Hortensia y Willa atendían a Rhea, Sebastian se arrodilló junto a Alexandra, alzándole la cabeza y acunándola contra su pecho.

—Oh, Dios, no te mueras ahora, amor mío —susurró al tiempo que le palpaba el cuello para buscarle el pulso. No la oía respirar, de modo que la incorporó y le palmeó repetidamente la espalda, hasta que Alexandra empezó a toser por fin.

—Gracias a Dios. Así, eso es. Buena chica —Sebastian la atrajo hacia sí, pasándole las manos por el cabello y posándole una lluvia de besos en la cabeza y el rostro—. Quédate conmigo. No podría soportar perderte ahora.

Alexandra tosió de nuevo y abrió lentamente los ojos.

—¿Sebastian?

—Gracias al cielo que estás viva —murmuró él contra su cabello—. Temía haberte perdido, amor mío. No sé lo que habría hecho sin ti.

—¿Cómo has dicho? —preguntó ella, incorporándose para mirarlo al captar el significado de sus palabras.

Él la miró con extrañeza.

—He dicho que temía haberte perdido.

—No, me refiero a lo otro. ¿Me has llamado «amor mío»?

—Sí —Sebastian pareció algo confuso—. Alexandra... ¿te encuentras bien?

—¿Lo... lo has dicho de verdad? ¿Me has llamado «amor mío» de corazón?

—Sí, por supuesto. ¿Acaso no te has dado aún cuenta de que te amo?

—No. No lo sabía. Nunca me lo habías dicho.

—Pero, cariño... ¿por qué, si no, iba a querer casarme contigo? ¿Crees que me casaría con cualquiera?

—Supuse que era por lo del escándalo.

—Ya he sido centro de otros escándalos antes —Sebastian enarcó una ceja—. Estuve dispuesto a enfrentarme a toda la sociedad de bien para fugarme con una mujer casada. ¿Crees, pues, que las simples habladurías me obligarían a casarme con una mujer a la que no amo?

—Ya que lo dices así, no —admitió Alexandra—. Pero jamás me hablaste de amor. Sólo hablabas del escándalo y de mi reputación.

—Tú no parecías corresponder a mis sentimientos, de modo que preferí aducir razones prácticas.

—¡Que no parecía corresponderte! —Alexandra se quedó mirándolo asombrada—. ¿Cómo has podido ser tan obtuso?

Sebastian la miró durante un largo momento.

—¿Estás... estás insinuando que me...?

—¡Pues claro que sí! ¡Te quiero!

—Alexandra... —él la atrajo hacia sí, estrechándola

entre sus brazos, y la besó. Luego se retiró para mirarla, acariciándole la tiznada mejilla–. Entonces, ¿querrás casarte conmigo?

Alexandra frunció el ceño, notando un escalofrío que empañaba su dicha.

–Pero aún está el problema de... ¡Oh! –se incorporó rápidamente, retirándose de él–. ¿Cómo he podido olvidarme? ¡Mi madre! Estaba conmigo en la habitación.

–Sí, también la saqué a ella –Sebastian señaló con la barbilla hacia Rhea, que permanecía tendida en el suelo a pocos metros, con Willa y tía Hortensia.

Alexandra se giró y avanzó a gatas hacia su madre.

–¿Mamá? ¿Cómo está?

Tía Hortensia meneó la cabeza.

–Respira, pero está inconsciente. Tiene quemaduras en las manos. No me explico qué hacía en tu cuarto.

–Volvió en sí. Fue ella quien me despertó –explicó Alexandra–. Intentó sacarme de la cama y apartó de mí las chispas, por eso tiene las manos quemadas –los ojos se le llenaron de lágrimas.

–Debemos llevarla a la cama –dijo Sebastian–. Yo la llevaré, y la señorita Everhart podrá limpiarle y vendarle las manos.

–Sí. Sí, desde luego –las mujeres retrocedieron mientras Sebastian se agachaba para tomar en brazos a Rhea.

A continuación, Alexandra lo siguió por el pasillo hasta el cuarto de su madre.

—¿Qué ha sucedido? —inquirió mientras él soltaba a Rhea en la cama.

—¿Qué quieres decir? —preguntó tía Hortensia mientras llenaba de agua la jofaina.

—¿Por qué ardió mi cama? ¿Qué hacía mi madre en mi habitación?

—No lo sé —tía Hortensia humedeció un paño y procedió a lavar con sumo cuidado la cara y los brazos de Rhea—. Lo único que se me ocurre es que, de algún modo, Rhea consiguió salir por fin del coma. Quizá la despertó el olor a quemado y fue hasta tu habitación, siguiendo el humo.

—Así fue como yo os encontré —añadió Sebastian—. Olí el humo y, al salir al pasillo, vi que salía por debajo de tu puerta.

—Pero ¿qué pasó? ¿Por qué ardió mi cama?

Sebastian se encogió de hombros.

—Quizá dejaste alguna vela encendida. Tenías mucho sueño antes de acostarte, recuérdalo.

—No había encendido ninguna vela. Tenía un quinqué, y estoy segura de que lo apagué.

—¿Insinúas... que pudo tratarse de otro ataque deliberado? —los ojos de Sebastian brillaron como la plata en la penumbra. Se giró y avanzó hacia la puerta con grandes zancadas—. ¡Murdock! ¡Murdock! Maldita sea, ¿dónde estás?

Murdock apareció al cabo de unos segundos, despeinado y respirando sin resuello.

–El fuego está apagado, señor –informó–. La cama ha quedado inservible, pero no ha habido desperfectos mayores –miró en dirección a Alexandra–. ¿Se encuentra bien la señorita Ward?

–Estoy bien, Murdock –le aseguró ella acercándose a la puerta.

–Celebro saberlo, señorita –dijo Murdock asintiendo.

–Murdock, ¿ha podido entrar alguien en la casa esta noche? –inquirió Sebastian–. La señorita Ward está segura de no haber dejado ninguna vela encendida. Eso podría significar que alguien entró a hurtadillas en su cuarto y prendió fuego al dosel de la cama.

–No, señor. Nadie ha podido entrar en la casa –Murdock se giró hacia Alexandra con expresión de disculpa–. Lo siento, señorita. Estoy seguro de que usted no se equivoca con respecto a la vela, pero es imposible que alguien haya entrado. Mis hombres patrullan el exterior de la casa por turnos. Se relevan cada tres horas, de modo que no existe el riesgo de que se queden dormidos.

–No –convino Alexandra–. Seguro que Punwati y tú estáis haciendo perfectamente vuestro trabajo –frunció el ceño–. Pero sé que apagué el quinqué.

Se acordó de la presencia de su madre en la habitación. Le parecía una extraña coincidencia que

Rhea hubiese vuelto en sí justo cuando la cama empezó a arder. Alexandra pensó en los relatos que había oído acerca de personas trastornadas que prendían fuego a las cosas.

¡No! ¿En qué estaba pensando? Por muy trastornada que estuviese, su madre jamás intentaría hacerle daño. Además, se dijo, Rhea había intentado salvarla del fuego. La había despertado y la había sacado de la cama. Incluso había apartado de ella las chispas con las manos desnudas.

Alexandra se sintió avergonzada por haber sospechado de su madre, aunque hubiese sido por un segundo.

—Quizá la señora Ward volvió en sí —dijo Willa de repente, sorprendiéndolos a todos. Se giraron para mirarla—. Y, lógicamente, sintió deseos de ir a ver a su hija. De modo que encendió una vela y fue hasta el cuarto de Alexandra. Quizá, mientras se inclinaba para mirarla, la vela prendió el dosel. Las llamas se propagaron con rapidez, seguramente. Por eso ella despertó a Alexandra.

Alexandra experimentó una inmensa sensación de alivio. ¡Pues claro! Tenía sentido.

—Sí, eso lo explica todo —dijo tía Hortensia igualmente aliviada—. Sólo ha sido un accidente.

—Fue culpa mía —dijo Willa con voz contrita—. Debí haber estado más pendiente de la señora Ward.

—No puede usted permanecer despierta vigilándola toda la noche –dijo Alexandra–. Ya hace bastante durmiendo en su habitación para atenderla si es necesario.

–Sí, pero me dormí tan profundamente... –contestó Willa–. Por lo general, no suelo dormirme tan temprano. Pero hoy apenas podía mantener los ojos abiertos. Caí en un sueño tan profundo que no oí nada. Debí haberme despertado.

–Tonterías –dijo tía Hortensia tajantemente–. No tenías forma de saber que Rhea volvería en sí esta noche. A partir de hoy, nos turnaremos para dormir en su habitación.

–Sí –convino Alexandra, aunque sólo escuchaba a medias las palabras de su tía. Había sentido un escalofrío al oír lo que decía Willa. Se había sentido particularmente somnolienta esa noche, igual que ella. ¿Y si alguien las había... drogado? ¿Y si alguien había querido asegurarse de que tanto ella como Willa durmieran profundamente aquella noche?

Alexandra rechazó la idea. Resultaba demasiado escalofriante. Porque si les habían puesto droga en la comida o la bebida, tenía que haber sido alguien de dentro de la casa, un sirviente sobornado o... Sus ojos se desviaron hacia tía Hortensia y luego hacia su madre. No, era una locura pensarlo siquiera. ¡Aquellas personas eran su familia, los seres que más la querían en el mundo! Tía Hortensia jamás le haría daño.

–No es necesario que sigamos dándole vueltas al

asunto —dijo Sebastian en tono perentorio—. Señorita Ward, señorita Everhart, sugiero que hagan traer otra cama y ambas pasen la noche con la señora Ward. Murdock montará guardia en la puerta. Alexandra, tú te vienes conmigo.

—¡Sebastian! —Alexandra protestó al ver que la agarraba del brazo y la sacaba de la habitación prácticamente a rastras—. ¿Qué estás haciendo? ¿Adónde vamos? Quiero quedarme con mi madre.

—Tonterías. No te tienes en pie. Necesitas descansar —mientras pasaban junto al cuarto de Alexandra, Sebastian volvió a llamar a Murdock y le indicó que vigilara la habitación de Rhea durante el resto de la noche.

Alexandra contempló su cuarto.

—¿Dónde voy a dormir? Puedo utilizar la habitación de tía Hortensia, puesto que ella pasará la noche con mi madre.

—Dormirás conmigo —repuso Sebastian.

—¿Qué? —ella se quedó mirándolo espantada—. ¡No lo dirás en serio!

—¿Ah, no? —él empezó a arrastrarla hacia su dormitorio.

—¡Sebastian, no! No podemos... los criados... sería un escándalo.

—Ya te lo dije antes, los escándalos no me afectan. De todos modos, si los criados cometen la estupidez de hablar, las habladurías durarán poco, dado que estamos comprometidos para casarnos.

—No lo estamos.

Sebastian se detuvo y la miró con furia.

—¿Acaso pretendes jugar conmigo?

—No seas ridículo, Sebastian. Pero tú sabes perfectamente por qué no podemos casarnos.

—Sólo sé las ridículas razones que has aducido. Y ninguna de ellas es válida —Sebastian abrió la puerta del dormitorio y empujó a Alexandra al interior.

—Sebastian, no deberíamos... —ella emitió una última y débil protesta. Pero él hizo caso omiso y la tumbó junto a sí en la cama—. Tus sábanas —objetó Alexandra bostezando—. Estoy toda llena de tizne.

—Ya las lavarán —Sebastian le dio un beso en la mejilla y le echó un brazo por lo alto.

Ella cerró los ojos, sintiéndose felizmente bien y a salvo. Apenas tardó unos segundos en quedarse dormida.

Cuando Alexandra se despertó, a la mañana siguiente, ya era tarde, y el sol se filtraba por entre las cortinas. Sebastian se había ido. Alexandra llamó a una doncella y ordenó que le preparasen el baño. A continuación, tras quitarse todo el tizne de la noche anterior, se vistió y bajó a la sala de estar.

Tía Hortensia era la única ocupante de la habitación.

—¡Alexandra! Debo decir que esta mañana tienes mucho mejor aspecto.

—Gracias. Es que me siento mucho mejor —Alexandra se sentó, y una de las criadas le sirvió una taza de café—. ¿Y Sebastian?

—Está muy ocupado con los preparativos —tía Hortensia se inclinó hacia ella y esbozó una cálida sonrisa—. Dice que, cuanto antes os caséis, más segura estarás. Pero para mí que sólo está impaciente.

—Pero yo no he...

—Qué contenta me puse cuando por fin aceptaste casarte con él.

—Yo no he aceptado todavía.

—Pues él parece pensar que sí.

—A ese hombre le gusta dar por sentadas demasiadas cosas —dijo Alexandra mientras untaba mantequilla en una tostada.

—Yo creo, querida, que deberías dejar de mostrarte tan terca.

—¿Qué? ¿Tú también te has vuelto contra mí?

—Contra ti no, cariño, sino contra tu terquedad. Hasta un tonto se daría cuenta de que estás perdidamente enamorada de él.

Alexandra exhaló un hondo suspiro.

—¿Tan evidente es, tía?

—Mmm, me temo que sí. ¿Sabes? No es nada malo enamorarse de un hombre y desear ser su esposa.

—Lo sé. Pero creo que haría mal en aceptar, mientras no sepa quiénes fueron en realidad mis padres.

—Si a lord Thorpe no le importa, no veo por qué

tiene que preocuparte a ti –tía Hortensia la miró con firmeza–. Ya sea Rhea tu madre biológica o no, tú nunca te has comportado como ella. Y no veo razones para que eso vaya a cambiar. Admito que actúa de forma extraña en ocasiones, pero no está loca. Si no, recuerda cómo intentó salvarte anoche.

–No, claro que no está loca –convino Alexandra, sintiéndose algo más animada que en los días anteriores. Por extrañas que fuesen las cosas que estaban ocurriendo, no podía evitar sentirse feliz. Sebastian la amaba, y ella lo amaba a él. ¿Por qué se empeñaba en rechazarlo? ¿Por qué se negaba a sí misma aquello que más deseaba?

Se oyó un ruido tras ellas, y Alexandra se volvió para ver a Willa de pie junto a la puerta.

–Hola. Espero no molestar –dijo Willa con una tímida sonrisa–. Una doncella tuvo la amabilidad de quedarse con la señora Ward para que yo bajase a comer.

–Cómo no. Debe tomarse libre toda la mañana –asintió Alexandra, sonriendo–. Yo vigilaré a mi madre. Usted ya ha hecho bastante.

–Para mí ha sido un placer. Hay muy poco que hacer en casa de la Condesa –Willa rodeó la mesa y se sentó.

Alexandra terminó su desayuno y se excusó para subir al cuarto de su madre.

Rhea seguía tumbada en la cama, acompañada por

Rose, una de las doncellas, que permanecía sentada en una silla con los ojos cerrados. Al oír entrar a Alexandra, Rose abrió rápidamente los ojos y se levantó.

—¡Oh, señorita! ¡Qué susto me ha dado! —exclamó llevándose una mano al pecho.

—Lo siento. Gracias por haberla vigilado. Parece que está muy tranquila.

—Sí, señorita, ni siquiera se ha movido —Rose miró a Alexandra y suspiró—. Pobrecilla. Es horrible que se recuperara sólo para volver a perder el conocimiento de esa manera.

—Sí. Aunque esperamos que esta vez tarde menos en volver en sí.

Tras hacer una cortés reverencia, la doncella salió del cuarto y Alexandra se sentó junto a la cama de su madre. Luego acarició cuidadosamente sus manos vendadas, llenándosele los ojos de lágrimas al recordar cómo había apartado las chispas de la cama para salvarla. Pese al hecho de que le hubiese ocultado muchas cosas a lo largo de aquellos años, Alexandra sabía que Rhea la amaba.

La mañana transcurrió lentamente. Mientras Alexandra se distraía trabajando en uno de los bordados de tía Hortensia, Rhea emitió un gemido de repente. Alexandra se sobresaltó hasta el punto de pincharse un dedo con la aguja. Luego miró a su madre.

Rhea aún tenía los ojos cerrados, pero agitaba inquietamente la cabeza sobre la almohada. Alzó una mano y gimió por el dolor que tal movimiento le había provocado.

—¿Madre? —Alexandra se inclinó sobre ella—. ¿Madre? Soy yo, Alexandra. ¿Puedes oírme?

—Allie —Rhea musitó el diminutivo con el que solía llamarla de niña.

Alexandra notó una oleada de esperanza en el pecho.

—Sí, soy Allie. ¿Puedes despertar? ¿Puedes hablarme?

Rhea emitió otro gemido suave. Sus ojos se abrieron lentamente y se centraron en Alexandra.

—¿Simone?

La esperanza de Alexandra se desvaneció de golpe.

—Lo siento. Lo siento mucho —los ojos de Rhea empezaron a inundarse de lágrimas—. Lo intenté. Pero no pude. Lo siento.

—Oh, mamá —Alexandra también rompió a llorar. Se inclinó sobre la cama, apoyando la cabeza en el colchón—. ¿Por qué no me reconoces? ¿No volverás a reconocerme nunca?

Sintió algo en el cabello y, sorprendida, comprobó que su madre la acariciaba torpemente con su mano vendada.

—Pues claro que te reconozco, Alexandra.

Ella alzó la cabeza rápidamente. Su madre la estaba mirando con una expresión de infinita tristeza.

—¿Cómo no iba a reconocerte? —dijo—. Eres mi hija.

—¡Mamá! —Alexandra sonrió, tomando cuidadosamente la mano vendada de Rhea entre las suyas—. Has vuelto. ¡Cuánto me alegra verte!

—Yo también me alegro de verte a ti —respondió Rhea con una débil sonrisa—. Oh, Alexandra, he sido una madre horrible para ti.

—No digas eso. No es cierto.

—Sí, lo es —Rhea meneó la cabeza, las lágrimas deslizándose por sus mejillas—. Me he portado muy mal.

—No.

—Tú no sabes nada —gimió Rhea suavemente—. Yo no quería hacerle daño a nadie. ¡Pero me odiarías si supieras la verdad!

Alexandra notó que el corazón se le aceleraba. Tragó saliva, intentando conservar la serenidad.

—No te odiaría, lo juro. Yo jamás podría odiarte.

—No sabes lo que hice —Rhea se enjugó las lágrimas con la mano libre.

—Da igual. No podría odiarte. Tú eres mi madre. Me criaste. Cuidaste de mí y me diste tu cariño.

—¡Pero te equivocas! —Rhea estalló en sollozos—. ¡En realidad, no soy tu madre! ¡Oh, Dios! ¡Yo no quería hacerle daño a nadie! Pero me sentía tan sola...

—Sé que no deseabas hacerle daño a nadie —la consoló Alexandra, acercándose más a ella—. Y juro que no te odiaré. Por favor, dímelo. Cuéntame lo que sucedió en París.

Rhea emitió un suspiro.

—Está bien —dijo—. Te lo contaré.

—Simone acudió a mí aquella noche —empezó a decir Rhea con voz apagada—. El populacho se había echado a la calle —se estremeció al recordarlo—. Era horrible. Parecían animales salvajes. Nosotros teníamos previsto marcharnos al día siguiente. Hiram ya padecía la tos y no deseaba irse. Decía que, al ser americanos, no nos harían daño. Pero yo estaba tan asustada que al final aceptó llevarme a Inglaterra. La situación me resultaba insoportable.

—Desde luego. Seguro que debió de ser espantoso.

Rhea asintió, tomando la mano de Alexandra.

—Simone fue a vernos con los niños. John tendría unos siete años en aquel entonces. Marie Anne debía de tener un año menos. Permanecía agarrada a la mano de Simone, llorando. Y, por último, estaba la pequeña... Alexandra. Tú.

Rhea le dirigió una sonrisa trémula.

—Eras tan guapa, con aquella mata de pelo negro. Yo siempre había deseado tener una hija como tú. Sabía que era un pecado, pero no podía evitarlo. Hiram y yo no podíamos tener hijos.

Al ver que Rhea se quedaba callada, Alexandra preguntó:

—¿Por qué Simone fue con los niños a vuestra casa?

—Habían hecho el trayecto a pie —explicó Rhea suspirando—. Simone estaba aterrorizada. Llevaba puesta una capa, con la capucha alzada, y había vestido a los niños con ropas sencillas. Me pidió... —Rhea inhaló aire temblorosamente—. Me pidió que me llevara a los niños conmigo. Temía por ellos. Dijo que su marido y ella estaban intentando convencer a sus padres para que salieran del país y los acompañaran de vuelta a Inglaterra. Pero ellos se negaban a dejar su casa y sus bienes. Chilton, naturalmente, estaba convencido de que no les pasaría nada porque él era británico, pero Simone no estaba tan segura. Temía que el populacho asesinara a sus hijos. Así que me pidió que nos los lleváramos a Inglaterra con nosotros, por si Chilton y ella no lograban escapar. Me dijo que debía llevarlos con los condes de Exmoor, los padres de Chilton. Simone me entregó una carta dirigida a ellos, además de una pequeña bolsa llena de joyas, por si necesitábamos dinero. Las dos niñas llevaban los medallones, y John el anillo de los Exmoor, muy valioso para la familia, según explicó, porque era el anillo del heredero. Simone sabía que Chilton y ella iban a morir. Yo pude leerlo en sus ojos.

—¡Oh, mamá, qué triste! —dijo Alexandra con la visión empañada por las lágrimas.

Rhea asintió.

—Sí. Simone les dio un beso y los abrazó, y los niños se aferraron a ella, llorando. Finalmente, Simone consiguió apartarlos de sí y se marchó. Yo llevé a los pequeños al piso de arriba y me asomé a la calle. Vivíamos a poca distancia de Chilton y Simone. Vi cómo el populacho avanzaba hacia su casa como un mar furioso. Fue horrible. Oí gritos, y luego prendieron fuego a la casa. En ese momento, comprendí que habían muerto todos.

Rhea rompió a llorar y tardó un momento en recobrar la compostura para proseguir con más calma.

—Cuando el populacho llegó a nuestra casa, Hiram abrió la ventana del segundo piso para hablar con ellos. Al ver que éramos americanos, nos dejaron en paz. Luego, al día siguiente, los vecinos nos dijeron que todos los ocupantes de la casa de los Chilton habían muerto... Chilton, Simone, los padres de ésta y los niños. Naturalmente, nosotros sabíamos que los niños habían sobrevivido, pero no estábamos dispuestos a revelar su paradero. Nos fuimos aquella misma tarde. Jamás había pasado tanto miedo en toda mi vida —Rhea se estremeció, recordando.

Alexandra le dio una palmadita en la espalda.

—Debió de ser una experiencia horrible. Fuiste muy valiente.

—No —Rhea sonrió débilmente—. Hiram fue el valiente, aunque ya estaba muy enfermo. En realidad, creo que su estado empeoró por mi culpa. Insistí en abandonar París. De habernos quedado, quizá se habría repuesto de su enfermedad.

—¡No! —protestó Alexandra—. Tú no podías saberlo. Además, la fiebre habría acabado con él de todos modos, aunque hubierais permanecido en París.

Rhea le sonrió tristemente.

—Eres muy amable al intentar consolarme. Quizá tengas razón. Aunque jamás lo sabré. Hiram murió poco después de nuestra llegada a Inglaterra. Permanecimos en Dover dos semanas. Hiram había empeorado y vosotros, los niños, también os habíais contagiado de fiebre. Por suerte, Marie Anne y tú os curasteis rápidamente. John era el que peor estaba. Cuando Hiram murió, finalmente, me sentí perdida sin él. No sabía qué hacer. Tú fuiste lo único que me dio fuerzas para seguir adelante. Eras una niña tan guapa, graciosa y dulce... Siempre me animabas con alguna palabra o gesto, o te sentabas en mi regazo para abrazarme. Yo te quería tanto...

Rhea miró a Alexandra con desesperación. Luego se incorporó en la cama y se aferró a sus hombros.

—Fui egoísta. No tenía ningún derecho a quedarme contigo. Legalmente, pertenecías a la Condesa. Pero... no pude renunciar a ti.

—No lo entiendo, mamá. ¿Qué hiciste?

Rhea volvió a recostarse en la almohada, con aire de resignación.

—Les dije que habías muerto. Que la pequeña había contraído la fiebre durante el viaje y no había logrado sobrevivir. Fue fácil que me creyeran. Al fin y al cabo, John seguía muy enfermo. Luego te llevé a casa conmigo. Te crié yo sola. Mentí a todo el mundo, incluso a ti. Te separé de tu verdadera familia —las lágrimas empezaron a deslizarse por sus mejillas, y giró la cabeza hacia otro lado.

Alexandra ya había intuido lo que Rhea acababa de contarle, pero aun así se sentía aturdida. Se levantó y miró a su madre, con el semblante pálido.

—Que Dios me perdone. Te separé de tu familia —Rhea se llevó una mano a los labios—. Sé que debes de odiarme.

—¡No! No. ¡Yo jamás podría odiarte! —gritó Alexandra—. Tú eres mi madre. Me criaste. Me amaste. He sido tu hija durante toda mi vida. ¿Cómo puedo reprocharte que me hayas querido tanto?

—¿Lo dices de verdad? —Rhea se giró hacia ella con expresión esperanzada—. ¿No me desprecias?

—Claro que no. Te quiero. Viviste una experiencia horrible. Lo que hiciste estuvo mal, pero lo justificaban las circunstancias. He disfrutado de una vida maravillosa, de una familia estupenda. ¿Cómo voy a despreciarte, después de todo lo que me has dado? Y ahora... me has devuelto a mi otra familia.

—¡Oh, Alexandra! —Rhea la abrazó—. Siempre has sido la mejor hija del mundo.

Siguieron así durante largos instantes, abrazadas, derramando lágrimas de felicidad. Finalmente, Alexandra retiró a su madre de sí y la miró a los ojos.

—Pero, mamá —empezó a decir con vacilación—. Hay algo que no comprendo. ¿Qué fue de los otros dos niños? ¿Qué sucedió con mi hermano y mi hermana?

Rhea se quedó mirándola, confusa.

—¿A qué te refieres? No les pasó nada. John estaba muy enfermo, pero... sobrevivió, ¿verdad? No me digas que murió.

—Madre, la Condesa no sabe nada acerca de nosotros. Ella creía que los tres niños habían muerto junto con sus padres, en París.

—¿Qué? Pero si yo los dejé con ella. Traje a Marie Anne y John a Londres y se los entregué a los Exmoor.

—¿Se los entregaste directamente a la Condesa?

—No, directamente no. Ella estaba en cama, según me dijeron, postrada por el dolor tras lo sucedido con su familia. Creo recordar que su esposo también había muerto recientemente, pobre mujer. Se negaba a recibir a nadie. Cuando le dije a esa mujer quién era yo, y quiénes eran los niños, ella dijo que la Condesa no podía bajar a recibirme. Así que dejé a los niños con ella.

—¿Con quién?

—Pues con aquella joven. No era una criada, sino prima o algo de la Condesa. Una pariente pobre que vivía con la familia. Es esa mujer... ¡la que ha estado aquí, vigilándome!

—¡Cómo! —exclamó Alexandra, levantándose—. ¿Te refieres a Willa? ¿Dejaste a los niños con Willa?

—Sí, señorita Ward, eso es lo que quiere decir exactamente —dijo una voz de mujer.

Sobresaltada, Alexandra se dio media vuelta. Allí estaba Willa, de pie en la puerta, tan serena y compuesta como siempre. Entró en la habitación, cerrando la puerta tras de sí, y se situó al otro lado de la cama.

—Temí que me hubiese reconocido —le dijo a Rhea—. De hecho, sospeché que sólo fingía estar inconsciente estos últimos dos días. ¿Me siguió anoche?

Rhea apartó los ojos de ella, sin responder.

Alexandra se quedó mirándola, incapaz de dar crédito a lo que oía.

—¿Quiere decir hasta mi cuarto? ¿Fue usted quien...? —se detuvo, demasiado aturdida para completar la pregunta.

—Sí, fui yo. Era evidente que no pensabas darte por vencida. Al principio, creí que bastaría con eliminar a la señora Ward, pero tú seguiste husmeando y haciendo preguntas. ¡Incluso conseguiste poner a lord Thorpe de tu parte! Comprendí que, aunque tu madre muriese, tú no descansarías hasta descubrir la verdad —Willa hizo una mueca de exasperación.

—¿Estaba dispuesta a matarme sólo para que no se supiera que mi madre había dejado a mis hermanos con usted? —inquirió Alexandra—. ¿Por qué?

Willa la miró como si fuera una completa estúpida.

—¿Qué habría sido de mí si la Condesa lo descubría? Me habría echado de su casa. ¿Y qué hubiera hecho yo entonces? ¡Me habría quedado sin nada! ¡Sin nadie!

—Pero ¿qué fue de John y Marie Anne? ¿Qué hizo usted con ellos? —impulsada por una creciente sensación de ira, Alexandra empezó a avanzar hacia Willa.

Pero Willa reaccionó con la presteza de una serpiente, sacándose del bolsillo un cuchillo afilado y reluciente. Con la otra mano, agarró a Rhea por el cabello y le acercó el cuchillo a la garganta. Alexandra se detuvo bruscamente, con los ojos clavados en la mortífera hoja.

—Espere —dijo trémulamente—. No tiene por qué actuar así. Quizá si le cuenta lo sucedido a la Condesa... Tiene que haber una explicación.

Willa emitió una risotada ronca.

—Pues claro que la hay. ¡Y se llama Richard! Seguro que no es del agrado de la Condesa.

—¿Richard? ¿Se refiere al conde de Exmoor?

—Sí, al Conde —asintió Willa con acritud—. ¡Yo estaba locamente enamorada de él! ¡Habría hecho cualquier cosa que me pidiera! Arriesgué mi posición por estar con Richard. La Condesa me habría echado de saber que por las noches me escabullía para ir a su alcoba. Y cuando esa americana apareció con los dos niños, comprendí lo que eso significaría para él. Richard ya era Conde, o lo sería cuando John y su padre fuesen declarados muertos oficialmente. Al haber muerto el viejo Conde, el título era suyo, así como la hacienda. Yo no podía permitir que se lo arrebataran. ¡No podía!

–Así que, después de recibir a mi madre, no le habló a la Condesa de su visita. Jamás le dijo que sus nietos se habían salvado –los ojos de Alexandra centelleaban de rabia, y sus dedos ansiaban arrebatarle a Willa el cuchillo. No obstante, sabía que era demasiado arriesgado.

–Quise ayudar a Richard. Pensé que... me amaría para siempre si le entregaba a los niños. Creí que incluso se casaría conmigo. ¡Ja! Debí imaginar que ese canalla me daría de lado. Sabía perfectamente que yo jamás contaría la verdad, ni revelaría lo que él había hecho, puesto que significaría también mi ruina.

Mientras hablaba, Willa soltó el cabello de Rhea y apartó ligeramente la temblorosa mano con la que sostenía el cuchillo. Sus ojos estaban fijos en Alexandra, de modo que no vio cómo Rhea empezaba a deslizar la mano hacia arriba muy lentamente. Pero Alexandra sí se dio cuenta, y notó un tenso nudo en el estómago.

Para seguir atrayendo la atención de Willa, se apresuró a decir:

—Entonces, el culpable es Richard, no usted. Fue Richard quien alejó a los niños de la Condesa. Ella lo comprenderá. Se dará cuenta de que...

Willa emitió una carcajada histérica.

—¿Que lo comprenderá? ¡Nadie podría comprender ni perdonar algo así! ¿Me tomas por tonta?

—No, claro que no —Alexandra miró nerviosamente el cuchillo que temblaba en la mano de Willa—. Normalmente, nadie perdonaría un hecho semejante. Pero, dadas las circunstancias... Es decir, la Condesa se alegrará tanto al saber que soy realmente su nieta, que se mostrará compasiva. ¿No lo comprende? Y los otros dos niños, John y Marie Anne... Si pudiera usted decirle qué fue de ellos y dónde están...

—Con eso no me ganaré el favor de la Condesa —repuso Willa bruscamente, y Alexandra se sintió descorazonada. ¿Significaba eso que su hermano y su hermana habían muerto?

—¿Por qué? ¿Qué les sucedió? —inquirió palideciendo—. ¿Dónde están?

—¿Y por qué voy a decírtelo? —replicó Willa con desdén al tiempo que alargaba el brazo sin darse cuenta.

De repente, moviéndose con una velocidad que asombró a Alexandra, Rhea la agarró por la muñeca. Willa profirió un grito y dio un tirón para soltarse. Pero la maniobra de Rhea dio a Alexandra los segundos que necesitaba para rodear la cama y lanzarse sobre Willa, justo cuando ésta atacaba a su madre con el cuchillo. Había apuntado a la garganta, pero Alexandra la empujó y la hoja solamente alcanzó el brazo de Rhea, haciéndole un corte.

Alexandra arrastró a Willa hacia atrás rápidamente y ambas empezaron a forcejear por toda la habitación, derribando la jofaina de porcelana y la pequeña caja que había sobre la cómoda. Mientras ambas luchaban, Rhea salió de la cama y se tambaleó hasta la puerta, pidiendo socorro a gritos.

Tía Hortensia tardó apenas unos segundos en aparecer. Al contemplar la escena, emitió un alarido de horror. Pero, un segundo después, fue bruscamente apartada de la puerta por Sebastian.

Willa, al ver que empezaban a llegar refuerzos, profirió un grito de furia y cargó contra su adversaria con todas sus fuerzas, derribándola. Pero Thorpe avanzó rápidamente hacia ella y, agarrándola por los hombros, la apartó de Alexandra. Al ver que ésta tenía el vestido manchado de sangre, se puso pálido.

—¡Alexandra! —soltó a Willa y se arrodilló junto a Alexandra. En ese momento, Willa se desplomó en el suelo. Sebastian comprendió que el cuchillo se había clavado en su pecho, y no en el de Alexandra.

Thorpe rodeó a Alexandra con sus brazos y ella se aferró a él, llorando. Pero, al cabo de unos segundos, se retiró bruscamente.

—¡Willa!

—No te preocupes. Ya no puede hacerte daño.

—¡No! ¡No es eso! —Alexandra avanzó a gatas hasta donde Willa yacía tendida.

Tenía el cuchillo hundido en el pecho, pero aún vivía y tenía los ojos abiertos. Su vestido estaba cubierto de sangre. Respiraba con dificultad y producía un extraño borboteo con la garganta.

—¡Dígame qué fue de ellos! —suplicó Alexandra inclinándose sobre ella—. Por favor... ¡dígame qué fue de mis hermanos!

Oyó la exclamación de sorpresa que emitió Sebastian tras ella, pero no le prestó atención. Se acercó aún más a Willa para oír sus palabras.

Willa la miró con odio.

—¿Por qué voy a decírtelo? Tú has causado mi ruina.

—Por el bien de su alma —rogó Alexandra—. ¿Acaso quiere reunirse con el Creador con semejante mancha en su alma? Dígame qué les ocurrió. ¿Qué hizo Richard con ellos?

—El niño tenía fiebre —dijo Willa ahogadamente, sanguinolentas burbujas surgiendo de su boca mientras hablaba—. Murió. La niña... fue internada... en un orfanato. Sin nombre.

Empezó a toser, y la sangre brotó copiosamente de entre sus labios. Por fin, la luz del odio que brillaba en sus ojos se apagó. Willa había muerto.

Alexandra se quedó mirándola. Un único gemido de dolor escapó de sus labios.

—Alexandra, cariño mío —Sebastian la tomó entre

sus brazos y la puso en pie. Ella recostó la mejilla en su pecho, sollozando.

Finalmente, cuando se hubo calmado, alzó la cabeza.

—¡Madre! —se separó de Sebastian y paseó la mirada por la habitación. Su madre estaba sentada en una silla y tía Hortensia, arrodillada a su lado, le vendaba el brazo con un jirón de sábana—. ¿Te encuentras bien, mamá? —preguntó Alexandra corriendo hacia Rhea.

Su madre le sonrió.

—Sí, cariño. Estoy bien. Tía Hortensia me está vendando la herida. Sólo es un corte.

—Alexandra —terció Sebastian con cierta frustración—. ¿Qué ha pasado aquí? ¿Acaso era Willa la persona que estaba detrás de todos los ataques?

—Sí... Al menos, de los ataques perpetrados por rufianes de alquiler. No creo que ella tuviera nada que ver con el individuo que me atacó cuando volvía de la fiesta... ¡Oh! —Alexandra abrió de par en par los ojos—. ¡Aquel hombre debía de ser el Conde! Acababa de conocerme aquella noche y debió de imaginar quién era yo.

—¿El Conde? —inquirió Sebastian—. ¿Te refieres a Richard? ¿Está involucrado en todo esto? Pero ¿por qué?

—¿Willa? —lo interrumpió tía Hortensia, horrorizada—. ¡Oh, Dios mío, y durante todos estos días permitimos que se quedara a solas con Rhea!

—Lo sé. Al parecer, no pensaba hacerle nada mientras no volviera en sí. Afortunadamente, mi madre lo presintió y fingió seguir en coma. Estabas despierta la otra noche, cuando me apretaste la mano, ¿verdad?

—Sí, pero aún me sentía muy confusa. Estaba segura de haber visto antes a esa mujer, y me daba miedo. No sabía bien por qué, pero no quería que ella supiera que estaba consciente.

—Pero ¿por qué? —inquirió Sebastian, frustrado—. ¿Por qué querían Willa o el Conde deshacerse de vosotras?

Alexandra respiró hondo.

—Mi madre me lo contó todo esta noche. Simone le confió a sus hijos para que se los trajera a la Condesa. Mi madre fingió que yo había muerto, para poder quedarse conmigo y criarme como si fuera hija suya. Pero entregó a los otros dos niños a la Condesa.

—¿Qué? —inquirió Sebastian perplejo.

—Bueno, no a la Condesa. En realidad, los dejó con Willa, porque la Condesa se encontraba postrada en cama. Willa estaba teniendo una aventura con Richard, el nuevo Conde, y comprendió que a éste podía perjudicarle la aparición de mi hermano.

—Desde luego. Hubiese dejado de ser conde.

—Exacto. De modo que Willa entregó a los niños a Richard, en lugar de a la Condesa, y mantuvo el asunto en secreto.

—Pero Willa ha dicho que... ¿el niño murió?

Alexandra asintió, mientras sus ojos volvían a llenarse de lágrimas por el recuerdo del hermano al que nunca había llegado a conocer.

—Sí, murió de la misma fiebre que mi pa... que el señor Ward. En cuanto a la niña, Marie Anne... Bueno, ese hombre tan horrible la internó en un orfanato. Seguramente habrá crecido sola y en la pobreza, y... no sabemos quién puede ser ahora ni dónde puede estar.

—Pobrecito John —Rhea empezó a llorar—. Pobre Marie Anne. Simone me los confió, y yo le fallé. ¡De haber sabido lo que ocurriría, jamás los hubiera dejado con esa mujer!

—Claro que no, madre. Pero tú no lo sabías —Alexandra se inclinó para abrazar a su madre—. Además, me salvaste. ¿No lo comprendes? Durante todo este tiempo, has sufrido a solas, atormentada por el recuerdo de lo que hiciste. ¡Cuando, en realidad, evitaste que compartiera el triste destino de mi hermana!

—Oh, cariño —entre lágrimas, Rhea la abrazó.

Tía Hortensia aguardó unos segundos antes de intervenir.

—Creo que es hora de que vuelvas a acostarte —le dijo—. Ya has perdido mucha sangre —añadió mientras la llevaba hasta la cama.

Alexandra se volvió hacia Sebastian, que le tomó la mano.

—¿De modo que Willa intentó deshacerse de vosotras... para que nadie supiera lo que sucedió con los niños?

Ella asintió.

–Si mi madre le contaba la verdad a la Condesa, ésta habría acabado descubriendo que Richard y Willa se habían deshecho de sus otros nietos. Hubiera sido un terrible escándalo, por decirlo de forma suave, y Willa sabía que la Condesa no la habría perdonado nunca.

Sebastian la rodeó con el brazo y ella recostó la cabeza en su hombro. Luego él la condujo al pasillo, lejos de Rhea, tía Hortensia y los criados.

–Ya he mandado llamar al médico y al alguacil.

Alexandra asintió, emitiendo un suspiro.

–¡Oh, Sebastian, qué historia tan terrible! ¿Cómo vamos a decírselo a la Condesa?

–La Condesa es una mujer fuerte. Y ahora te tendrá a ti a su lado para superar la pena –Sebastian le apretó la mano–. Encontraremos a tu hermana. Pienso contratar a un detective enseguida. Registraremos todos los orfanatos de Londres si es preciso.

–¿Crees que conseguiremos dar con ella? –inquirió Alexandra, sintiendo cierta esperanza–. Quizá podamos investigar por nuestra cuenta.

–Ah, no –Sebastian meneó la cabeza, atrayéndola hacia sí–. No quiero verme envuelto en más misterios contigo. Vamos a casarnos, así que serás una esposa como Dios manda. Olvídate de ser secuestrada, agredida o encerrada en más burdeles.

Ella emitió una risita.

—Está bien. Prometo no ser secuestrada nunca más.

—Te quiero —dijo Sebastian—. Prométeme que no te irás nunca.

—No me iré nunca —afirmó Alexandra—. ¿Por qué voy a irme, si mi amor está aquí?

Con una sonrisa, Sebastian la llevó hasta el dormitorio.

Epílogo

La torre de piedra de la iglesia se alzó a lo lejos. El carruaje no tardaría en alcanzarla. Alexandra, que tenía la cara pegada a la ventanilla, se enderezó y se recostó en el lujoso asiento.

La Condesa le sonrió benévolamente.

—Me hace muy feliz que os caséis en la iglesia de la familia —dijo con satisfacción. Luego, su expresión radiante se ensombreció—. Richard estará presente. No he podido impedir que asista, hallándose su hacienda a dos pasos de la iglesia. Esa serpiente. Jamás podré volver a mirarlo a la cara, sabiendo lo que les hizo a mis nietos.

—Lo sé. Ojalá tuviéramos alguna prueba contra él. Pero habiendo muerto Willa... —Alexandra meneó la cabeza—. Si las joyas que Simone entregó a mi madre estuvieran en su poder y lográramos dar con ellas...

—Richard podría culpar fácilmente a Willa y decir que ella le dio las joyas después de asegurarle que los niños habían muerto —los ojos azules de la Condesa centellearon—. A veces creo que sería capaz de arrancarle el corazón con mis manos desnudas.

Alexandra asintió.

—Al menos, aún nos queda la esperanza de poder encontrar a mi hermana algún día.

—¡Oh! —la Condesa se irguió en el asiento—. ¿Cómo he podido olvidarlo? Con el ajetreo de los preparativos, se me pasó decírtelo. Me ha llegado una carta del detective.

—¿Sí? —preguntó Alexandra con ansiedad—. ¿Hay alguna noticia?

—Sí. Apenas averiguó nada concreto en los orfanatos de Londres, de modo que amplió la búsqueda a los pueblos cercanos a la ciudad. Y ha encontrado uno, el orfanato de San Anselmo, en Sevenoaks, donde ingresó una niña pequeña, de unos cinco o seis años, a finales del verano de 1789. La niña dio el nombre de Mary Chilton.

Alexandra contuvo el aliento.

—Chilton. Igual que...

—Sí, es el título de mi hijo. Así lo llamaba todo el mundo. Si le preguntaron a la pequeña por el apellido de su padre, seguramente respondió dando el título por el que era conocido.

Alexandra asintió.

—Sí, tiene sentido. Y Mary es la forma inglesa de Marie. Parece muy posible.

—A mí también me lo pareció. De modo que respondí al detective de inmediato, pidiéndole que lo investigara a fondo —los ojos de la Condesa chispearon—. ¡Oh, Alexandra, pensar que es posible que algún día vuelva a teneros a ambas a mi lado! Entonces sí que moriría feliz.

—¡Pues eso no nos gustaría nada! —protestó Alexandra con una risita—. Debes prometerme que vivirás feliz, abuela.

La Condesa se inclinó hacia ella.

—Si Sebastian y tú me dais bisnietos, mi felicidad será absoluta. Por cierto, ¿cómo está Rhea? ¿Hortensia y ella siguen pensando volver a América?

Alexandra asintió.

—Piensan marcharse después de la boda. Mi madre se encuentra mucho mejor desde que me lo confesó todo. Creo que para ella supuso un alivio descargar semejante peso de su conciencia. Aun así, será más feliz en casa, entre las personas a las que conoce. Sebastian me ha prometido que la visitaremos el año que viene.

El carruaje se detuvo por fin delante de la iglesia, y un criado las ayudó a ambas a bajarse. A continuación, subieron las escaleras de piedra. La Condesa traspasó las puertas dobles del templo y, al cabo de unos segundos, Alexandra la siguió. Caminó lentamente por el pasillo de la iglesia y se fijó en las caras de las personas que ahora formaban parte de su vida, como Nicola y Penelope. Incluso lady Ursula, que había acabado reconociéndola como sobrina suya, estaba presente.

Alexandra también vio los rostros de su antigua vida. Su madre lloraba desenfrenadamente, mientras tía Hortensia contemplaba a su sobrina con los ojos brillantes por las lágrimas.

Alexandra les sonrió antes de avanzar hasta el altar, donde la esperaba Sebastian. Ella notó que el corazón le daba un vuelco, como siempre que lo veía. Él era el pilar principal, el corazón y el alma de su nueva vida. Siempre estarían juntos, en lo bueno y en lo malo.

Alexandra sonrió a Sebastian, con los ojos llenos de amor, y se acercó a él para darle la mano.

Títulos publicados en Top Novel

Bajo sospecha – ALEX KAVA
La conveniencia de amar – CANDACE CAMP
Lecciones privadas – LINDA HOWARD
Con los brazos abiertos – NORA ROBERTS
Retrato de un crimen – HEATHER GRAHAM
La misión mas dulce – LINDA HOWARD
¿Por qué a Jane...? – ERICA SPINDLER
Atrapado por sus besos – STEPHANIE LAURENS
Corazones heridos – DIANA PALMER
Sin aliento – ALEX KAVA
La noche del mirlo – HEATHER GRAHAM
Escándalo – CANDACE CAMP
Placeres furtivos – LINDA HOWARD
Fruta prohibida – ERICA SPINDLER
Escándalo y pasión – STEPHANIE LAURENS
Juego sin nombre – NORA ROBERTS
Cazador de almas – ALEX KAVA
La huérfana – STELLA CAMERON

www.ingramcontent.com/pod-product-compliance
Lightning Source LLC
LaVergne TN
LVHW030341070526
838199LV00067B/6393